一海知義

閑人侃語

かんじんかんご

藤原書店

はしがき

侃侃諤諤《かんかんがくがく》という言葉がある。現在の中国で最も大部な辞書『漢語大詞典』(一九八六年—九四年)を引くと、直言無忌、すなわち直言してはばからぬさま、とある。私風に訳せば、権力のいやがる「憎まれ口」である。

閑人という言葉がある。同じ辞書に、清閑無事、とある。すなわち、ひまですることのない人間、退職隠退した人、私風に言えば、世間から相手にされぬ「世捨て人」である。

本書に題して「閑人侃語」と言うのは、「世捨て人の憎まれ口」の意。ただし、すべて「閑人」の語であることは確かだが、すべてが「侃語」だというわけではない。ところどころに遠慮勝ちに、そっとちりばめてあるだけである。

ところで、本書は私の第五随想集である。一九九八年十月から最近まで、ほぼ三年余りの間に書いたもののうち、「帰林閑話」以外の各紙誌の連載物や学術論文などを除いた文章を集め、テーマ別に十一の章に分けた。

I　帰林閑話

藤原書店の月刊誌『機』に連載中の随想。五十四回（一九九八年十月）から最近までの四十二回分を執筆順に並べた。

II　河上肇断章

河上肇について書きはじめて二十七年、河上肇は今も私がかかえているテーマの一つであり、今年の後半にも京都と岩国での講演や、『河上肇記念会会報』への執筆を予定している。話の種の尽きない不思議な人物である。

III　中国への旅

このところ私は毎年中国を訪問している。そのつど短い随筆を書き、いくつかは本書の「帰林閑話」にも見えるが、ここには二〇〇〇年五月、中国宋代の詩人陸游の故郷紹興を訪ねたときの、やや長い文章二篇を収めた。

IV　中国文学史点描

中国文学の研究を始めてほぼ五十年、個別の詩人たちへの考察を重ねているうちに、彼らをつなぐやや巨視的な文学史の流れが見えて来る。その流れを解析する試みと、個別の詩人たちにふれる文章を、ここに集めた。

V　日本の漢詩

日本の外国文学研究者は、年をとると日本に回帰する、と言われる。私も例外でなく、江戸漢詩や漱石、河上肇の漢詩について、中年以後、幾冊かの本を書いて来た。ここには最近の文章二篇を収める。

VI　詩を読む会

この十年来、私は中国の詩人陸游の詩を読む月一度の会を、主宰して来た。また一方、これは三十年を越えるが、神戸、大阪、京都のいわゆるカルチャーセンターや漢詩鑑賞の会で、中国の詩の講義をしている。それらにふれる文章は、これも幾冊かの本にまとめて来たが、ここには最近の二篇を収めた。

VII　文字と言葉

詩への関心は、言葉への関心とつながる。漢字は表意文字であり、中国では七「字」詩のことを七「言」詩というように、文「字」はイコール「言」葉である。その「文字」と「言葉」についての雑感をここに並べた。

VIII　日中復交三十年

日中戦争が終って二十七年目に、日本政府はようやく日中復交に踏み切った。それから三十年、ほんとうの交流が始まっているのかどうか。それらにふれた三篇。

IX　年頭雑感

ご祝儀原稿と言われるものがある。正月元旦用に書かされる原稿のこと。私も毎年書かされる。その三篇。

Ⅹ　交遊録

私にも、文字通り畏友とよぶべき友人が何人かいる。そのうちの二人について書いた。

Ⅺ　大学を離れて

一九九三年、私は国立大学を「停年」退職し、二〇〇〇年、私立大学を「定年」退職した。今や私は文字通りの「閑人」である。ここには、第二の退職にふれて書いた二篇を収めた。

全体を読み返してみて、はじめに述べたように、すべて「閑人」の語であることは確かだが、「侃語」と呼べるものがいくつあるか。読者の判断を俟つしかない。

本書の上梓にあたって、今回も藤原書店店主藤原良雄君の高配を得、編集人刈屋琢君の援助を得た。記して深謝の意を表する。

二〇〇二年初秋

一海知義

閑人侃語

目次

閑人侃語

I 帰林閑話

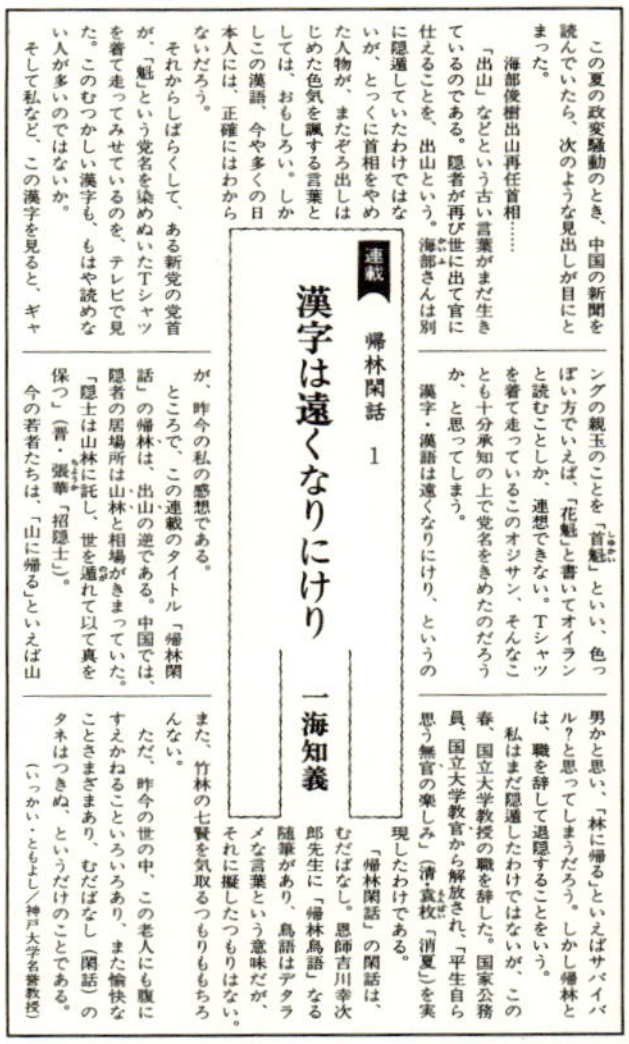
連載 帰林閑話 1

漢字は遠くなりにけり

一海知義

この夏の政変騒動のとき、中国の新聞を読んでいたら、次のような見出しが目にとまった。

海部俊樹出山再任首相……

「出山」などという古い言葉がまだ生きているのである。隠者が再び世に出て官《かん》に仕えることを、出山という。海部さんは別に隠遁していたわけではないが、とっくに首相をやめた人物が、またぞろ出しはじめた色気を諷する言葉としては、おもしろい。しかしこの漢語、今や多くの日本人には、正確にはわからないだろう。

それからしばらくして、ある新党の党首が、「魁」という党名を染めぬいたTシャツを着て走ってみせているのを、テレビで見た。このむつかしい漢字も、もはや読めない人が多いのではないか。

そして私など、この漢字を見ると、ギャングの親玉のことを「首魁《しゅかい》」といい、色っぽい方でいえば、「花魁」と書いてオイランと読むことしか、連想できない。Tシャツを着て走っているこのオジサン、そんなことも十分承知の上で党名をきめたのだろうか、と思ってしまう。

漢字・漢語は遠くなりにけり、というのが、昨今の私の感想である。

ところで、この連載のタイトル「帰林閑話」の帰林は、出山の逆である。中国では、隠者の居場所は山林と相場がきまっていた。「隠士は山林に託し、世を遁《のが》れて以て真を保つ」（晋・張華「招隠士《しょういんし》」）。

今の若者たちは、「山に帰る」といえば山男かと思い、「林に帰る」といえばサバイバル？と思ってしまうだろう。しかし帰林とは、職を辞して退隠することをいう。

私はまだ隠遁したわけではないが、この春、国立大学教授の職を辞した。国家公務員、国立大学教官から解放され、「平生自ら思う無官の楽しみ」（清・袁枚《えんばい》「消夏」）を実現したわけである。

「帰林閑話」の閑話は、むだばなし。恩師吉川幸次郎先生に「帰林鳥語」なる随筆があり、鳥語はデタラメな言葉という意味だが、それに擬したつもりはない。また、竹林の七賢を気取るつもりももちろんない。

ただ、昨今の世の中、この老人にも腹にすえかねることいろいろあり、また愉快なことさまざまあり、むだばなし（閑話）のタネはつきぬ、というだけのことである。

（いっかい・ともよし／神戸大学名誉教授）

「帰林閑話」第1回

噴飯

禅の研究で知られるR先生から速達をいただいた。何事かと思って読んでみると、大要次のようなことが書いてある。

「本日某という人物から禅と詩に関する新著が贈られてきた。さっそく要処要処を読んでみたが、全く粗笨《そほん》極まるヒドイ内容で、呆れてしまった。かつて禅の実参をやったと自賛しているが、紋切り型の見地を自己肥大させて、独りよがりの理解を大袈裟にひけらかしただけのもので、新しい知見は全くない。

この本の標題から考えて、君が買いそうに思ったので、九五〇〇円もするこの本は購入せぬ方が賢明なりと、老婆心ながらお知らせする」。

先生のご心配は当っていて、その書物はすでに私の手元にあった。ただし購入したのではなく、私あてにも著者から一冊送られてきたのだった。そして先生の速達を拝見する前に、すでに三十頁ほど読んでいて、その内容のひどさに私も呆れはてていたところであった。

内容がひどいだけでなく、はじめの三十頁だけでも、四十数箇処の信じられないような誤りや誤植があり、それにも驚いた。

具体的にいえば、「この語はこの詩人がよく使う語である」というその「語」が、その詩人の他の作品に一度も出てこないとか、七言絶句の中の一句が、何と八言になっているような誤り、誤植（?）である。

驚いたことは、もう一つある。本のはじめに、あるエライ先生の序文がついているのだが、その先生はいう。

「この方面に関する従来の研究は、いずれもとんでもない誤解に満ちており、著者のこの書が世に出ることによって、それらは噴飯物と化するだろう」。

これを読んで、失礼ながら私は思わず噴き出してしまった。

「噴飯満案（飯を噴きて案《つくえ》に満つ）」というのは、宋代の詩人蘇東坡《そとうば》と友人の画家文与可《ぶんよか》にまつわるエピソードがその出典だが、他人の研究を批判するのに、このような品のない俗な言葉は、使わない方がよいだろう。

序文の執筆をたのまれたエライ先生は、この本の校正刷も読まずに書いたのではなかろうか。もし読んでいれば、八言の字余り七言絶句などという文字通りの「噴飯」ぶりに驚いて、序文を書くことを見合わせたにちがいない。

黒板

「回顧すれば、私の生活は極めて簡単なものであった。その前半は黒板を前にして坐した、その後半は黒板を後にして立った。黒板に向かって一回転をなしたと言えば、それで私の伝記は尽きるのである」。

これは、哲学者西田幾多郎の随筆「或教授の退職の辞」の一節である。

内実は論外として、外見は私も同じような一生を送って来た。小学校から大学院まで、黒板を前にして坐っていたのが、二十一年。大学院のときには、すでに高校や大学で教えてもいたので、その五年間をふくめると、黒板を後にして立って来たのが、四十五年。

その生活もあと一年余り、第二の定年を迎えて終る。しかしそのあとも、あちこちの市民講座やシルバーカレッジなどでの講義をつづけているだろうから、当分、黒板を背にしての生活は終りそうにない。

ところで、日本の学校で最初に黒板が使われたのはいつだろう。明治になってからだろうが、正確なことは知らない。

学校の黒板で思い出すのは、漱石の『坊っちゃん』である。ある晩、町でそばを食った坊っち

「翌日何の気もなく教場へ這入ると、黒板一杯位の大きな字で、天麩羅先生とかいてある。おれの顔を見てみんなわあと笑った。おれは馬鹿々々しいから、天麩羅を食っちゃ可笑《おか》しいかと聞いた。すると生徒の一人が、然し四杯は過ぎるぞな、もし、と云った」。

坊っちゃんは憤然として、

「四杯食おうが五杯食おうがおれの銭でおれが食うのに文句があるもんかと、さっさと講義を済まして帰って来た。十分立って次の教場へ出ると、一つ天麩羅四杯也。但し笑う可からず。と黒板にかいてある。さっきは別に腹も立たなかったが今度は癪《しゃく》に障《さわ》った」。

いかにも『坊っちゃん』らしい一場面である。

私なども中学生のとき、黒板を使ってのこの種のいたずらをよくやった。坊っちゃんは「冗談も度を過ごせばいたずらだ」と怒っているが、私自身は教師としてこの種のいたずらに出くわさなかった。旧制中学の教師をしなかったせいかも知れない。

黒板を後にしての若者相手の生活も残りすくなくなった今、すこし残念な気もするが、やむを得ない。

内村鑑三の漢詩

さきの自民党総裁選では、「凡人・軍人・変人」の三人が立候補し、「凡人」が当選して総理になった。

「凡人」宰相は上州群馬県出身で、同郷の大先輩に内村鑑三がいる。同県高崎市の公園には、その内村が上州人気質を詠んだ漢詩の石碑が立っていると、『毎日新聞』のコラムが報じていた（一九九八・九・一九）。

上州無智亦無才
剛毅朴訥易被欺
唯以正直接万人
至誠依神期勝利

この詩、形は七言絶句だが、韻も踏んでなければ平仄《ひょうそく》もデタラメ、こうして漢字ばかり並べてあると、しちむずかしく見えるが、内村先生、狂詩のつもりで気楽にお作りになったのだろう。

――上州人は無智にして無才、その性格は剛毅朴訥なため、人にだまされやすい。ただ、正直をむねとして万人に接すれば、その至誠は神のご加護を得て、成功を期待することができるだろう。

詩の大意は右のようなことだろうが、新総理はおのれの無智無才を自覚しているのか、郷里の大先輩の忠言をかたく信じて、『毎日』のコラムによれば、「外国に欺かれないように注意したい」と、この詩をよく演説で引用するそうである。

新聞記事には間違いが多いので、この詩の出典を調べてみようと思ったが、『内村鑑三全集』(岩波書店)は全三十九巻もあり、編年体で編集されているので、検索に時間がかかる。そこで出版元にたずねたところ、編者の鈴木範久氏の教示によって、一九三〇(昭和五)年二月十二日の日記に見えることがわかった(全集第35巻)。

日記には、

「此日住谷天来君、〔中略〕見舞に来て呉れた。詩三篇を遺し、〔中略〕其一篇に曰く〔中略〕、自分は之に酬ゆるに例の無韻詩一篇を以てした。」

として、文字にやや異同のある先の詩をしるす。

「例の無韻詩」については、同じく日記(昭和四年八月二十二日)にいう。

「住谷天来君は自分と同じく上州人であつて、自分と異《ちが》ひ漢学者である。先日自分より無声無韻の詩一首を送りたるに対し今日氏より本当の詩が到来した。」

現総理にも、無韻詩でよいから自分の詩を披露してほしいものだが、「無智無才」、やはりムリか。

住谷天来の漢詩

前回、内村鑑三の漢詩を紹介するため、内村日記（昭和五年二月十二日）の一部を節略して引用したが、ここにあらためてその全文を再録すると、

「此日住谷天来君、君の牧会の地群馬県富岡より見舞に来て呉れた。詩三篇を遺し、祈禱を共にして呉れた。其一篇に曰く、

雪風掃面砂払地
友愛四十余年知
懊悩一場春不関
飛来只見紅梅詩

自分は之に酬ゆるに例の無韻詩一篇を以てした。

上州無智亦無才
剛毅朴訥易被欺
唯以正直対万事
至誠依神期勝利」

内村は自らの漢詩を「無声無韻の詩」とけなし、住谷の作品は「本当の詩」だと持ち上げている。

前回もふれたように、たしかに内村の詩は脚韻が合っていない。欺と利の日本音はkiとriで、一見同韻のようだが、欺は上平声第四の支《シ》の韻、利は去声第四の寘《シ》の韻。それに対して天来の作品は、知と詩、ともに支《シ》に属する韻で、正しく押韻している。

ところで内村と住谷は、時に漢詩のやりとりをしていたらしく、一九二九（昭和四）年八月二十三日の内村日記にいう。

「先日自分より無声無韻の詩一首を送りたるに対し今日（住谷）氏より本当の詩が到来した。自分の詩は「高崎城を過ぎて」と題して左の如くであつた。

光陰如矢七十年　世変時移今昔感
不棄上州武士魂　独拠聖書守福音

之に対し住谷君の返詩は左の如くであつた。

学道説教七十年　物変星移歎逝川
耿々尚在武士魂　独窮聖経宣福音。
烏兎匆々七十年　桑田碧海驚変遷
独抱上州武士魂　尚拠聖書福音宣。」

これは七言絶句二首を並べたものであり、第一句末も押韻する。ただし第一首の年・川は押韻するが、音は同韻でない。そのため第二首では、年・遷・宣（いずれも先《セン》の韻）と改めたのであろう。とすれば、第一首は未定稿、第二首が定稿ということになる。

住谷の詩も実は平仄が合っておらず、内村がいうほどの出来ではない。しかし「物変星移」（王勃《おうぼつ》「滕王閣《とうおうかく》」）や「歎逝川」（『論語』）といった典故使用など、漢詩らしい言いまわしを含んでおり、内村が「本当の詩」といったのは、そのためでもあろう。

女々しさの強さ

昨年も多くの方々が、惜しまれつつ亡くなった。木下恵介監督もその一人である。

同じ映画監督の山田洋次さんは、木下さんを悼む文章（一九九九年一月十日付『しんぶん赤旗』）の中で、次のようなエピソードを伝えている。

木下さんは戦時中、「陸軍」という作品を作らされた。陸軍省後援の戦意高揚映画である。山田さんはいう。

戦争を批判する映画など作れば犯罪者になった時代のことだ。

しかし完成した映画は、兵隊となって戦場に向かう一人息子と母親の別れをしみじみと描く悲しい作品になってしまった。故郷の町の大通りを、隊伍を組んだ出征兵士たちが銃を肩に整然と行進してゆく、歩道に立ってバンザイバンザイと小旗をうちふる大群衆、そのうしろに見え隠れしながら、これが見納めになるに違いない息子の姿を追って、田中絹代の演じる小柄なお母さんが背伸びしながら必死に走る。……

陸軍は当然この映画を高圧的に批判し、木下さんは嫌気がさして田舎へ帰ってしまったという。そして戦後、あの有名な「二十四の瞳」を作る。ここでも、あの「女々しい」軍国の母（田中絹代）と同じような、「泣き虫」の大石先生（高峰秀子）が登場する。

戦時下、子供たちの幸せはつぎつぎと奪われてゆくが、若い大石先生は何もできず、ただほろほろと涙を流すだけである。

山田さんは書いている。

しかしその涙は、敗戦後九年、ようやく戦時中の悲惨な暮らしを追想するゆとりができたあのころの日本人すべてにどれほど深い共感で迎えられたことだろう。日本人はみんな映画館で泣いた。高峰秀子演じる優しい先生とともに、何というつらい時代だったのだろう、あんな思いは二度としたくないと願いつつ泣いたのである。

引用が長くなったが、私はこの追悼文を読んで、今もなお同じような「女々しさ」、女々しいけれどもいかに強制されても泣くことをやめぬ「女々しさ」が必要なのではないか、と思った。新ガイドラインなどというキナ臭いことが、現実化しつつある今。

石橋湛山と漢詩

石橋湛山（一八八四―一九七三）の『湛山回想』（岩波文庫、一九八五年）を読んでいたら、次のような一節があった。

「明治三十五年、私が（甲府）中学を卒業し、東京へ出ようとする時、香川（中学の漢文の先生、香川小次郎）氏は、その自宅で私のために祝杯をあげ、次の送別の詩を半切《はんせつ》に書いてくれた。

愛弟湛山生
心気最雋雅
四海一子由
我於君是也」

この詩、読み下し文に直せば、次のようになるだろう。

愛弟　湛山生《たんざんせい》

心気　最も雋雅《しゅんが》

「四海に一子由《しゆう》のみ」

我は君に於《おい》て是《こ》れなり

雋雅は、すぐれておくゆかしいこと。子由は、中国宋代の詩人蘇東坡《そとうば》の弟。蘇兄弟は仲の良いことで知られ、「四海一子由」という句は、兄東坡の詩「李公択《りこうたく》を送る」に、そのまま見える。

嗟《ああ》　予《われ》　兄弟　寡《すくな》く

四海に一子由のみ

湛山は恩師の右の詩を紹介したあと、つづけて次のようにいう。

「またある時（たぶん先生が東京に移られてからであったが）お尋ねすると、たまたま大阪の河上謹一氏から、同氏自作の詩を半切にしたためたものが来ておって、ほしければやろうといわれたので、もらって来た。……その詩は、こうである。

兵馬相摩魏与呉

揮将巴蜀委馳驅

若遣諸葛夢栄達

誰画草廬三顧図

……河上氏の『若《も》し諸葛《しょかつ》（孔明）をして栄達を夢みしめば、誰《た》れか画かん、草廬《そうろ》三顧の図』という二句は、また私の座右の銘である。香川氏も、また、そんな含みで、私に、この書を持って行けといったのかもしれない」。

河上謹一は、湛山もいうように、「明治の中期、日本銀行理事として鳴らし、その後、また住友の総理事として、大阪財界に君臨した有名人」だった。そして、マルクス経済学者河上肇の伯父（母の兄）に当る。

戦時下出獄後の河上肇が、特高警察の監視の下、たがいに漢詩の応酬をして心の通じあえる、ほとんど唯一の人物だった。

人と人とのつながりの、不思議さを想う。

老後の生活

この原稿が活字になる日（一九九九年五月十五日）、私は古稀（すなわち七十歳）を迎える。第二の定年の年である。

私の住む神戸市では、七十歳になるとバスと地下鉄がタダになる（ただし年間三万円払う）。そのタダのバスと地下鉄を乗りついで一時間足らず行くと、中央図書館がある。ここには私の恩師吉川幸次郎先生の蔵書が収められている。先生は神戸のご出身で、没後その蔵書が地元の図書館に収められたのである。

定年後の私の生活は、幸運にも右の二つの事実、すなわち交通費がタダになること、そして先生の豊富な蔵書が地元の図書館に収められていることによって、きまった。

来年の三月末日、私は大学を退職し、翌四月一日から次のような生活を送ることになるだろう。朝起きて、まず握り飯を作る。それを持ってバス、地下鉄を乗りつぎ、図書館へ行く。図書館の地下二階には、広いスペースをとった吉川文庫がある。私はそこへ行き、図書館が私のために用意してくれた机の前に坐る。そして吉川先生の蔵書の一冊（漢籍）をぬき出し、読みはじめる。あるいはあらかじめ用意した原稿用紙を取り出し、随筆か論文の文章を書きはじめる。昼時には、持参した握り飯をほおばり、午後も同じような時間が流れる。夕刻、またタダの地下鉄とバスを乗りついで、自宅に帰る。かくて私はわが女房どのから、濡れ落葉扱いされずにすむ——と思っている。

しかし、毎日毎日図書館へ通っているわけにはいかない。月に何回かはカルチャーセンターなどへ講義に行かねばならない。

なぜか。年金だけでは食えないからである。国立大学の教授を三十数年つとめていれば、相当な年金が入るだろう、と世間の人々は思っている。しかし月額、何と二十数万円。

世間一般の平均からいえばゼイタクは言えぬ。しかしこれでは、老夫婦二人のんびり暮らしては行けぬ。もちろん本などは買えぬ。

国立大学教授の停年（と書く）がきまった大正十一年、東大総長は文部大臣に手紙を出し、教授停年後の生活を保障しないと、大学に人材は集まらぬと訴えた。以後七十余年、事態は改善されていない。――私は握り飯を作り、タダのバスと地下鉄にゆられて、図書館に通う。

求明不見暗

日本の今の総理は、自ら楽観主義者だという。世の中にこれだけ悲観的な材料がそろい、楽観的気配の全く見えない現在、責任ある総理が「私は楽観主義だ、大丈夫ですよ」といって、国民をはげます（ごまかす?）のも、わからぬではない。

その総理が、韓国を訪問したとき、あるお寺を訪ねて揮毫を乞われ、次のような五文字を墨書したそうである。

求明不見暗

これを日本語で、

明るきを求めて暗きを見ず

と書けば、「楽観主義者」総理の言おうとしている意味はわかる。

ところが漢文で「求明不見暗」と書くと、かなり意味がちがってくることを、気の毒な総理は知らなかったのである。

たとえば唐の王維の詩「鹿柴《ろくさい》」に、

空山不見人

という句がある。ガランとした山、人の姿が見えない——という意味である。「不見」は、漢詩漢文では「見ようとしない」のではなく、「目に入って来ない」。従って「不見暗」は、暗い側面は「見ようとしない」のではなく、「よく見えぬ」。

この種の微妙なあやまちは、漢詩漢文の素養のない日本の政治家たちが、よく犯す。

かつて日本のある地方都市が、中国のある都市と友好関係を結び、姉妹都市を名のることとなった。日本の市長は書をかくのが得意だったらしく、さっそく、

日中再不戦

と揮毫して中国に送り、石碑に仕立てて公園にでも建ててもらうよう要望した。

ところが、碑文はつき返されて来た。日本の市長には、その理由がわからない。よく聞いてみると、

日中不再戦

と書き直してほしい、というのである。

「日中—再—不戦」だと、「日中両国は一度も戦争をしたことがないが、今度も戦争はやめましょう」、という意味。

「日中—不—再戦」と書いてはじめて、「日中はかつて戦争をしたが、再び戦うことはやめまし

ょう」、という正しい意味になる。

教訓の一。日本の政治家は、中国あるいは韓国で揮毫を頼まれたとき、自作の漢詩や漢文は書かぬこと。

教訓の二。もしどうしても書きたければ、よくよく勉強しておくこと。

記憶――河上肇と郭沫若

京都大学の学生たちは、日本敗戦の翌々年（一九四七年）から毎年、「河上祭」を催して来た。四六年に亡くなった河上肇を記念顕彰する行事である。

その河上祭の第十一回目（一九五七年）、中国の科学院院長郭沫若《かくまつじゃく》氏から、準備会の学生たちに向け、メッセージとして一篇の詩が送られて来た。

それは、「凡是実事求是的科学家……」という言葉で始まる、やや長い現代中国語の詩であった。準備会では、日本語訳を宣伝用チラシに掲載、配布した。

チラシは郭氏自筆の詩とともに大切に保存され、四十二年後の今年四月、河上肇生誕百二十年記念の講演会が京大で開かれたとき、コピーが参会者に配られた。

私は講演会実行委員の一人だったので、事前にそのコピーを見ていた。日本語訳の末尾には、

「訳は京大中国文学研究室」と注記してある。

「誰が訳したのかな。あまりうまい訳じゃないな」と、私は実行委員会の人々に言った。

するとと実行委員の一人が、「実は日本語訳の原稿も残っているのですよ」と言う。「どれどれ」と見せてもらうと、何と驚いたことに、私の若い頃の筆跡ではないか。

一九五七年といえば、私は京大中文の大学院生だった。河上祭準備会から頼まれて翻訳したのだろうが、全く記憶にない。

記憶というものの頼りなさ、いや、わが記憶の不甲斐なさを思い知らされたのは、それだけではなかった。

講演会の数日後、東京から電話がかかって来た。あの日わざわざ講演をききに来ていた早稲田の大学院生からである。

「あの日本語訳、先生のご本に引用されていますよ」

「エーッ、何という本？」

「『河上肇そして中国』（岩波書店、一九八二年）です」

調べてみると、それは第十五回河上祭（一九六一年）のパンフレットからの同じ訳文の転載であった。そして引用のあとに、

「右の詩、パンフレットは邦訳のみ載せ、原文を示さない。原詩をご存じの方はお教え願いたい」

としるしている。

今回の会のおかげで原詩はわかったわけだが、いよいよ私にもボケが来たかと、いささかげんなりしている。

戦争協力

むかしは社会　いま公明

という言葉が、思わず口をついて出た。自民党だけではとても通らぬ悪法が、かつて社会党の協力によって、次々と成立した。

その結果、社会党は驚くほど票を減らし、小政党社民になってしまったが、自民党は健在である。

そして今度は、公明党だ。手のひらをかえしたように自民党にすり寄って、人々をびっくりさせた。

戦争協力法　君が代・日の丸立法　盗聴法

「盗聴」などと人聞きの悪いことは言わないで「傍受」と言ってほしいと、法務省はマスコミに申入れたそうだが、盗み聴きという人聞きの悪いことをしようというのだから、仕方がない。

ところで新ガイドライン法、戦争協力法が通って、一体誰が戦争に協力するのか。

まずこの法案を通したご本人たちが、協力すべきである。張本人である総理は、先頭きって鉄カブトをかぶり、「後方支援」にかけつけるべきだろう。もし不安だったら、竹やりを持ってゆくのもよい。

しかし総理は忙しくてダメだ、というのなら、自自公の幹部や代議士が、率先して協力すべきだろう。彼らはすくなくとも、防空頭巾と竹やりを今から用意しておいた方がよい。

かつて私は「徴兵」と題する短い文章の中で、ある短歌一首を紹介したことがある（一九八一年岩波書店刊『漢語の知識』所収）。それは一九七八年、福田内閣のもとで旧ガイドラインがきめられた年、『朝日新聞』の歌壇が選んだ、七十五歳の女性の作品だった。

徴兵は命かけても阻むべし　母・祖母・おみな牢に満つるとも

彼女は八二年八月、亡くなったという。しかしこの歌に賛同した女性たちの気持は、今も変っていないだろう。

彼女は生前、「私は兄、おい、二人のいとこ、義弟を戦死させています。息子は病気で徴兵をまぬがれましたけど……」「でも私はあの戦争を聖戦と思い込んで、息子を戦争に差し出そうとしていたんです」と語っていたという。

あの戦争で、私自身も三人の兄を亡くした。一人はガダルカナルで、一人はビルマで戦死、もう一人は内地で戦病死した。

いざという時、私は女性たちの驥尾に付するだろう。私は、戦争に、協力しない。

愚行、山を移す

中国の「文革」のころ、精神主義を強調しはげますために、「愚公、山を移す」という故事がよく引用され、スローガンのように使われた。

はじめは一九四五年、毛沢東がこの話を党大会の閉会の辞で引用し、その後「文革」中おおいに利用されたのである。

話は『列子』という中国古代の書物に見える。

むかし愚公という九十に近い老人がいた。家の前を二つの大きな山がふさいでいて、向う側へゆくのに遠まわりしなければならず、不便で仕方がない。

そこでこれらの山を他所へ移そうと思い、家族に相談した。彼の妻だけが「土砂をどこへ捨てるの、バカげたことを」と反対したが、他の家族はみな協力を約束した。

やがてモッコでの土運びが始まったが、これを見て隣家の智叟《ちそう》（智恵者のじいさん）とよばれる老人が、せせら笑って言った。

「アホウめが。年寄のお前にそんなことができるわけはあるまい」

愚公は答えた。

「ワシが死んだら子が、子が死んだら孫が、孫はその子にと受けついでゆけば、必ずできる。山の方はこれ以上大きくなることはないからな」

この話をきいた山の神が、天帝に報告したところ、天帝はいたく心動かされた。そして自分の二人の息子に命じ、二つの山を別の場所に移させたというのである。

話は変ってこの夏、『朝日』の「天声人語」はこの愚公の故事を引いて、神戸空港埋立のことを論じていた。

国会議員団に「同行取材して印象深かったのは、瀬戸内海を埋め立てて人工島をつくるために、山を削って運び出している土砂の、その量の膨大さだった。……一日に最大八万トン、十トントラックに換算して八千台。〝山、海に行く〟と、以前の神戸市長はこのやり方の開発行政を自賛したものだ」

そして走り回るダンプカーを眺めて、記者は「愚公、山を移す」という言葉を思い出したというのである。

ところで、愚公は妻の反対意見に対して、「土砂は渤海《ぼっかい》のすみに捨てるのだ」と答えている。神戸市長はその智恵を借りたのだろうか。

だが天声人語子はいう、「神戸空港の場合は美談にならない。愚行というほかない」

――愚行、山を移す。

粗忽法案

前回はこの夏の『朝日』「天声人語」を引いて、神戸空港埋立のことにふれた。

その二週間後の同じ『朝日』（七月二十一日付）、大岡信「折々のうた」に、台湾生まれの林宗文という方の短歌が紹介されていた。

粗忽《そこつ》とは頭脳粗《そ》にして密ならず　忽然《こつぜん》として事為《ことな》すをいふ

前回の私のテーマを、このひそみにならって短歌にすれば、次のようになるだろう。

愚行《ぐこう》とは愚公《ぐこう》をまねて山くずし　海を埋《うず》むる愚《おろ》かなる行為《こうい》

大岡氏は林さんの歌に、次のような解説を加えている。

「台湾人の短歌は日本人のと違い湿っぽさがない。この歌など〝粗忽〟の字を解字する体裁で、哄笑《こうしょう》を誘う人間批評をやっている。国歌法制化を焦るなど、これに当てはまる人々も多い」

大岡氏は、国歌法制化の音頭をとって、ヤミクモに採決に持ち込んだ連中を、やんわりと皮肉っている。コワモテの元官房長官など、ちょっと見には余り粗忽そうに思えないが、長い目で見れば「頭脳粗《そ》にして密ならず」ということになるのだろう。

私自身も最近「君が代」と題する小文を書いた（「漢語の散歩道」172回、『日中友好新聞』）。その中で作曲家中田喜直さんが、「君が代」の歌詞は「旋律とまったく合っていない」と批判し、「それを国歌と決めてしまうのは、音楽に理解がないとしか言いようがないですね。今、法制化に賛成した国会議員は将来、恥ずかしい思いをすると思いますよ」といっているのを引き、私自身の結論として、「なりふりかまわず賛成票を投じて恥をかくか、少しは反省して今回は思いとどまるか、この原稿が活字になるころには、きまっているだろう」と書いた。

そしてやがて原稿が活字になって、私の手許に届いたその当日、法案は成立してしまった。ところで今回は、法制化の張本人たちを非難したり、皮肉ったりしているだけでは、すまなくなった。

国歌斉唱の現場に居合わせたとき、国民一人一人が起立するかしないか、歌うか歌わないか、決断しなければならない。

流行語をもじって、「みんなで坐れば怖くない」という状況になるのは、少し先のようだ。それまで私は、坐って、歌わない。

典故

思春期の子供をもつ母親は、わが子の日記をのぞき見したくなるものらしい。

次の短歌一首は、そんな母親が作ったものだろう。

「今日僕は」で日記は今日も始まれり　この少年も老い易《やす》からむ

なかなかシャレた作品である。シャレっ気の一つは、わが息子を「この少年」とつきはなして歌っているところ。二つ目は「少年老い易く」という例の大学者朱子《しゅし》の一句を、典故としてふまえている点である。

ところで、

少年老い易く　学成り難し

一寸の光陰　軽んず可からず

という例の詩、朱子の作とするのは真赤なウソだという信頼すべき説がある。

母親はまさかそこまで知っていて、典故に用いたのではあるまい。

詩歌で使われる典故（古典の故事）には、二種類ある。一つは典故の内容を知らぬと、詩歌の意味もさっぱりわからぬ場合、右の母親の作はその一例である。

もう一つは、典故の中身は全く知らなくとも、詩歌の表面の意味は一応わかるという場合である。

現代の漢詩を例にとるとすれば、まず前者。——中国の郭沫若《かくまつじゃく》が、岩波茂雄（岩波書店初代店主）の死を悼んで作った七言絶句の起承二句。

生前　未《いま》だ遂《と》げず　識荊《しきけい》の願《ねがい》
逝後　空《むな》しく余《あま》す　掛剣《かいけん》の情《じょう》

前句は、詩人李白が敬慕する韓荊州《かんけいしゅう》に一度面識を得たいと願っていた故事、後句は、自分の佩剣《はいけん》を欲しがっていた王の死後、墓前の枝に剣を掛けて立ち去った季札《きさつ》の故事。それらを知らぬと、詩意もわからぬ。

後者の例。——河上肇の自画像の詩。

形容枯槁《ここう》　眼は眵昏《しこん》
眉宇《びう》わずかに存す　積憤《せきふん》の痕《あと》

枯槁（やせこけた）、眵昏（眼やにで見えぬ）の語意がわかれば、二句の意はほぼわかる。しかし「形容枯槁」が愛国詩人屈原《くつげん》の、「眼は眵昏」が唐の韓愈《かんゆ》の故事にもとづくことを知って、はじめて詩の深い味がわかる。

ところで先の母親、「わが息子も大物にはなれそうにないな。亭主どのを見ていればわかりきったことだけど」と、わが身のことは棚に上げて、息子をいとおしんでいるのだろうか。

高僧の墨蹟

私の研究室に、月めくりの大型カレンダーがぶら下がっている。「禅林各派管長師家墨蹟」というもので、日本の高僧の書が毎月署名入りで印刷してある。

「山、高きがゆえに尊からず」という言葉があるが、私は「高僧」なるものを必ずしも尊重しない。しかしほかに適当なカレンダーもなかったので、今年は人からもらったこれをぶら下げることにした。

月によっては、ほれぼれするようなよい書もあるが、いかにも品の落ちる、見るにたえぬものもある。しかしカレンダーだから次の月のと換えるわけにもゆかず、できるだけ見ないようにして、一か月辛抱することとする。

今月は辛抱の月だが、それだけではない。文字が一字まちがっているのだ。墨蹟には、

独釣寒江雨

とある。これは唐の詩人柳宗元《りゅうそうげん》（七七三―八一九）の五言絶句「江雪」の末句のはずである。全篇を示せば、

千山鳥飛絶　千山　鳥の飛ぶこと絶《た》え

万径人蹤滅　万径　人の蹤《あしあと》　滅《き》ゆ
孤舟蓑笠翁　孤舟　蓑笠《さりゅう》の翁
独釣寒江雪　独り釣る　寒江の雪

さいごの一句、墨蹟は「独釣寒江雨」とするが、原詩は「独釣寒江雪」とある。詩題が「江雪」であるだけでなく、この詩、第一・二・四句の末尾で「絶《ゼツ》・滅《メツ》・雪《セツ》」と韻があわせてある。「雪《セツ》」を「雨《ウ》」としたのでは、韻があわない。

「高僧も筆の誤り」というところであろう。ところが誤りを指摘するのは恐れ多いとでも思ったのか、次のような解説文（こじつけ文?・）が左下スミに印刷してある。

「晩秋、独りの老漁夫が無心に釣り糸を垂れている。〝独り釣る寒江の雪〟とよく言われるが、雪では絵になり過ぎ雨の方が人間味がある。大自然の広大さ、悠久の流れの中で、黙然と釣りをする孤絶な老人の姿から、一人の人間の生きざまを暗示して余りある」。

季節が冬から晩秋にすりかえられ、「寒江の雪とよく言われるが」、などとまるで贋作のごとく見なされて、原作者柳宗元は地下で苦笑しているにちがいない。

これを揮毫した「高僧」は、刷りあがったカレンダーを見たのだろうか。たぶん見ておらず、自らの誤りに気がついていないのだろう。もし見ていれば、こんなものが私の研究室にかかっているはずはない。

高僧の墨蹟（二）

高僧たちが好んで揮毫《きごう》するのは、大部分が禅にかかわる言葉である。しかし中国の詩句もすくなくない。中でも陶淵明の句は多い方だろう。

私の研究室のカレンダーにも、淵明の句が選んである。

秋菊有佳色

これは「飲酒」と題する連作二十首の第七首、冒頭の句である。

この句が選ばれたのはまことにけっこうだが、カレンダーの左下スミに印刷してある解説は、あまりいただけない。それは「大意」と題して次のようにいう。

秋が深まるとともに咲き誇る菊は、中国を代表する花だ。酒と菊を愛した中国の詩人の詩の一節。谷間に咲くどんな細《ささ》やかな花にも、花には花の可憐な美しさがある。それを感じとる優しい謙虚な心を持ち続けたいものだ。

せっかく「酒と菊を愛した詩人」と紹介しながら、酒のことは言わぬ。花の「可憐な美しさ」などと、見当はずれな方向へ話をもってゆく。

そもそもこの詩の題は、「飲酒」。詩人は花の色も愛でてはいるが、目的は酒にある。この花びらを酒に浮かべて飲むとたまらないぞ、とうたっているのである。

はじめの四句を紹介すると、

秋菊　佳色有り
露にぬれたる其の英《はな》をつみ
此の忘憂の物に汎《う》かべて
わが世を遺《わす》るるの情を遠くす

「忘憂の物」とは、もちろん酒をさす。

第一句「秋菊有佳色」を揮毫した高僧は、たぶん淵明の詩をよく読んでいて、菊の花の美しさもさることながら、花びらを浮かべた盃にあふれる般若湯《はんにゃとう》を想像しながら、舌なめずりしつつ第一句を揮毫したにちがいない。

魯迅が「摘句の弊」と呼んだのは、文章や詩から一句をぬき出し、それを全体との関連で解釈せず、誤解してしまうことをいう。

よく誤解される句に同じ淵明の次の二句がある。

時に及んで当《まさ》に勉励《べんれい》すべし
歳月は人を待たず

これを、若いうちによく勉強せよ、というお説教だと思いこんでいる人がすくなくない。しかし、これまた酒の詩。若いうちに十分楽しんでおけ、とうたっているのだ。

落首

室町時代から江戸時代にかけて、落首《らくしゅ》というものが流行った。その研究をしている男がいる。

落首とは、落書の一首。

辞書によれば、落首は「諷刺・嘲弄・批判の意をこめた匿名《とくめい》の戯歌《ざれうた》」で、「封建時代には政道の批判の手段としてしばしば行われた」。詩歌の形をとった落書である。

ところで昔の落首を研究している彼は、現代の落首のヘタくそな作者でもある。

日々の暮らしの中で、腹にすえかねることがあると、落首めいたものを作ってウサばらしをする。

彼が作るのは、いわば川柳・狂歌のたぐいだが、時に散文で一口噺《ひとくちばなし》のごときものを作ることもある。

たとえば、テレビのワイドショーなどにたびたび登場して、絶叫していた新興宗教の代表が、サギ容疑による司法の捜査をはぐらかすためか、代表を辞任すると発表したのを聞いて、次のような一口噺を作った。

代表辞任

代表　最高ですかーッ。
庶民　最低ですーッ。

また、大阪府の知事がセクハラ疑惑で辞任し、自自公民というややこしい集団が女性の候補者を立てたとき、次のような一句を思いついた。

セクハラのできぬ所が取り柄なり

しかしこれではマズイと思ったのか、狂歌一首に差し替えてみた。

これならばまさかセクハラせんやろと　女性を立てる　これぞセクハラ

彼はヘソまがりだから、新聞やテレビが喜んで報道していることを、素直に喜べない。神戸の住人なので、あの阪神大震災のあと、毎年年末のルミナリエ点灯の時期が来ると、あまのじゃくになる。

温暖化防止会議の記事の横に　ルミナリエ賛美の写真輝く

彼はヘタクソな戯作者のくせに、何と雅号をもっている。半解散人。半解は、一知半解。散人は、役立たずの、無用の人。

パーティ

今年は年明けからパーティつづきだった。

主なものだけ挙げても、一月八日、藤原書店十周年記念パーティ、二月六日、京都のバーKoKoRoのこれまた十周年パーティ。そして三月に入ると、私の第二の定年を口実にして、大学側や大学院生、学部学生や昔の卒業生たちが、それぞれ企画してくれて、次から次へと送別パーティが開かれた。

藤原書店のパーティのことは、本誌〔二〇〇〇年〕二月号にくわしいレポートが載っているので、くり返さない。

ただ私としては、いろいろな未知・既知の人々と出会えて、思わぬ収穫があった。

その一つは、私が以前から大好きだった（といっても、別に特別の感情を抱いていたわけではない）女優の佐々木愛さんに初めて会えて、しばらくおしゃべりができたことだった。

それだけでなく、近く神戸へ公演にゆくので是非観に来てほしいといわれ、招待状までいただいた。そして一月二十九日、神戸市の文化ホールで「文化座」の公演、水上勉原作「故郷」を観劇した。

佐々木愛さんの熱のこもった演技もよかったが、昔からのファンであるお母さんの鈴木光枝さんが、まるで後光のさす仏さんのように思えて、満足した。

二月六日、同じく十周年記念と称して、京都の都ホテルで開かれたバーKoKoRoのパーティは、出版社のそれとは全く異質なものだった。しかしこれはこれでまことに味わい深い会だった。

バーKoKoRoのママは、陶芸家である。夜はバーに通いながら、不惑の年を越えて芸術大学に入学、無事卒業して、家には窯《かま》もあるという。気のきいたグイ呑みをひねり出したかと思うと、とてつもなくデカイ壺を焼いて、人々を驚かす。

パーティには、二百人を超える老若男女が集まった。

彼女は客たちへの土産に、いくつかの心がこもった品々を用意したが、その一つに『こころ粋《いき》』と題する小冊子（といっても写真やイラストをちりばめたアート紙の豪華本）があった。

バーの歴史と、ママやホステス、多くの客たちの短文や川柳などを編集したものであり、私も求められて駄文を献じた（本書三一三頁所収）。

私の文章生活も五十年を越えるが、バーへの賛歌を書いたのは、はじめてである。

ウソつき

本欄第69回「落首」で紹介した半解先生は、今も健在である。相変わらずヘタくそな落首を作って、ひとりエツに入っている。先生の許しを得て、旧作・新作のいくつかを披露しよう。

先生は愛国者である。国家の運命などという途方もないことを、不似合いにも時に心配したりする。

アメリカの孤立する日もやがて来む　そのとき日本はさてクォ・ヴァディス

先生はヨーロッパ文学には不案内だが、このときは昔読んだシェンキェーヴィチの歴史小説の題を、ふと思い出したのだろう。

先生は自然科学についても全く無知であり、環境問題などよくわかっていない。しかし時に不安に駆られるのか、昨年の梅雨どき、次のような一首を詠んだ。

常になくアジサイの花巨大なり　エルニーニョのせいかと怖れつつ観る

先生が最も嫌う言葉に、「公的資金」というのがある。なぜ素直に「国民の税金」と言わぬのか。テレビで聴き、新聞で読むたびに、先生は腹を立てる。

バブル崩壊のあと、いまだにつづいている銀行へのバク大な資金援助について、彼は多くの国民と共に、腹にすえかねている。

銀行のつぶるる日こそ我が国の　潰《つい》ゆる日との脅《おど》しに乗らじ

ヤクザが脅しをかければ罪になるが、政府が国民を脅迫しても、警察は動かない。それがまた半解先生の解《げ》せぬ所である。

先生は、世の中が変化して、このごろはコトワザさえも変ってしまったと、思っている。

ことわざ今昔

むかし

ウソつきは泥棒のはじまり

いま

ウソつきは警察の始まり

第一線のマジメな巡査たちには気の毒だが……。

ウソといえば、核持ち込み問題について、日本の政府が長い間ウソをつきつづけてきたのだから、ごくごく下っ端の県警本部長などがウソを重ねているのも当り前か。この頃は半解先生、妙に納得している。

半解散人

前回も紹介した半解散人は、相変らずヘタくそな落首を作っているらしい。

今の世の中、腹の立つこと、不愉快なこと、バカらしいことなど、あまりにも多いので、素人戯作者半解散人、落首のネタに事欠かない。

すこし前の話になるが、日本の女性宇宙飛行士が「宙返り何度もできる無重力」という句に下《しも》の句をつけるよう（たぶん主として子供たちに）呼びかけたとき、半解散人も一句ひねり出した。

「宙返り何度もできる無重力　しかしこの世もすべてさかさま」

こんなしらけた句を発表すれば、世間のヒンシュクを買うだろうと、さすがの彼も気がひけて、公表しなかった。

ところで彼はヘソまがりだが、案外素直なところもある。向う意気のつよい彼も、最近は古稀の年を迎えて弱気になったのか、次のような「辞世」の一首を作っている。

我死なばこの身を焼きて骨と成し　千々に砕きて海原に撒け

散骨というのは案外手続きが面倒だぞと友人から聞かされて、彼はこの「辞世」をひっこめ、代りに次の一首を作った。

我死なば残りの酒をかき集め　友どち集ひてハメはずすべし

彼はこのごろ漢詩の和訳にも凝っている。といっても、もちろんまともな訳でなく、例によってふざけた訳である。

漢詩和訳といえば、まず思い出すのは井伏鱒二の「サヨナラダケガ人生ダ」だが、武部利男の白楽天訳も捨てがたい。

朝饗多不飽　あさめしも　あまり　すすまず
夜臥常少睡　よる　ねても　よく　ねむれない

半解先生、井伏訳や武部訳にはとてもかなわぬ、と思いながらも、酒に酔うとついペンを走らせてしまうのである。

誰の句か、まだ調べはついていないのだが、この正月、ふと目にとまった二句があり、彼は年賀状の返事にその句を採用した。

独酌三杯妙
高眠一枕安

この二句、彼はその後ある女友達と合作して、次のように訳してみた。

手酌三杯　気分は上々
これにて満足　高いびき

現場

日の丸・君が代について、私はこれまでたびたび意見を公表してきた。日の丸への敬意の表明、君が代の斉唱、この二つのことに対応するとき、最低限憲法に保障された思想信条の自由を、というのが私の主張だった。

機会あるごとにあちこちの紙誌に右の意見を活字にし公表してきたが、「法制化」以後、日の丸掲揚、君が代斉唱の「現場」には、一度も臨んだことがなかった。

ところがそのチャンスが到来した。小学生の孫の卒業式。

私は妻と二人で参列した。講堂の正面には、レイレイしく日の丸が掲げてあった。そして式が始まる前、まだ校長や来賓が入場していない時、教頭のような人が式次第の説明をした。「プログラムの二番目に君が代の斉唱をおこないますが、合図をいたしますので、皆さんご起立を願います」。

やがて式が始まり、君が代斉唱。「皆さんご起立願います」。

私たち老夫婦二人をのぞいて、まわりの父兄（大部分は若いお母さんなのに、どうして「父兄」？）はみな起ち上がった。

やがて斉唱が始まった。私は周囲のお母さんたちを無遠慮に眺めわたしたが、何と誰一人として口を動かしていない。歌っていないのである。

歌うことを拒否しているのか、あるいは君が代などという歌はよく知らないのか。式が終ったあと、お母さんたちに「なぜ」とたずねたわけではないから、どうして歌わなかったのか、その理由はわからない。

しかし周囲の誰もが歌わなかった、という「事実」は確認できた。私は「現場」に臨んだ甲斐があったと思った。

先生たちはどういう対応をしていたのか、席が遠すぎてよくわからなかった。先生たちは大変だったにちがいない。彼らにもいろいろな考えの人がいるだろう。しかし憲法に保障された自由を、公然と主張しにくい立場におかれている。校長が、教育委員会が、彼らを監視し、処分の脅しをちらつかせる。

「みんなで坐れば怖くない」、というふうには、今の所なかなかいかないだろう。

だとすれば、私たち庶民が、教育委員会に、そして政府に、憲法がすべてに優先することを、主張しつづけねばなるまい。

華岡青洲の詩

紀州の医師華岡青洲（一七六〇―一八三〇）のことは、有吉佐和子の小説『華岡青洲の妻』（一九六七年刊）を読んで、はじめて知った。

小説はのちに戯曲化され、文学座杉村春子の舞台も二度ほど観た。

いずれも有吉独特の凄絶さ、壮絶さが烈しい形で伝わってきて、深い印象は今も消えない。

その後、青洲の門人が書いた漢文の現代語訳を知人から頼まれたり、和歌山県出身の教え子から青洲の故郷の話を聞いたことがあるが、やがてこの特異な医師のことは、忘れるともなく忘れかけていた。

ところが今年（二〇〇〇年）の春、また青洲と出逢うことになった。『毎日新聞』のコラム「朝の百葉箱」（四月九日付）が、青洲のことをとりあげていたのである。

私が特に興味を感じたのは、記事の中で紹介されていた青洲の漢詩作品であった。

コラムは、「華岡家墓所のそばに、青洲の漢詩を刻した記念碑がある」として、次の七言絶句を紹介していた。

竹屋粛然烏雀喧

風光自適臥寒村
唯思起死回生術
何望軽裘肥馬門

私はこの詩を読んで、第一句の「粛然」は、たぶん「蕭然」の写しまちがいだろうと思った。そしてこれだけの詩を作れる人なら、ほかにも多くの作品があるにちがいない、とも思った。この二つのことを確かめるべく、私は和歌山県那賀郡西野山にあるという青洲博物館にあてて手紙を書いた。

さっそく返事があり、和歌山県立医大の上山英明名誉教授著『華岡青洲先生その業績とひととなり』（一九九九年、青洲顕彰会刊）その他の資料が送られてきた。

「粛然」はやはり「蕭然」の誤りだった。

試みに一首を読み下せば、次のようになるだろう。

竹屋《ちくおく》　蕭然《しょうぜん》　烏雀《うじゃく》　喧《かまびす》しく
風光　自《おのずか》ら寒村に臥《が》するに適す
唯《た》だ思うは　起死回生の術のみ
何ぞ望まん　軽裘肥馬《けいきゅうひば》の門

「軽裘肥馬」は、富貴の象徴。

漢詩は二百三十六首残っているとのこと。その全容を重ねて博物館に問い合わせている。

政治家と失言

突然の指名で体質改善の時間がなかったのか、本来改善できぬ体質のためなのか、就任早々の新総理は、つぎつぎと失言（?）をくりかえして、話題を提供した。

おかげで私は、いくつかの小噺やエッセイを書かせていただいた。たとえば、今のところまだ活字にしていない一口噺。

A―日本共産党が政権に参加すると、国体が変るんだってネ。

B―共産党は何か新しいスポーツを考えているんじゃないの。

A―バカ。その国体じゃないよ。戦争中の『国体の本義』の国体。天皇を中心にした国家体制のことだよ。

B―ああ、それじゃ「神の国」から「国民の国」に変るんだろ。

私が今の総理をいい加減な男だなと思ったのは、もう二十年も前のことだ。街頭演説か何かで、「白雲一片、去って悠々、というのは、かの有名な白楽天の詩であります」といったのを新聞で見た時である。

何の話のついでにこの句を引いたのか忘れたが、一句は残念ながら白楽天でなく、唐の張若《ちょうじゃく》虚《きょ》という詩人の長詩「春江花月の夜」の一句である。

先生、おそらく単なる記憶ちがいで引用したのではあるまい。「神の国」や「国体」発言と同じで、かたくそう信じ、白楽天だと思いこんで、引用したのではないか。

したがって誤りを指摘されても、「国民に誤解を与えたとすれば申し訳ないが、訂正するつもりはない。発言は撤回しない」とがんばるだろう。そういう「信念の人」である。

日本の歴代総理や大臣は、失言する人が多い。とりわけ中国の古典や詩にかかわって発言したり、自作の漢詩（?）を披露したりするときには、おおむねがデタラメである。

かつて私が時々のエッセイでとりあげ、そのひどい誤りを指摘した人物の名をあらためて列挙すれば、

田中角栄　福田赳夫　大平正芳　中曽根康弘　宮沢喜一　エトセトラ。

在任中に突然亡くなった前総理、小物だ、ボキャ貧だ、冷めたピザだ、とさんざん悪口をいわれたあの人物は、中国古典を引用したり、自ら漢詩を作るなど大それたことはせず、批判をまぬかれた。現総理は大物なのだろうか。

中国語への蔑視

少し前のことだが、『国民の歴史』という分厚い本が、自宅へ送られてきた。なぜ私のような門外漢に、しかもタダで送ってきたのか。「タダより高いものはない」というが、ウサンくさい気がして、しばらく手にせず積んでおいた。

八百頁近い大冊が、なぜ千九百円で作れたのか。相当広範囲にタダでバラまいているようだが、誰がカネを出しているのか。ウサンくさいな、と思ったのである。

しかしその後、世間の話題にものぼっており、最近になってパラパラとめくってみた。自由主義史観なる立場で書かれたというが、硬直したイデオロギーによる、まことに「不自由」かつ非合理な論述が目につく。

「歴史」は私にとって門外のことなので、斜めに飛ばし読みをしていたら、次のような文章に出会って、驚いた。

――漢字漢文は不完全な言語である。

へえ、この人、漢文が読めるのか。それにしても「漢文」は別として、「漢字」は「言語」ではない。こんな「不完全」無神経な文章は、読んでも仕方あるまいと思ったが、辛抱して読みつづける。

著者がいう漢字漢文とは、中国古典語(漢文)に現代中国語もふくめたものらしい。さて、つづけて著者はいう。

——情緒を表現することができない。

この人は「長恨歌」や「琵琶行」を読んだことがあるのか。そして現代中国の恋愛小説を読んでみたことがあるのだろうか。

著者はさらに次のようにもいう。

——論理とか道筋とかを正確に伝えることができない。

本気でそう思っているのか。中国の学者と哲学書『荘子』について、あるいは「原子物理学」について、古典語をふくむ中国語で、チミツな討論をしたことがあるのか。筋道も論理もメチャクチャだったのか。

実証の裏付けや例示の全くない「漢字漢文」論はさらにつづくのだが、要するに著者がいいたいのは、次のようなきわめて単純粗笨《そほん》なことらしい。

——中国人は日本人に較べて、はるかに劣った民族である。したがってその言語も、不完全な表現しかできない。

私は「語るに落ちる」という言葉を思い出していた。中国では「不打自招」という、この漢語の味、わかりますか。『国民の歴史』さん。

演歌と漢詩

かつてこの欄で瞿曇英鎧《くどんえいがい》和尚のユニークな漢詩を紹介した（『詩魔』所収「頑愚対坐」「自鳴鐘」）。和尚はその後も詩作に余念なく、第一詩集につづいてこのほど『続・英鎧詩集』を上梓、同好の士に頒布された。私も一本を恵贈されて拝読、まことに愉快であった。

その中に、「歌手五木ひろし後援会請余因有此作」と題する一首がある。この詩題、「歌手五木ひろし後援会、余に請う。因りて此《こ》の作有り」と読むのであろう。五木ひろしは高名な演歌歌手らしいが、失礼ながら私はよく知らぬ。和尚とは同郷の出身だという。

詩は次のような七言絶句である。

世上功名何足論
花開却知多風塵
毎逢佳会憶弟兄
苦節十年演歌人

和尚はこれに自ら次のように読み下し文を添えている。

世上の功名　何ぞ論ずるに足らん
花開けば却って知る風塵の多きを
佳会に逢う毎《ごと》に弟兄を憶《おも》う
苦節十年　演歌の人

平仄《ひょうそく》がととのわぬのは惜しまれるが、結句をのぞいて、すべて異なった典故をふまえるのが、この詩のミソである。

まず第一句、「世上の功名何ぞ論ずるに足らん」は、『唐詩選』の冒頭をかざる初唐の詩人魏徴《ぎちょう》の五言古詩「述懐」、その末尾の句、「人生意気に感ず、功名誰か復《ま》た論ぜん」をふまえる。

そして第二句、「花開けば却って知る風塵の多きを」は、井伏鱒二の名訳「ハナニアラシノタトヘモアルゾ」で知られる于武陵《うぶりょう》の五絶「酒を勧む」、その「花発多風雨」という句を意識しているだろう。

また第三句、「佳会に逢う毎に弟兄を憶う」は、王維の七絶「九月九日山東の兄弟を憶う」の第二句、「佳節に逢う毎に倍《ます》ます親《しん》を思う」を典故とする。

かく本来無縁な典故を、起・承・転三句にたくみに織りまぜつつ、詩は「苦節十年演歌の人」と、典故を用いぬ率直な賛辞で結ばれる。

河上肇扇面の書

私の手許に、河上肇が中国の古典詩と日本の現代詩を墨書した扇子がある。一面に中国古典詩(漢詩)、他面に日本現代詩が、文字通り墨痕淋漓《ぼっこんりんり》、勢のいい達筆で書かれている。

この扇子、最近私は河上肇のお孫さん、鈴木洵子さんから預り、時々取り出して眺めている。日付はないが、詩の内容や書体から推して、たぶん昭和初期に書かれたものだろう。

漢詩の方は、唐の詩人孟浩然《もうこうぜん》の五言律詩「諸子と峴山《けんざん》に登る」の首聯《しゅれん》(第一・二句)。

　入事有代謝　往来成古今

読み下せば、

　人事　代謝有り　往来　古今を成す

京都大学を事実上追放された、あるいは追放されようとしていた、その頃の河上肇の心境が仮託されたもののように思える。

日本現代詩の方は、プロレタリア詩人田木繁の作品の一節、

　……それをハッキリと呑み込ませてやらう/鉛筆/革紐/竹刀/鉄棒/指先/手のひら/靴裏の前に/声は立てずに気を失つてゆく俺らであることを/叫びはもらさずに息を吹きか

へしてくる俺らであることを／俺らはプロレタリア／俺らは機械／俺らはハガネ／俺らは不
死身だ

田木繁の詩から　河上肇

署名のあとの落款は「閉戸閑人」。河上さんの雅号である。

詩は、田木の「拷問を耐へる歌」。初出は『戦旗』一九二九年四月号だが、今は『日本プロレタリア詩集』（一九四九年、新日本文学会刊）などで、全篇を読むことができる。田木は一九〇七（明治四十）年生まれ。

詩中に見える「鉛筆・革紐・竹刀・鉄棒」は拷問の責め道具。「指先・手のひら」は責め場所か。

当時河上さんは、自らもあるいはこうした危険にさらされることを予見して、扇面に墨書したのだろうか。

岡部伊都子さんとノド飴

一九九五年一月十七日の阪神大震災、その十日ほど後、私は震災前からの約束で、神戸から京都へ講演に出かけた。

交通機関はまだ寸断されたままで、神戸から大阪までは、国鉄も私鉄も動かない。そこで私は六甲山の北側を走る神戸電鉄で三田《さんだ》という所まで行き、福知山線に乗り換えて大阪へ、山陽本線に乗りついで京都へとたどりついた。

ふつうなら二時間ほどで行ける所を、倍以上の四時間余りかかった。

講演会は河上肇五十回忌を記念するもので、講演のメインは塩田庄兵衛さんの「河上肇の旅路の友たち」、私はその前座をつとめ、「『河上肇詩注余話』余談」と称して、漫談めいた話をした。話の内容(『河上肇記念会会報』四九号所収)はノンキなものだったが、当日私はひどい風邪をひいており、ノドをやられて声が出にくい。時に絶句して、壇上の水を飲んでごま化したりした。

関西には、「アホは風邪ひかぬ」という言葉がある。私はその典型で、十年か二十年に一度ぐらいしか風邪をひかない。

京都、大阪、神戸と、毎月定例の文化講座や、不時の講演にひっぱり出されるが、この二十数年間、一度も風邪で休んだことがない。

ところが阪神大震災でわが家の水道が止まり、ある日、寒風吹きすさぶ小学校の校庭で、バケツを持って給水待ちに三時間も立たされたため、珍しく風邪をひいてしまった。

その風邪がなおらぬまま、京都講演に出かけたのである。

無事講演をすませて席へもどったら、うしろから肩をたたく人がいる。ふりむくと、岡部伊都子さんだ。「これをどうぞ」といってノド飴をさし出された。

ヒリヒリするノドに、この飴はほんとうにありがたかった。最近岡部さんから『思いこもる品々』という美しい本をいただいたが、あれはいかにも岡部さんらしい、「思いこもる」ノド飴だった。

長兄の遺品

六十年前の戦争は、私たち家族にも深いツメ痕を残した。私の長兄、すなわちわが家の長男はガダルカナルで戦死、次男もビルマで戦死、三男は内地で戦病死した。

五男は幼いころ病死したが、日本敗戦のとき、四男は特殊潜航艇の乗組員、六男の私は海軍兵学校生徒、この二人は辛うじて生きのび、京都の母のもとに帰った。父はすでに世を去っていた。

先年、生き残ったたったひとりの兄（四男）がなくなり、兄たちの遺品すべてを、私が保管することとなった。

金鵄《きんし》勲章がある。

一九四三（昭和十八）年、長兄が戦死したとき、母のもとに届いた遺骨の箱には石ころが入っていた。その代りに、あとで送られてきたのがこの勲章である。

関西弁でいえば「ケッタクソの悪い」この勲章を、私は何とか活用しようと思った。私たちの町で毎年八月十五日、十二月八日などに行われる「戦争展」、そこに解説をつけて出品してはどうか。

このアイデアは、実行委員会で否決された。蒐集マニアがいて、展示しておくと盗まれる。監視員の人手がなく、アルバイトの費用もない。むなしく断念し、勲章は私の手もとに残ったままだ。

長兄と次兄が戦地から家庭に寄越した手紙類がある。

そこには、戦地で読んだゲーテの詩、中国の町で買ったモーツァルトのレコードを聴いたことなどが、書いてある。

スケッチ・ブックがある。

長兄は寺院めぐりが好きだった。スケッチ・ブックには、奈良の山々や寺院を描いた木炭画のあとに、短い文章が添えてある。

釈瓢斎《しゃくひょうさい》の手紙がある。

永井瓢斎は『朝日』「天声人語」の執筆者で、長兄の大学の先生でもあった。長兄の葬式にも見えていて、小学生の私は、海坊主みたいな「怪物」だな、と思った記憶がある。すべて古い話だ。

半解亭日乗

一九七七年一月二十七日、私は日記をつけはじめた。少年時代にも日記をつけた経験はある。しかしそれらはあとで恥ずかしくなって、おおむね廃棄した。

ところが一九七七年以降は毎日しつこく書きつづけ、二十数冊の日記帳が残っている。ただしその内容は、ほとんど感情をまじえない、きわめて事務的なものである。

二十年前、私は『朝日新聞』の夕刊に「日記から」と題する一連の雑文を書いた。その一つ「仕事メモ」(一九八〇年五月二十三日付、のち一九八七年新評論刊『読書人漫語』所収)の一節、

○月○日

朝、石湖居士集ヲ読ム。津田青楓アテ河上肇書簡一七四通届ク。中ノ詩歌、河上自選詩集ト校合、未見ノ作アリ。夜『中国研究』ノ原稿十枚ホド書キ足ス。『思想』ゲラ校正。

こんな具合である。しかしごくまれにイタズラ書きをすることもある。

○月○日

夜、プー、子猫ヲ書斎デ産ム。漱石ダッタカノ句ニ「ヤスヤストナマコノ如キ子ヲウメ

り」。

こういう部分は、読み返すと前後の状況がほうふつと浮かんできて、楽しい。だがこの種のことはできるだけ書かない。書く誘惑に負けて時間をとるからである。誘惑にときどき負けながら、当分の間少なくとも河上全集の完結まで、日記帳は私にとって告白の場所でなく、メモ用紙でありつづけるだろう。

以上、あの頃の日記は、主として河上肇全集の編集メモだったが、八六年の全集完結後は、日常の些事も少しは書くようになった。

日記帳の背に「半解亭日乗」という題簽を貼っているのは、永井荷風の『断腸亭日乗』のパロディ、「半解亭」は本欄72回に書いた「半解散人」(本書五一頁所収)にちなんでの命名である。

幸徳秋水八歳の詩

今年は幸徳秋水生誕百三十年、刑死九十周年に当る。

秋水の故郷高知県中村市では、これを記念してすでにさまざまな行事が行なわれ、これからも行なわれるという。

ところで、地元の「秋水研究会」会報第二号（二〇〇〇年十二月八日発行）が、私の手許にも送られて来た。

その第四面には、「数え年八歳の時の自作・自筆」として、七言絶句一首を墨書した写真が掲載されている。再録すれば、

奉賀大母還暦之辰
賀寿筵開六十春　満堂迎客酒千巡
鳳雛繞膝相伝称　誰似侃母緑髪新
幸徳伝次郎再拝

試みに読み下し文を添えれば、

大母の還暦の辰《ひ》を賀し奉《たてまつ》る
賀寿の筵《えん》は開く　六十の春
満堂　客を迎えて　酒　千巡す
鳳雛《ほうすう》　膝《ひざ》を繞《めぐ》りて　相伝称《あいでんしょう》す
誰か似ん　侃母《かんぼ》の緑髪　新たなるに
幸徳伝次郎再拝

筵は、宴会。鳳雛は、将来を嘱望された孫たち。伝称は、口々にほめる。侃母は、厳母。緑髪は、みどりの黒髪。

祖母のまわりをとりかこみ、「おばあさんのようにこの年でつやつやした黒髪の人は誰もいないよ」と、口々にほめる「鳳雛」達の中に、秋水自身を含めているとすれば、なかなかの自負の詩である。

この七絶、平仄にやや難はあるものの、春・巡・新と正しく押韻して、規格をはずさない。当時の漢詩手引書からの引用語も散見されるが、それにしても早熟の詩である。

最近私は正岡子規十二歳の漢詩作品「子規《ほととぎす》を聞く」（五言絶句）を紹介したが（「初期の詩――鷗外と漱石」、『鷗外歴史文學集』第十三巻月報、二〇〇一年三月、岩波書店。本書二五二頁所収）、早熟ぶりは秋水の方がはるかに上である。

なお秋水の漢詩は、ほぼ全作品を中島及著『幸徳秋水漢詩評釈』（一九七八年、高知市民図書館）が収める。

幸徳秋水の絶筆

前回でもふれたように、今年は幸徳秋水の処刑九十周年に当る。生誕百三十年でもあるということだから、秋水が天皇制権力によって殺されたとき、数え年で四十一歳だった。

一九一一（明治四十四）年一月十八日、死刑を宣告された秋水は、一篇の詩を作り、これを揮毫して牢獄の看守に与えた。文字通りの絶筆である。

絶筆は看守によって大切に保存され、七十二年後の一九八三年、石碑に刻まれ、秋水の故郷高知県中村市の一隅に建てられた。

それは次のような七言絶句である。

区々成敗且休論
千古唯応意気存
如是而生如是死
罪人又覚布衣尊

末尾に「死刑宣告之日　秋水」と自署してある。

ところで今年の三月、中村市の「幸徳秋水を顕彰する会」の会長森岡邦廣氏から、一通の手紙が私の所に届けられた。絶筆の解説板を石碑の傍に立てたいのだが、私の訳文を使わせてもらえないか、という文意であった。

実は以前、秋水と同郷の塩田庄兵衛先生からこの詩を講釈せよと言われ、手紙で返答したことがある。その手紙が塩田先生から森岡氏の所に送られて来たので、それを使いたいというのである。

私は恐縮し、お断りしようと思った。しかし記念事業実行委員会は、この六月にも解説板を設置し、塩田先生を招いて記念講演をしていただく予定を立てているそうである。

私は観念し、草卒の間に返答した塩田先生あての講釈に少し手を加え、訓読文と現代語訳をお送りした。

詩を読み下せば、

区々たる成敗　且《しばら》く論ずるを休《や》めよ
千古　唯《た》だ応《まさ》に意気を存すべし
是《か》くの如くして生き是《か》くの如く死す
罪人　又《ま》た覚《おぼ》ゆ　布衣《ほい》の尊きを

「布衣」は、平民の意である。

昼寝

昼寝の季節が来た。

昼寝という言葉は、古く『論語』に見える。――孔子の弟子宰予《さいよ》が昼寝をしていた。孔子はいう。枯れ木に彫刻はできぬ。悪い土の壁はぬり直してもだめだ。それと同様、宰予という男はいくら叱ってもムダだ。（公冶長《こうやちょう》篇）

『論語』の中で宰予は孔子に叱られてばかりいる弟子だが、昼寝したぐらいでなぜこんなにクソミソに言われるのか。

わが国の儒者荻生徂徠《おぎうそらい》は、「宰予昼寝《い》ぬとは、昼に寝（室）に処《お》るなり、昼に寝に処るとは、蓋《けだ》し言うべからざるもの有り。故に孔子深くこれを責む」、と解釈する。

「言うべからざるもの」とは、昼間から女と寝ていたことをいうらしい。

昼寝で思い出す有名な中国の古典が、もう一つある。屈原《くつげん》の弟子宋玉《そうぎょく》の「高唐《こうとう》の賦《ふ》」。——むかし楚の懐王《かいおう》は、昼寝の夢で、巫山《ふざん》の神女とちぎった。

昼寝はどうもエロチシズムと関係があるらしい。

しかし今から二十数年前、私がサントリーから頼まれて書いた「昼寝の夢」という短文は、エロチシズムとは無縁である。

——昼間から一杯きこしめし、李白の詩集を枕にして横になったら、夢に李白大人が現れ、大いに痛飲暢談《つういんちょうだん》した。味をしめた私は、さまざまな詩集を枕にして中国の詩人たちと昼寝の夢で邂逅した。しかし陶淵明と杜甫だけは、どうしても姿を見せない。

醒めた詩人には醒めて対せよ、ということか。——

というたわいもない小話である。

この小話は、サントリーの広告として、朝日・毎日・読売三紙に顔写真入りで、ほとんど全紙面を使って掲載された。

国家公務員（国立大学教授）が……、という批判もあったが、大学当局からヤボな「厳重注意」

はなかった。きっと学長以下酒好きな人が多かったせいだろう。

吉川幸次郎と啄木

高名な漢学者吉川幸次郎（一九〇四―八〇）と歌人啄木（一八八六―一九一二）、突飛な組み合わせのようだが、漢学者は若いころから朔太郎の詩を愛し、啄木の歌に興味を抱いてきた。「啄木讃」という短い文章がある（『吉川幸次郎全集』第十八巻所収）。まず『一握の砂』から二首の歌が挙げられる。

一、大いなる水晶の玉を
　　ひとつ欲し
　　それにむかひて物を思はむ

二、水晶の玉をよろこびもてあそぶ
　　わがこの心
　　何の心ぞ

そして、どちらかといえば「大いなる」の方を好む、という。なぜならこの歌が「理想主義者としての啄木の姿をよく示すからである」。

そして、啄木がじっさいに「水晶の玉を坐右にもっていたかどうかは、史家が考証するであろうが、私には虚構のように思われる」、という。

漢学者が好む啄木の歌は、おおむね虚構に富むものである、として、また別の二首を挙げる。

一、いたく錆びしピストル出でぬ
　砂山の
　砂を指もて掘りてありしに

二、真夜中の
　倶知安駅に下りゆきし
　女の鬢の古き痍あと

とりわけ後者は、漢学者の好みの深層を暗示していて、興味深い。

漢学者の結論はこうである。

「短歌もまた虚構の才能をもつことによって、実相への観入が深まると思っている。また虚構の才能は、理想主義的な精神と相関のものと思っている」。

いささか我田引水めくが、数年前私は『陶淵明——虚構の詩人』という小さな本（岩波新書）を書き、この中国の特異な詩人が、虚構の手法を用いることによって、みずからの理想主義を追求する過程を描いてみた。

酒悲——泣き上戸

若い女性の友人から、メールが来た。彼女は田山花袋の研究家である。最近群馬県館林市の花袋記念館に初めて行き、いろいろと収穫があったらしい。文章の行間にハズンだ気持が踊っていた。

報告によれば、発見の一つは、「酒悲詩痩録《しゅひしそうろく》」という花袋自筆の雑記帳二冊だった。花袋の名は録彌《ろくや》だから、標題の録はその名にちなんだものか、ときいて来たが、そうではなく、普通の○○録、すなわち記録、ノートの意であろう。

ところで若い研究者たちは、とっさには気づかぬだろうが、「酒悲」は白楽天、「詩痩」は李白の詩に見える言葉である。花袋はもちろんそのことを知っていて、この標題をつけたにちがいない。

「酒悲（酒に悲しむ）」は、宋・司馬光の史書『資治通鑑《しちつがん》』（後唐荘宗紀）の胡三省注に、「人、酔後に涕泣する者あり、俗にこれを酒悲という」とあるように、「泣き上戸」のことである。白楽天の詩「酒を勧むるものに答う」にいう、

怪《とが》むるなかれ近来都《すべ》て飲まざるを

幾回か酔うて却《かえ》って巾《きん》を沾《うるお》すに因る
誰か料《はか》らん　平生　狂酒の客なりしに
如今《じょこん》　変じて酒悲の人となるを

「詩瘦（詩に瘦す）」の方は、李白が杜甫をからかったとして伝えられる詩に見える。

飯顆《はんか》山頭　杜甫に逢う
頭に笠子《かさ》を戴きて　日卓午《まひる》なり
借問《しゃもん》す　別来《べつらい》　太《はなは》だ瘦生《やせ》たるは
総て従前作詩の苦しみのためならん

「飯顆山《めしつぶやま》」は実在の山でなく、詩も後世の戯作かも知れぬ。

花袋は自嘲の気味をこめて命名したのだろう。

三国時代以来、酒飲みを上戸、飲めぬ人を下戸という。「泣き上戸」も大昔からいたのだろうが、さて、「笑い上戸」は漢語で何といったのか。

老婆の休日

私の落語好きを人づてに聞いたのか、桂文珍のCD「老婆の休日」を送ってくれた人がいた。

私は以前からどちらかといえば古典落語派で、現代落語はあまり好まぬ。また文珍は、必ずしも好きなタイプの噺家ではない。

しかしCDは、なかなか面白かった。この噺、オードリー・ヘップバーンの「ローマの休日」のパロディではない。ただ題をもじっただけだ。

近所のお婆さんたちが医院の待合室に集まって、おしゃべりを楽しんでいる。そのトンチンカンなやりとりが面白いのだが、ふと誰かが、「今日はおカネさん来てないよ。体の具合でも悪いのかねェ」、というおソマツな一席である。

ところでパロディといえば、李白の有名な、

白髪三千丈

をもじって、茶髪三千丈という漢詩を作った日本の高校生の話を書いたことがある（「漢語の散歩道」一九九回、『日中友好新聞』二〇〇〇年六月二十五日号）。

李白の詩は、

白髪三千丈　　縁愁似箇長
不知明鏡裏　　何処得秋霜

読み下せば、

白髪　三千丈
愁《うれ》いに縁《よ》って　箇《かく》の似《ごと》く長し

知らず　明鏡の裏《うち》
何《いず》れの処より　秋霜を得し
となるが、高校生のパロディは、
茶髪三千丈　　縁恋似箇娟
不知親心内　　何処得豊艶
これも読み下せば、
茶髪　三千丈
恋に縁って箇の似く娟《うるわ》し
知らず　親の心の内
何れの処より　豊艶《ほうえん》を得し
「豊艶」は、グラマー。
押韻・平仄・用語などに難はあるが、高校生にしては上出来である。
私も負けずに、「金《かね》とともに去りぬ」とでも題する小噺を書いてみたいな、と思っている。

綾蝶《アヤハビル》の歌

NHKのテレビ番組「人間ドキュメント」を観ていたら、沖縄の女優北島角子《きたじますみこ》さんの一人芝居（一人語り?・）が放映されていた。

どこかで聞いたお名前だなと思って記憶をたどっていたら、四年前この欄（『詩魔』所収「沖縄と魯迅の言葉」）で、彼女にふれて短い文章を書いていたことを思い出した。

それは、琉球大学の上里賢一さんからの手紙で教えていただいた、北島さん作詞の琉歌を紹介した一文だった。

道ぬ無《ネ》ん道ん
一足《チュヒサ》また一足《チュヒサ》
行《ン》ぢゃい来《チャ》いしちどう道や開《ア》ちゅる

上里さんは、この詞は「道の無い所を、一歩また一歩と、行ったり来たりしてこそ、道は開けるものだ」、という意味だと解説し、これを聞いて魯迅の言葉「地上にはもともと道はない。歩く人が多くなれば、それが道になる」（『故郷』）を思い出したと、手紙に書いて来た。

そして、北島さんに聞いてみたそうである。

「魯迅をご存じですか」

「知らん」

私はこのエピソードを短文にしたのだった。多分北島さんの目にはふれていないだろうと思い、今回コピーしてお送りした。

まもなく礼状が届き、その中に、

「今年六月二十三日、慰霊の日に、沖縄の現在の姿を詠んでみました」

として、次のような新作の琉歌が一首しるしてあった。

蜘蛛《クバ》が巣《シ》にかゝる
綾蝶《アヤハビルグウトウ》　如に
何時迄此《イチンク》ぬ沖縄《シマ》や金網《アミ》ぬ中《ナカ》い

身につまされる思いがしたが、北島さんは毅然としていて、手紙は、

「役者として、これからも心と体で語りたいと思って居ります。今後とも多くの方々に先生の思いをお話しください」

と結んであった。

漢詩の戯訳

若い人たちと月に一度、陸放翁の詩を読んでいる。毎回一、二首、二時間あまりかけてゆっくりと読む。その日の担当者が、語義や出典を調べて和訳し、プリントして皆に配り、口頭で報告。報告に対して、自由に意見を述べあう。

私はいつも聞き役で、報告の後の討論に参加し、誤釈と思われる部分について意見をのべる。そしてまた討論になる。

会が果てた後、行きつけの飲み屋に集まり、また議論がはずむ。

先日の会では、七言絶句二首を読んだが、散会の前に、珍しく私は私自身の試訳を皆に披露した。

一首は「雑感」、もう一首は「斎中に急雨を聞く」と題する作品である。

陋屋《ろうおく》ノ窓ノ手スリニ　雨シトシト
花ノ移植ハ　間ニ合ヒマシタ
オ客モ帰ツテ　寝椅子ニクツロギ
ホロ酔ヒ気分デ　マタ詩ガデキタ

小軒幽檻雨絲絲
種竹移花及此時
客去解衣投臥榻
半醒半酔又成詩

怠ヶ者ユヱ　世渡リハヘタ
粗末ナ食事ニ　酒マデヤメタ
ボロ屋ハ一日　人声モナク
芭蕉ノ葉ヲ打ツ　ニハカ雨

一味疎慵養不才
飯蔬亦已罷銜盃
衡茆終日人声絶
臥聴芭蕉報雨来

来月の二次会で、この「戯訳」は酒の肴にされるだろう。それを今から楽しみにしている。

この会は一九九三年から始めているので、来年は早くも十年目を迎えることになる。しかしこの間に読んだ詩の数は約百首。五百首を収める河上肇『陸放翁鑑賞』をテキストにしているので、全部読み了えるのに、あと四十年。こんな戯訳は、あと何首できるか。

芥川龍之介の漢詩

昨年の夏、『朝日新聞』(八月九日付)「青鉛筆」欄は、芥川龍之介自作自筆の漢詩が発見されたと、その写真を掲載した。

高松市が購入した菊池寛の戯曲『閻魔堂』(一九一六年刊)の生原稿の裏にしるされていたという。

写真が不鮮明なため判読しにくく、私は原版を見るため、先年芥川全集を刊行した岩波書店に、仲介の労をとってもらうよう依頼した。

やがて鮮明な写真が送られて来て、詩は次のような五言絶句だとわかった。

睡起覚衣寒
幽居人無到
偶解春風意
来吹竹与蘭

仲介してくれたのは、岩波編集部の米浜泰英君である。彼とは二十年前、河上肇全集刊行の時に知り合ったのだが、その後私も関係した『江戸詩人選集』『江戸漢詩選』などを、担当編集している。もともと東洋史出身の彼の漢詩文読解力は上達し、更に『鷗外歴史文學集』や現在刊行中の『後漢書』などを編集、いよいよ腕を上げている。

米浜君は写真に次のようなコメントをつけて送って来た。

「到・蘭では脚韻が合わず、第一句と二句は逆なのではないか。ならば寒・蘭と押韻する。幽居人無到では平仄が合わず、無は莫にすべきではないか。」

米浜君の言う通りであって、その補訂により、一首は五絶としての体裁がととのうことになる。

ところで、私はかつて「漱石詩注余話」と題する一連の文章の中で、芥川の漢詩を取り上げたことがある（一九九七年十一月二玄社刊『書画船』四号）。芥川は二十一歳のときから漢詩の創作を始め、その作品は、書簡集などに散見するものだけでも、かなりの数にのぼる。右の詩、それらの中には見当たらず、文字通り「新発見」なのだろう。

原稿用紙

十代の後半から原稿を書き始めて五十数年。はじめの十年ほどは別として、原稿用紙というものを買ったことがない。

単行本をはじめて書いたのは、二十代の後半だったが、当時の出版社はたいへん気前がよくて、たとえば単行本一冊分、四百字詰原稿用紙三百枚を書き上げるのに、前もってその二倍以上、時には三倍も送って来てくれた。

私は原稿を書く時、あらかじめ広告のチラシの裏などに、文章の構想を箇条書きメモ、あるいは座標軸のような形で書き散らす。ほぼ構想が固まった上で原稿を書き始めるので、書きつぶしということを殆どしない。

テレビドラマなどに出て来る作家は、たいてい書きつぶした原稿を丸めてポイ、ポイと肩越しに畳の上に投げ、また書き始める。しかし私には、そういう経験がない。たとえば五十枚の原稿を書く時、破って捨てるのはせいぜい二、三枚だ。

したがって、出版社が気前よく送ってくれた原稿用紙は、半分以上がそのまま残る。この四十数年の間に数十冊の本を書いたので、私の書斎には、各社の原稿用紙が層をなして積まれている。最近は原稿を依頼して来ながら、用紙を送って来ないケチな出版社がある。しかし私は一向に困らない。

ところでごく最近まで、私はワープロ、パソコンの類を毛嫌いして、使わずに来た。しかしある事がきっかけで、今ではパソコンにはまっている。

ある大手出版社の編集者は、「このごろは誰も彼もワープロ、フロッピーになって、手書きで味のある原稿を送ってくださるのは、先生ぐらいです」と、喜んでくれていたのに、裏切ることになってしまった。

しかしはじめからパソコンに向かうのと、時にはペンを執って原稿用紙に書くのと、二つの方法を使い分けている。その理由は——原稿用紙派の方々には、わかっていただけるだろう。

コンピュータと漢詩

私の恩師である吉川幸次郎先生は、新らしもの好きの、好奇心旺盛な方だった。得意の関西弁で言われたことがある。

「たとえば『論語』を機械の中へ抛り込むやろ、それでボタンを押したらやネ、仁という字がどことどこに出て来るかいっぺんで分かる、そんな機械がでけんもんかなァ」。

先生は一九八〇年に亡くなったので、当時われわれの周辺に、パソコンはまだなかった。そのとき私もまた関西弁で、「そんなアホな」と思ったのである。

ところが今や、吉川先生の夢は実現した。『論語』どころか、中国古典のほぼ全体を網羅する大叢書『四庫全書』（もちろん『論語』もその中に含む）の一字索引のソフトが完成し、自由自在に検索できるようになった。

私は毎月一回、宋代の詩人陸游の作品を読む会（読游会）に参加しているが、そこでもパソコンは威力を発揮する。

陸游ののこした詩は一万首に近く、その一字索引を作るのは大変な作業だが、小田美和子さんという若い女性研究者がソフトを完成、私たちは毎回それを利用して陸詩を読んでいる。

四十年前、私は「中国詩人選集」（岩波書店）の一冊『陸游』を書くために、陸詩一万首を全部読んだ。そのとき陸詩のキーワードになるような言葉をできるだけ多く拾い、詩題と巻数を記録した。その大学ノート二冊は、今も手許にある。しかし今やそれは何の利用価値もない。ノートに丹念に記録した語群は、パソコンのキーを叩けば、ズラッと並んで出て来るからである。

ところが私は、そのノートを作る過程で、陸游の人物や思想、江南の農村の風物や行事と詩人との関係、彼の詩風や詩論などなど、パソコンのキーを叩いただけでは出て来ない、多くの知識を得た。

今の若い人たちの中には、言葉を探すのには熱心だが、詩そのものはあまり読まぬ人がいる。パソコンの弊害か。

三日不作詩

中国宋代の詩人陸游《りくゆう》（号は放翁《ほうおう》、一一二五—一二一〇）の「閉戸」と題する詩に、「三日不作詩——三日詩を作らず」という句がある。

多作な彼にとって、三日間詩を作らぬことは、一つの「事件」だったのである。七十七歳の時、「六十年間万首の詩」とうたった放翁は、その後も作詩をつづけ、八十五歳の長寿を保って世を去った。

とくに晩年、日記のように詩を書きつづけたので、その総数は二万首をはるかに越えるといわれている。しかし若い時の気に入らぬ詩は捨て去ったので、今にのこる作品は約一万首、正確にいえば九千二百首余りである。

「三日詩を作らず」とまるで大「事件」のようにうたったのは、六十歳の冬だったが、七十五歳の夏には、

　経年《けいねん》客を謝せしは常に酔いに因り
　三日詩無くして自ら衰えしを怪しむ

と、ややペースダウンしたのを嘆いている。

しかし八十四歳を迎えた冬、

　食を損《へ》らすこと一年なるも　猶《な》お健なるべく
　詩無きこと三日　却《かえ》って憂うるに堪えたり

と、食事の量が減るのは平気だが、詩作のペースが落ちるのは心配だと嘆きながら、「詩無きこと三日」が、この詩人にとって相変らず一つの「事件」であることを示している。

　老人　日課無く

興有らば　即ち詩を題す

とうたったのは七十歳の時だが、彼にとって、

我が行　在《ゆ》く処　皆詩の本《もと》なり

という具合で、詩材は行く先々にあったのである。

また六十三歳の冬、

笑う莫《な》かれ　吟哦《ぎんが》（吟詠）闕《か》くる日無きを
老来未《いま》だ尽きざるは独り詩情のみ

とうたう「詩情」も、晩年に至るまで尽きることがなかった。

古稀今何稀

私が七十歳、いわゆる古稀の寿を迎えたとき、中国のある大学の学長から、祝いの詩が届いた。紹介するのも面映い、ほめ殺しの一首だが、忘却の彼方に棄て去るのも申訳ないので、披露することとする。

東瀛一放翁
学海美誉隆

文采師李杜
神思追陸辛
孜孜釈経史
殷殷度衆生
古稀今何稀
嘯傲南山松

まず、はじめの二句、
東瀛《とうえい》の一放翁
学海に美誉隆《たか》し

東瀛は、日本。瀛は、海。わたしが宋代の詩人陸放翁（名は游）の研究者であることをふまえ、学海、広い学界で、美誉、その名声は高い。

文采　李杜を師とし
神思　陸辛を追う

文学の面では、唐の李白、杜甫を師とし、精神の面では、宋の陸游、辛棄疾《しんきしつ》を追求する。

孜孜《しし》として　経史《けいし》を釈《しゃく》し
殷殷《いんいん》として　衆生《しゅじょう》を度《すく》わんとす

経書と史書、中国の古典の評釈に倦まず励み、人々を不幸から救おうと、殷殷として、深く心を悩ませる。作者は私が単なる象牙の塔の研究者でなく、社会問題にも関心を寄せていることをご存じらしい。そして、末尾の二句。

古稀　今は何ぞ稀《まれ》なる
嘯傲《しょうごう》す　南山の松

七十の長寿は、今や珍しいことではない。日本の放翁先生は七十を迎えてますます壮健、南山の松のもと、今も嘯傲しておられる、というのである。

南山は、長寿の象徴である終南山。長安の南にそびえる山。松は、隠者のシンボルである。嘯傲は、陶淵明の詩「飲酒」に見える語で、俗世間を超越して、気侭にくつろぐこと。現実の私ではなく、私の理想像である。

飲むに如《し》かず

唐の詩人白楽天（七七二—八四六）に、酒の功徳をたたえた「酒功讃」という短い韻文がある。その末尾にいう、

吾常終日不食、終夜不寝、以思無益。不如且飲。

これを日本式に読み下せば、

吾、常《かつ》て終日食らわず、終夜寝《い》ねず、以て思うも益なし。且つは飲むに如《し》かざるなり。

その大意は、「私はかつて一日中食べず、一晩中眠らず、ひたすら思索にふけったことがあったが、何の役にも立たなかった。まずは一杯やる方が、ずっとましだ」。

私も酒には目のない方だから、「飲むに如かず」という言い分はよくわかる。しかし白楽天が一体何の思索にふけっていたのか、よくわからぬ。

わからぬのも道理で、実は右の一文、『論語』の一節のパロディなのである。もとの『論語』（衛霊公篇）にいう、

吾嘗《かつ》て終日食らわず、終夜寝ねず、以て思うも益なし。学ぶに如かざるなり。

孔子は「思」と「学」を対比させ、漠然たる思索は、たとえ寝食を忘れたものであっても、何の役にも立たぬ。読書による学問の蓄積には、とてもかなわぬゾ、と言っているのである。

ところが白楽天は、「思」と「飲」、すなわち思索と飲酒を対比させて、孔子を茶化している。

聖人孔子を茶化していいのか。実は白楽天は、最初に孔子を皮肉った人物ではない。

たとえば竹林の七賢の一人、晋の嵆康《けいこう》は、ある書簡（『文選』所収）の中で、皮肉をこめて孔子を批判しており、詩人陶淵明も、孔子の労働軽視の思想を批判した作品をのこしている。

漢文は「道徳」の「宝庫」のように思われているが、漢文をよく読んでみると、実はそれが「不道徳」の「宝庫」でもあることに気づくだろう。

II 河上肇断章

河上秀さん

河上肇生誕百二十年に寄せて

ただいまご紹介いただきました一海でございます。今日は私どもの会が主催した講演会にこんなにたくさんの方にきていただいて大変ありがとうございました。

じつは今日私は河上肇記念会を代表してのご挨拶だけいたすつもりをしておりましたが、もうちょっとしゃべれといわれましたので、しばらく時間をいただいて話をさせていただきます。

河上肇記念会は一九七三年、いまから二六年前に発足しまして、全国に会員の方が五〇〇人位おられます。そのほかに先ほど祝電をいただいた山口県の河上さんの故郷岩国にもう一つ記念会がありまして、東京にも東京河上会というのが古くからあります。

お配りした資料の最後のところに河上会の会則がありますが、それをみていただきますと二番目のところに「本会は河上肇先生の人格とその業績をたたえ、これを広くかつ長く伝えるための研究並びに事業をおこなう」、三番目に「この会は河上肇先生を敬慕し、先生に学び先生を知ろうとする人々を会員とし、資格や政治的立場を問わない」と書いてあります。

毎年一回十月に京都の法然院で河上会総会を開きまして、そこで選ばれる世話人が十人ほどおりますが、その人たちで運営をしておりまして、私が現在代表ということになっております。

河上さんはもちろん経済学者、思想家であって、わたしは一介の中国文学者にすぎないわけで、そんな者が代表になるのはおかしいんです。歴代の代表はといえば、初代が末川博先生、二代目は住谷悦治先生で、三代目が杉原四郎先生、四代目が木原正雄先生、これら四人の方はすべて大学の総長・学長でして、末川先生は立命館大学の総長でした。住谷先生は同志社の総長、杉原先生は甲南大学の学長、木原先生は高知女子大学の学長で、五代目が私ということになってがくんと落ちまして、私は一介の大学教授でしかありません。がくんと落ちるだけでなく、ずれるというか、ゆがむというか、今までの代表はすぐれた社会科学者なんですね。法律学者であったり経済学者であったわけですが、河上さんご自身はいうまでもなくすぐれた経済学者であった。したがって当然河上会の代表は社会科学の専門家がやるべきだ、私は一介の中国文学者でしかないから私が代表になるのはおかしいということで、お断りしたんです。しかしどうしてもということで、お引き受けいたしました。

それに河上さんという方は非常にきまじめな方で、誠実・真面目が背広を着て歩いているような方でしたが、私は冗談ばかりいう不真面目な人間ですので全然「会」にふさわしくない、とお断りしたんですけれどどうしても引き受けろということですので、それなら私は苗字がイッカイだから一回だけ引き受けようということになりました。

一回というのは二年間ということですが、たまたま一回ひきうけた二年間の間に、生誕百二十年という年がまわって来まして、不幸にもこういうところで話をしなければならない羽目におちいったわけであります。

河上さんと私との接点は、(私は中国文学をやっておりますが)中国にあります。二つの中国……といっても台湾と大陸の中国ではなくて、現代中国と古典的中国ですが、この両方が私と河上さんを結びつけている接点だといえます。

私が大学に入学いたしました一九四九年、中国で革命がおきて人民中国が誕生いたしました。そのことも一つの契機となって私は中国現代文学を専攻するつもりで勉強し始めたんですが、途中から古典文学をやることになり、今は古いところをやっております。

もちろん新しい中国にも関心がございまして、一九一九年に中国で五四運動という有名な運動がおこりましたが、それ以降、河上さんの書かれた文献は中国で続々と翻訳されるようになります。二十数冊かと思いますが、河上さんの単行本が中国語に翻訳されて、非常に多くの人びとがそれに学びつつ中国革命に参加したということであります。

ですから河上さんの中国革命に与えた影響というのは非常に大きいものがあるように思うんですけれども、たとえば長い間人民中国の総理をつとめた周恩来という方がいらっしゃいましたが、あの方は一九一九年に中国から京都へ来ておられます。京都の嵐山に周恩来の書いた漢詩(「詞」という形式の作品)の碑が建っております。しかし彼は嵐山を見るために京都にきたのではなくて、河上さんのゼミに入って勉強しようということで京都にこられて、自筆の入学願書がのこっていますけれども、ところがその年に五四運動がおきて、祖国が大変だということで周恩来は急遽帰国、河上さんと周恩来は師弟関係にはならなかったんですが、しかし周恩来は河上さんの著作を読んで学んだという結びつきがあります。

それともう一つ、私と河上さんをつなぐのは古典的な中国です。河上さんは足かけ五年牢屋に入れられたんですが、そのときに牢屋で本を読むにあたってはいろいろ制約があって、何でも差し入れるというわけにはいかなかった。そのとき河上さんは宗教書をたくさん読まれています。そのほかに漢詩の本をたくさん差し入れてもらっていますが、これはたぶん刑務所の役人が漢詩の本をみてもよくわからなかったので、「まあいいだろう」ということで差し入れが許可されたんでしょう。たくさん差し入れてもらって足かけ五年の間に読むんですが、その読み方がまた普通の人とちがっています。陶淵明、王維、白楽天、蘇東坡という人たちの全集を入れてもらうんですね。

当時国訳漢文大成というのがありまして、翻訳はいいものばかりではなかったんですがそれだと全集で読めるわけです。普通なら唐詩選とかで中国の詩を読むのですが、人の選んだもので読まない、自分で全部読むということをやって、その中から自分の好きなものを選ぶというやり方です。

あとで加藤周一先生の「手作りの思想」というお話に期待をしておりますが、河上さんは中国の詩を読む場合でも手作りで読む、人の助けを借りないで自分自身で選んで読むというのが河上さんの特徴だといえます。

牢屋から出てこられて、今度は中国の宋の時代の陸游という人物（号で呼ぶと陸放翁）、この人のことは後でふれますが、みなさんにお渡しした資料の中に左肩の方に「放翁鑑賞　その二」と書いてありますが、その陸放翁という詩人に傾倒しまして、その人の詩を選んで注釈書を書いています。もちろん出獄後は執筆禁止のような状態でしたから原稿がつくられても出版はできないので、この本は戦後河上さんが亡くなってから一九四九（昭和二十四）年に出版されるんですが、同時に河上さん自身が自分で漢詩をつくるということを始めています。

日本では江戸時代に漢詩を作ることが非常に盛んであったわけですが、明治になっても漢詩人というのはたくさんいまして、現在でも漢詩を作っておられる方はいらっしゃいます。しかし「岩波新書」で漢詩の注釈書が出ているのは、今のところ夏目漱石と河上肇の二人だけです。

このことはこの二人の漢詩が現代人の鑑賞にたえる内容をもっていることを象徴的に示しているわけですが、河上さんは漢詩の作者としてはかなりの数の漢詩を遺されました。私はその漢詩の注釈を書きまして岩波新書の一冊として出させていただいたのですが、そういう因縁が河上さんと私との間にあります。

今年は生誕百二十年ということですから、河上さんが生まれたのは一八七九年なんですね。今年は兎年ですから、百二十年というのは干支の十二年の十倍で、ちょうど十回目の兎年です。夏目漱石もじつは兎年なんです。同い年ではなくて一まわり前の慶応三年に生まれていますが、二人とも兎年なんです。

ところが写真を見ますと、今日のビラにも河上さんの写真がのっていますけれども、漱石の顔を忘れた方は千円札を出していただきますと漱石の顔がでてきます。それをみてみますと二人とも全然兎らしくない。

干支というのはあてにならないですね。

今日この後でご講演いただく加藤先生は羊年です。これは私が密かに調べたのではありません。そうではなくて加藤先生には『羊の歌』という大変有名な岩波新書の二冊の本があり、「わが回想」というサブタイトルがつけてありまして、そのあとがきを見ますと、「私は羊年であるから本の題をこうつけた」ということを宣言しておられますので、公表された事実なんですが、加藤先生はいま前に座っていらっしゃいまして、たしかに優しそうな羊のようなおとなしそうな顔をしておられますが、しかしその文章を読むと痛烈で、とても羊とは思えない。

私は蛇年なんですが「蛇は悪賢い」ということであり、私は確かに人が悪いことは悪いですがあまり賢くない、ですからこれもあたらない。

世間を見渡しますと「こせこせした牛」とか「気の弱い虎」とか、「丸顔の馬」とかがいまして、いかに干支というものがあてにならないかということがわかるんです。したがって河上さんと漱石が兎であるということは全然無意味なんですけど、十二年違い、一まわり違いであるということにはかなり重要な意味がありまして、明治の初年に二人は少年期を過ごしております。そしていわゆる漢学的な素養をもち、儒教的な思想が深く影響を与えているという点で意味があると思います。

私と河上さんとの仲立ちをしてくれたのが陸游という詩人だったんですが、陸游という人は一一二五年、十二世紀のはじめに生まれて、一二一〇年、十三世紀のはじめに亡くなっており、昔の人としては大変長生きで八十五歳まで生きた方なんです。

さきほども申しましたが陸游は号を放翁といいます。岩波書店から出した中国詩人選集というシリーズの中の一冊、陸游という人の詩のなかから一〇〇首ほどをえらんでそれに注釈をつけて解説した本なんですが、私がそれを書いた時に日本人の著した参考書として役にたつものは二冊しかなかった。一つは私の先生の先生である鈴木虎雄という京都大学の先生の本、もう一つは河上さんが書かれた『陸放翁鑑賞』という上下二冊の本でした。

河上さんの本は素人の書いた本だからと思ってはじめは期待していませんでしたが、読み始めてびっくりしました。大変漢学の素養があるだけでなくて詩についての感じ方が大変するどいということがわかりまして、参考にさせていただいたわけです。

そして私は今も毎月一回陸放翁の詩の研究会を若い人たちとやっておりまして、「読游会」といいます。陸放翁という人は八五年の生涯に一万首の詩を遺しています。この研究会は詳しく詩を読もうということで一回に一首、夏休みなんかもありまして一年に一〇首位しかすすみません。そうすると一万首全部読み終わるのに千年かかるわけですね。いくら私があつかましくても千年も読み続けるというわけにはいきませんから、河上さんが書かれた『陸放翁鑑賞』をテキストにして読んでいます。これだと五百首です。

河上さんは陸放翁の詩一万首を全部読まれた、おそらく日本人で陸放翁の一万首を全部読まれた人はあまりいないとおもうんですが、その証拠が河上さんが昔住んでおられたお家に残っているんです。陸放翁全集という本に河上さんの字と明らかにわかる文字で全体にわたって書き込みがありますので、全部読まれたという証拠だと思うんですが、その中から五百首をえらばれて『陸放翁鑑賞』という本を書かれた。それをテキストにして「読游会」をやっている訳です。それだと五〇年かかったら読み終わることができる。私は百二十歳まで生きなければなりませんが、それならまだ可能性がある。私は河上さんと毎月対話しながら、陸游の詩をいまだに学んでいるというわけです。

河上さんはなぜ陸游という詩人に傾倒したのか、好きになったのかといいますと、これは私の推測でしかありませんが、陸放翁という詩人の中に自分自身の姿の投影を見たというか、自分と陸游との間に非常に深い共通点があると思ったからではないかと思います。

今日お話いただく加藤先生に『日本文学史序説』という大変おもしろい本がございまして、二冊の大部な本なんですが、その中に河上さんが出てくるんですね。日本文学史に河上さんが出てくるというのは大変めずらしい、おそらく日本文学史では最初の本だと思います。

その中で加藤先生は重要なことをたくさんおっしゃっています。そのうちの一つに「晩年の河上は宋の詩人陸游に詩人・志人・道人の三面があったことを指摘した」「志人の志は、憂国の志であり、全体として国の針路への強い関心であって、明治国家と共に育った日本の知識人の一世代には共通の特徴である。彼らの一部は、同時にまた詩人でもあった。道人とは求道者であり、宗教的・倫理的意味での自己完成をめざす。その道は陸游にとっては朱子学、河上にとっては、彼のいわゆる宗教的真理と係っていた。幸徳秋水は詩人であり志人であったが、道人ではなかった。河上肇は、詩人であり、志人であり、しかも道人であることをやめなかった」。こういうふうに加藤先生は書かれていますが、陸放翁には自分自身との共通点があるように河上さんは思われたんではないかと思えます。

「陸放翁鑑賞その二」を読んでみると、河上さんがいかに陸游に傾倒していたかがよくわかります。

お手元にプリントをお配りしております。

最初に出てくる七言絶句が陸游の詩です。後の○印をつけて注釈しているのが河上さんの文章です。

示　児

文能換骨余無法

学但窮源自不疑

児に示す

文能く骨を換ふ余に法なし、

学んで但だ源を窮め自ら疑はざるなり。

歯豁頭童方悟此　　歯豁頭童にして方に此を悟る、
乃翁見事可憐遅　　乃翁事を見る遅きを憐む可し。

○思想的学問内容を有つた絶句で、注意すべき特殊の作である。私は嘗て曾国藩の児に与へた書簡集を繙き、その中に、昔から金丹〔錬金術でつくる不老不死の薬　注・一海〕骨を換ふと称してゐるが、唯だ真の読書〔学問をすることと同義　注・一海〕のみが人の骨相を換へることが出来る、といふ意味のことが書いてあるのを見て、大に感心したことがある。放翁の此の一首は、それと全く趣を同じうする。
○骨とは、言ふまでもなく骨相のこと、即ち基本的な人格である。
○学問をして根本的に人格を鋳直すのは、どういふ法があるかと云へば、他ではない、徹底的に根本的に窮めうる限りのところまで窮めつくして、もはや他人が何と云はうと、どんな目に逢はうと、絶対に揺ぐことのない確信を得ること、即ちこれである。放翁はかう云つてゐるのであり、これは私の年来の主張と符合するので、私はその点で特にこの詩に興味をもつた。
○歯豁頭童。韓愈の「進学解」に「頭童歯豁」の文字が出てゐる。豁は、うつろ、歯豁は、歯が抜けてまばらになること。頭童は、小供のやうに髪が少くなること。なほ今歳の秋の詩の中には、更に「老夫眼暗く牙歯疎なり」とか、「歯は敗屐の如く髪は糸と成る」とか、「髪毛焦禿歯牙疎なり」とかいふ類の句があるが、しかし前にも書いておいたやうに、歯などそんなに悪くはなく、平均から云へば人並以上に丈夫であつたことは、確かである。七十七歳の時の詩に、「一歯屢しば揺ぐも猶ほ肉を決す」とあり、更に八十二歳の時の詩にも、「歯揺ぐも猶ほ能く濡肉を決す、即ち亦た尚ほ未だはなはだ害あらず」としてあるのは、即ちその証である。

○乃翁は、お前の老翁といふ意味で、これは自分の子に示したものであるから、さうした文字が使つてある。

こういう形で河上さんは約五百首の陸放翁の詩に注釈をつけておられます。それらを読むと河上さんがいかに陸放翁に傾倒していたか、特に先ほど読んだ中の学問をして根本的に人格変革をめざすにはどういう方法があるかといえばほかでもない、「徹底的に根本的に窮めうる限りのところまで窮めつくして、もはや他人が何と云はうと、どんな目に逢はうと、絶対に揺ぐことのない確信を得る」こと。これに関連して河上さんの書かれた『自叙伝』を読んでみますと、次のような文章がでてまいります。すなわち「自分の信念はいかに火にあぶられようとも曲げることができない」、と云っておられる。そこに陸游と自分との共通点を見いだして傾倒していったのでしょう。

ところで河上肇記念会は今も活躍はしていますけれども、だんだん高齢化しておりまして、一種の老人クラブみたいになってきています。

ところが最近非常に若い二十代、三十代の研究者の間で、河上研究がはじまりました。その理由、原因については深く考えなければならないのですが、東京では早稲田大学の大学院ドクターコースの人で、今日の講演会にも出てくるという手紙が来ていまして、この会場にいらっしゃるのかもしれませんが、河上さんについての論文を矢継ぎ早に発表しておられます。この方は今年の九月から中国に留学するということですので、おそらく今の中国にいけば河上さんの本を学んでマルクス主義の勉強した人たちがおられますので、そういう方々と河上研究についての交流もできます。そして河上さんの中国語に翻訳された文献については、私も何年かかかって調べ上げたんですけれども、私自身は中国に行って調べたわけではないので、中国へ行って腰をおちつけて調べれば、あちこちの図書館にそういう単行本だけでなくて雑誌に掲載された翻訳論文なども網羅的に調査できるのではないかと期待しています。

そのことによってまた新しい河上研究が進むだろうとおもいますが、そのほかにも静岡の高校の先生、名古屋大学におられる方、立命館大学院をでられて現在高校の先生をしておられる方、私がつとめておりました神戸大学の研究者など、非常に若い方々が河上研究をすすめはじめていますから、この生誕百二十年を契機としてさらに河上研究が発展することを私は期待しております。

よく「河上精神」ということがいわれます。河上さんの一番有名な著書の一つである『貧乏物語』、これは河上さんという人を象徴的に表していると思いますが、この世から貧乏を追放しよう、その方法について永年にわたって模索されてきたわけですが、貧乏を追放しようというのが河上さんの根本的な主張であったわけです。

現代は貧乏といわれてもピンとこないというか、特に若い人たちはそうであるかもしれませんが、しかしべつの言葉で言えば差別とか不平等というものであって、差別や不平等にたいして無神経な利己的な精神を追放しよう、そして本当の人間平等の世界を築こうというのが基本的な主張であり、河上さんの努力の方向であったわけです。そういう「河上精神」というのは、現代も今後も引き継いでいくべき貴重な精神であります。

この百二十年を契機にして若い世代の方々が河上精神をひきついでいく、これが私の希望であり期待であります。

河上肇と現代の世相——生誕百二十年に寄せて

来たる十月十六日、河上肇生誕百二十年を記念して、京都で「講演と音楽の午後」が開かれる。私は当日、主催者である河上肇記念会を代表して短いあいさつをする予定である。テーマは、「いま、なぜ河上肇か」。

河上肇は、大正から昭和初期にかけて、日本にマルクス主義を紹介、その思想を広く労働者・知識人に普及した人物である。影響は日本にとどまらず、中国、朝鮮、ベトナムに及ぶ。アジアの革命家たちの多くは、河上肇に直接・間接に学んで、革命運動に参加した。

河上肇がもし健在なら、今年百二十歳。その後世に与えた思想的影響の大きさは別として、これからマルクス主義を学ぼうとする人々が、河上肇の著作から読みはじめるということは、今や全くないといっていいだろう。

そんな歴史上の人物を、われわれはなぜ、今あらためて思い出そうとしているのか。

私が「いま、なぜ河上肇か」というテーマについて考えたとき、思い浮かんだのは二人の現存の人物の顔である。

バブル崩壊後に活躍した正義の味方中坊公平、そして日本共産党の委員長不破哲三。

この二人には、すくなくとも二つの共通点がある。一つは、世の中の不正や不条理に断固としてかたくなに闘い、いかなる誘いやおどしにも屈せず、信念を曲げぬこと。二つ目は、話がきわめてわかりやすく、明解なこと。

この二点は、河上肇と共通する。私が二人の顔を連想したのは、そのためである。

さて今年、一九九九年は、ひどい年であった。「ジジコー（自自公）」という耳にするだに不快な集団が、国民一人一人に踏み絵をつきつける法案（国旗・国歌法）、アメリカ主導の戦争に日本国民をまきこんで協力させる法案（新ガイドライン法）などを、スイスイと国会で成立させてしまった。

もとはと言えば、平和を標榜し、庶民の味方ヅラしていた集団が、いとも簡単に「信念」（？）を曲げて権力にすり寄り、多数派を形成したためである。

河上肇は『自叙伝』の中で「（私は）獄中で度々誘惑や脅迫がましい目に逢ったけれど、そのために自分の思想を曲げることは遂にしなかった」と言い、また、長年にわたる学問研究によってつちかわれてきた信念は、「たとい火にあぶられようとも」変えるわけにゆかぬ、と言っている。

そして、深く傾倒していた中国の詩人陸放翁の詩の評釈の中で、学問によって人間を作るとは、「窮めうる限りのところまで窮めつくして、もはや他人が何と云はうと、どんな目に逢はうと、絶対に揺らぐことのない確信を得ること、即ちこれである」、と言う。

さらに日中戦争のさ中（一九四〇年、昭和十五年）、出獄後に作った詩の中では、

腹にもなきことを
大声あげて説教する宗教家たち
真理の前に叩頭する代りに
権力者の脚下に拝跪する学者たち
……
権勢に阿附する（おもねる）こと
たとえば蟻の甘きにつくが如し

と当時の世相を批判している。

私はこの詩を読んで、現代の世相をうたっているのではないか、と錯覚する。いま人々に、とりわけ責任ある人々に、最も求められているものの一つは、権力に叩頭しない「信念」ではないか。

河上肇の代表的著作の一つは、『貧乏物語』である。この世の中から貧乏を一掃すること、それが経済学者、すなわち経世済民家たる河上肇の、終始変らぬ信念であった。

貧乏とは、言いかえれば不平等であり、差別である。それらをこの世からなくし、真に平等で公平な世界を築きあげようと願っている人々にとって、河上肇は過去の人ではなく、現在の人である。

河上肇全集をめぐる人びと——インタビュー

「河上肇博士の全集を出すので、博士の著作のうち『陸放翁鑑賞』などを収める巻を編集して頂きたい」——一九七七年一月、筑摩書房の編集者・田中基子さんが、神戸市垂水区の当時の自宅まで来られ、このように注文されました。

『鑑賞』は博士が亡くなってから四年目の四九年に出版された本です。私は十年後、「素人が書いた本だから大して参考にはなるまい」と思いながら、ひもときました。

ところが、解釈が実に面白くて、しかも鋭い。びっくりしました。以来、博士自身の漢詩にも関心を深め、田中さんが訪れた当時は岩波新書の『河上肇詩注』を執筆中でした。

翌日、全集の編集委員会代表を務めていた甲南大教授・杉原四郎さんに、神戸・オリエンタルホテルのロビーで初めて会いました。戦時下の京都で、河上博士の高弟だった柴田敬教授に師事し、専門は経済学史とのことでしたが、文学や美術の趣味も実に広く、たちまち引きつけられました。

以来、筑摩書房の倒産・再建で、全集の仕事が岩波書店に引き継がれるなどの曲折がありました。でも、杉原さんとの協力は変わらず、索引つきの文庫版『河上肇・自叙伝』の共編などをしました。田中さんは編集者を引退し、杉原さんも甲南大学の学長を務め上げて、今は外出を控えておられますが、ともに健在です。今年は河上肇生誕百二十年に当たり、京大では十七日午後、記念講演会が開かれます。私も参加して、博士の詩をめぐるさまざまな出会いを語ります。

いま、なぜ河上肇か

本日は私どもの河上肇記念会が催しました集まりに、このように多くの方々にお出でいただき、心より御礼を申し上げます。

私に与えられました時間は二十九分ということでございますが（笑）、二十九分で話をおさめるというのは神業に近い。たぶん成功しないと思いますが、しばらくご清聴をお願いいたします。

私どもの河上肇記念会は、一九七三年、今から二十六年前に、関西を中心にして発足いたしました。ほかに東京と河上さんの故郷山口県にも、河上会がございます。

河上さんのお墓は京都の法然院にございまして、河上記念会は毎年一回、河上さんの誕生月である十月に、法然院で墓前祭と法要をおこない、総会を開きます。今年も明日、十月十七日、朝十時半から法要をおこなったあと、総会、そして哲学者鰺坂真先生に講演をしていただくことになっております。

このごろは河上肇といっても知らない人が増え、特に若い人は関心がないようで、私どもの会はだんだん老人クラブのようになって来ておりました。

ところが数年前から、各地の大学の若手研究者で本格的に河上研究を行う人が何人か私どもの会に入会され、たいへん心強く思っております。

河上肇は大正中期から昭和初期にかけて、マルクス主義を日本に紹介、宣伝、普及した人で、労働者、学生、知識人に大きな影響を与えました。

影響は日本にとどまらず、中国、朝鮮、ベトナムなどアジア地域の革命家たちも、河上肇の著作を通じて影響を受け、革命運動に参加しております。

その一例として、今日は周恩来、あの長らく中華人民共和国の総理をつとめた周恩来が、京都の河上ゼミで勉強しようと志して、京都大学に提出した「入学願書」のコピーを持ってまいりました。これがそれであります。文面は、

私儀今般御校政治経済科選科ニ入学志願ニ付御試験ノ上御許可相成度別紙履歴書並ニ入学手数料写真相添此段相願候也

とあり、日付は「大正七年」とだけあって月日は空欄、署名は「周恩来」、生年月日は「中華民国紀元前十三年二月十三日生」とあります。すなわち中華民国成立が一九一一年、その十三年前ですから一八九八年。願書の宛名は「京都帝国大学総長医学博士荒木寅三郎殿」となっています。

京都の嵐山に、周恩来がその地を訪ねた時に作った「詞」（いわゆる詩余）の石碑が建っていますが、「詞」はこの時の作であります。

中国では間もなく「五四運動」が起こったため、周恩来は急遽帰国、河上さんのゼミ生になることは残念ながら実現しなかった、といわれています。

ところで河上さんはもし生きておられたら、今年、百二十歳であります。誕生日は十月二十日ですので、あと四日で百二十歳。キンさんギンさんより十三歳年上であります。

したがって、生存中はたしかに大きな影響力を持っておられましたが、今ではいわば歴史上の人物であります。その歴史上の人物を、今という時点でどうして記念し、思い出そうとしているのか。

先日来、私は今日どんな話をしようかと考えていた時に、何となく三人のひとの顔が浮かんでまいりました。

一人はバブル崩壊のあと、公的資金（実は国民の税金）で銀行を救うというひどいことがおこなわれていた時、正義の味方として登場した中坊公平さんであります。この方は私とどこか同じ学校におられたそうで同い年ですが、その名のとおりとても公平な人であります。

もう一人はちょっと突飛なようですが、このごろ何かと話題になり、脚光をあびてきた日本共産党の不破哲三委員長。

三人目はいっそう突飛ですが、ごく最近亡くなられた歌手の淡谷のり子さんです。

ヘンな取り合わせですが、この三人にはすくなくとも二つの共通点があります。

その一つは、どんな誘惑にも負けず、どんな脅迫にも屈せず、自らの信念をあくまでも曲げずに貫き通すところであります。

淡谷のり子さんは、戦争中裾の長いドレスを着て舞台にあがろうとしたら、軍人からなぜモンペをはかぬと怒鳴られ、これは歌手の制服ですと言いかえしてドレスで押し通された。また口紅をぬっていてこの非常時にと怒鳴られると、これは軍人の軍帽のようなものだといって、毅然として（というのもおかしいのですが）口紅をぬぐわなかったそうであります。些細なことのようですが、当時軍人は絶大な力を持っていました。

三人のもう一つの共通点は、話がきわめてわかりやすく、明瞭で、ごまかしのないことでありますす。その点が今の保守党政治家の「言語明瞭、意味不明」などといわれるのと、全然ちがいます。

淡谷のり子さんはいわゆるズーズー弁で言語明瞭とは必ずしもいえませんが、意味はきわめて明快であります。

私が三人の人を思い出したのは、右の二つの点が河上肇ときわめて共通しているからであります。

河上肇は治安維持法という悪法にふれて、昭和八年から十二年まで牢屋につかがれていました。その間のことについて、のちに書いた『自叙伝』の中で次のようにいっています。

「度々誘惑や脅迫がましい目に逢ったが、そのために自分の思想を曲げることは遂にしなかった」。

そしてまた、「たとえ火にあぶられようとも、信念は曲げられぬ」、ともいっています。

ところで今年はまことにヒドい年でした。

「ジジコー」という耳にするだにきたならしい名の勢力が野合して、ひどい悪法を次から次へ、スイスイと通してしまいました。

今年通ってしまった悪法は、これまでと少しちがって、成立の日から私たち一人一人が覚悟をきめなければなりません。

たとえば、国旗国歌法。現場に居合わせた私たちは、起立するか、歌うか、自分できめなければなりません。

またたとえば、新ガイドライン法。ひとたび何かあったとき、私たちはその戦争に、戦闘行為に、命令通り従うのか、協力を拒否するのか、きめる必要があります。

一九九九年は戦後五十年の曲り角だ、といった方がおられますが、その通りであります。しかし事態は戦前、あるいは戦時中とはちがいます。河上肇が時局について演説したとき、演壇のそばにはサーベルをがちゃつかせて警官が坐っており、何か言うとすぐ「弁士中止」と命令しました。

今、私のそばに警官はいません。この頃は警官も品が落ちて、とくに神奈川県などでは「おまわりさん」といわず「おさわりさん」などと呼ばれているそうでありますが（笑）、しかし権力はやはり権力であります。

私たちをとりまいている状況はきびしいものがありますが、一方戦前、戦中とはちがって民主主義の力は大きくなっています。私たちはその力を頼りにすることができます。河上さんがもし生きておられたら、戦後事態がこのように変わったことを、喜ばれたにちがいありません。

ところで河上肇の代表的著作の一つに、『貧乏物語』があります。今の若者は「貧乏」といってもピンと来ないと思いますが、「貧乏」とは、別のいい方をすれば人間のあいだに「不平等」、あるいは「差別」を作り出すことを意味します。

河上肇の生涯のたたかいの目的は、この世から「貧乏」を、「不平等」を、「差別」を一掃することでした。

それは同時に、現在の私たちの目標でもあります。河上肇から学ぶべきことは、まだまだ多い。その点で、河上肇は過去の人ではなく、現在の人であります。

それが今日、私たちが河上肇を記念する理由でもあります。「いま、なぜ河上肇か」という疑問に対する答えでもあります。

新発見の漢詩

今から十四年前、一九八六年の四月に当地へ参って、山口河上会の第一回総会に出席、「河上肇と中国」と題して講演をさせていただきました。

それからも何回かおたずねする機会があり、私も年を重ねてこの三月末、第二の定年を迎え、年金生活者となりました。

さて本日は河上さんの新発見の漢詩についてお話しすることになっておりますが、新発見とはいつ以後のものを言うのか。そのことを明らかにするためには、これまで活字になって公表された漢詩作品の年表を作らねばなりません。次にお示しするのが、その年表です。

活字になった漢詩作品

一九四五年一月　聴香堂主人……山紫水明処の新年　『大陸東洋経済』

一九四六年六月　『雑草集』　大雅堂

一九四六年八月　『雑草集其二』　日本科学社

一九四六年十一月　『旅人』　興風館
一九四六年十一月　『ふるさと』　朝日新聞社
一九六五年三月　『河上肇著作集』第十一巻（詩歌集）　筑摩書房
一九六六年九月　白石凡編『河上肇詩集』　筑摩書房　筑摩叢書
一九七七年十月　一海知義注『河上肇詩注』　岩波書店　岩波新書
一九八四年二月　『河上肇全集』第二十一巻（詩歌集）　岩波書店

これによりますと、河上さんの漢詩は、何と戦時中に特高警察の監視の眼をくぐって、すでに活字になっていたのです。このこと及びその後のことについて、私はかつてふれたことがありますので、その文章（「中国における漢詩人河上肇」、一九九三年十一月刊『東京河上会会報』六六号、のち一九九六年十二月藤原書店刊『漱石と河上肇——日本の二大漢詩人』所収）をご紹介しましょう。

河上さんが本格的に漢詩を作り出されるのが昭和十三年、牢屋から出てこられたのが十二年ですが、あくる年から漢詩を本格的に作っておられます。十三年に作りはじめて、もちろん当時は河上さんは執筆禁止のような状態ですから、それをどこかに発表するというようなことはまったくなかった。ところが河上さんの漢詩が最初に活字になったのはいつかと申しますと、これはたいへん不思議なことなんですが、戦争中の昭和二十年の一月に、ということは、日本敗戦の半年前に河上さんの漢詩が二首活字になって、雑誌に載ったのです。どうして戦争中に発表されたのかと言いますと、じつは大内兵衛さんが、ペンネームというか、匿名で「山紫水明処」と題する随筆を書かれまして、その中に「京都にいるある老先生がこういう詩を作っている」という形で発表されたのです。そのことが戦後わかったわけですが、皆さんにお渡ししたプリントの上の段の文章がそうなんですね。それをちょっと読ませていただきますと、最初の方に頼山陽のことがいろいろ書いてありまして、その最後のところに、

「現代の山陽は誰であるかは知らない。しかし時代の変転のはげしさを思い、日本の将来についての天意の存するところを思うとき、山陽よりもっとはげしい精神が、今そして山陽とは全く異なる史眼が、どこかでこの時代史を書いているに相違ないと、私は考える。彼らは、さし昇る旭を迎えて各その志を新たにしているであろう。それにつけても私は私の京都にいる老先生のことを思うこと切である。蓋し彼を以て山陽に比するのは失当であるけれども、歴史に対する彼の精神は常に私を鞭撻するからである。聞けば京都では昨今は朝だけしかガスが出ないそうだ。独身の先生は早起きして粥をたき、終生の念願たる新日本史の筆を運ばせているらしい。昨年暮先生が私によせたハガキの端しには次の如き先生の生活詩が書かれていた。

貧厨《ノ》早暁　四壁尚幽《ナリ》
虫声残月　一段清愁

またいう。

人間第一自由身《ノ》　亦是早醒第一人《ノ》
吹レ竈四更炊《ク》二薄粥一　聴レ虫燈下度二清辰一

これは何という清く貧しい境涯であろう。しかし既に立派な歴史は牢屋で書きはじめられた例もある。清貧は史家にとっては何の憂であろう。ただ人間の正しい歴史はあくまでも強い精神の人によって書かれねばならぬ。この強き精神のために、私は私の尊敬するこの先生の肉体を維持すべく、先生のお粥が、あまりにも薄くないことを祈ってやまないのである。」

日付は昭和二十年の一月になっています。文中の「先生」が河上先生だと知って読むと、たいへん含蓄の深い戦争中の発言だと思うのですが、これが載ったのは『大陸東洋経済』という雑誌でした。戦後、岩波書店から出た大内さんの随筆集『旧師旧友』に載せられています。それとは別に、『河上肇の人間像』という本が出まして、それにも採録されているのですが、そこに大内さんが「付記」を付けておられます。二十二年一月二十二日付ですから、これは河上さんが亡くなって一年目ぐらいです。

「右一編は聴香堂主人という匿名で書いたものであり、文中『京都にいる老先生』とあるのは河上肇先生を指したものである。当時私は執筆の自由をもたず、ことに河上先生の名をかくことは御互に迷惑であった。しかし先生はこの一文を大変よろこばれたようである。先生の死後に出た『古机』という畑田朝治氏宛書簡集（二五五頁）には次のように書かれている。『封入いたしました「山紫水明処の新年」は大内兵衛氏のものです。いつか私があなたにお見せした拙詩が活字になっているので――こんな事は昭和十二年以来八年目のことです、――嬉しく思いました。どうも「清貧」などと賞めすぎてあったり、「新日本史」云々と書いてあったりして、当たらぬこと遠く聊か赤面ながら、お笑草までに同封いたしました。もちろん之はもはやこちらに不用です。』」

と、そういう付記が付いて、戦後、発表されたのです。おそらく、出獄のときの手記をのぞけば、河上さんが牢屋から出られて活字になった最初のものかと思われるのですが、その漢詩が戦後河上さんが亡くなって最初に活字になったのは、昭和二十一年の六月。『雑草集』とか『ふるさと』という、たいへん小さな豆本みたいな形の本が出ました。これは河上さん自身が書かれたものを写真印刷にしたり、あるいは活字に直したりして、朝日新聞社その他から出たのです。その次に河上さんの漢詩が活字になったのは、昭和二十二年の『自叙伝』、『自叙伝』の中には河上さんが作られた漢詩が何首か載っていまして、そういう形で紹介された。しかし、全面的というか、河上さんが作った漢詩のほとんどがまとめて活字になって紹介されるのは、昭和三十九年の『河上肇著作集』（筑摩書房）を待たなければなりません。そして本当に全面的というか、ほとんど漏れなく漢詩を紹介するのは、岩波書店の『全集』ということになるかと思います。

以上が活字になった河上さんの漢詩の経緯についての私の説明ですが、同時にはじめにお示しした年表の説明にもなっているかと思います。

ところで「新発見の漢詩」とは、正確には『河上肇全集』刊行以後に発見された漢詩、ということになります。しかし今日お話するのは、一九七七年、私が『河上肇詩注』（岩波新書）を出して以後に発見したというか、気づいた漢詩作品です。

それらはおおむね『全集』には載せられているので、ほんとうは「新発見」とはいえません。それをなぜ「新発見」というか。実は私が『河上肇詩注』を書いたとき、河上さんの日記や書簡が完全な形では刊行されておらず、のちにその全容があきらかになったとき、それらの中に未見の漢詩がいくつか発見されたのです。

それらはもちろん『全集』に収められました。したがって今日お話しする「新発見の漢詩」は私が『詩注』刊行以後に気づいた漢詩、ということになります。

それらの作品は今のところ全部で五首あります。年代順に紹介してゆきますと、

一、

余寓近妙正寺寺距人境在老樹
之間晴日余必携孫遊茲乃有詩
九月三日風雨之日又識

無羨王公与富児　但携孫稚歩遅遅
寺畔倦来階下睡　鐘声驚夢不知時
戊寅秋九月　肇並題

この詩は昭和十三（一九三八）年九月三日の日記に見えます。ただし日記には詩だけがしるされていて、はじめの詞書《ことばがき》と末尾の日付・署名は、羽村二喜男氏旧蔵の色紙に見えます。また詩の第四句「驚夢」は、日記では「夢覚」となっています。

全体を読み下すと、次のようになるでしょう。

余《よ》が寓《ぐう》は妙正寺に近く、寺は人境を距《へだ》てて老樹の間に在り。晴日、余は必ず孫を携えて茲《ここ》

に遊ぶ。乃ち詩有り。九月三日、風雨の日、又《ま》た識《しる》す。

羨む無し　玉公と富児とを
但だ孫稚《そんち》を携えて　歩むこと遅遅たり
寺畔《じはん》　倦《う》み来たらば　階下に睡《ねむ》り
鐘声に夢を驚かして　時を知らず
　戊寅《ぼいん》秋九月　肇並びに題す

「戊寅」は昭和十三年。出獄した翌年で、河上さんは東京の杉並区天沼に居を構えていました。

二、落葉埋尽野人家　拾得閑看美於花
　失寵故姫流謫客　感今稽古至日斜
　　戊寅秋日偶成　肇

同じ昭和十三年の作。十二月五日の日記に見えます。ただし末尾の詩題「戊寅秋日偶成」と署名は、日記にはなく、羽村家旧蔵の色紙に見え、第四句の「日」は、日記では「陽」となっています。

また日記には、河上さん自身による次のような読み下し文が添えられています。

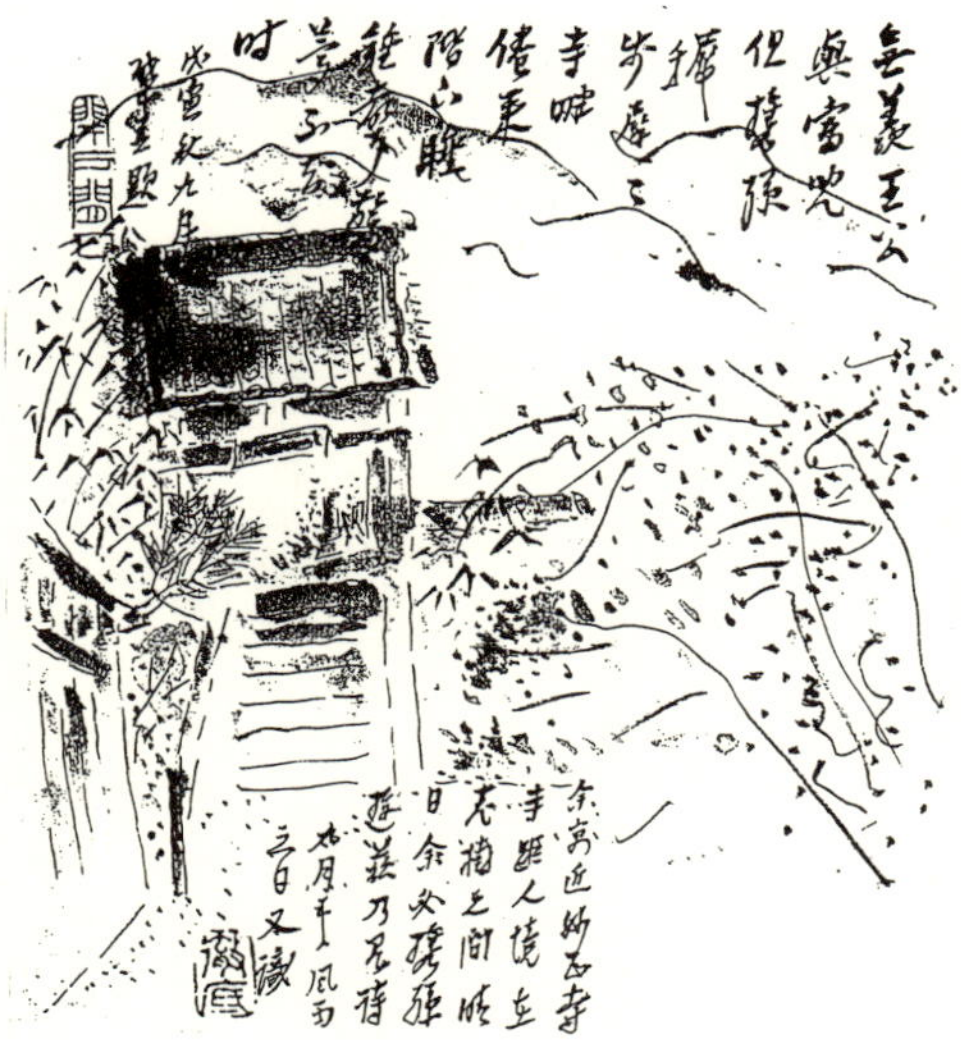

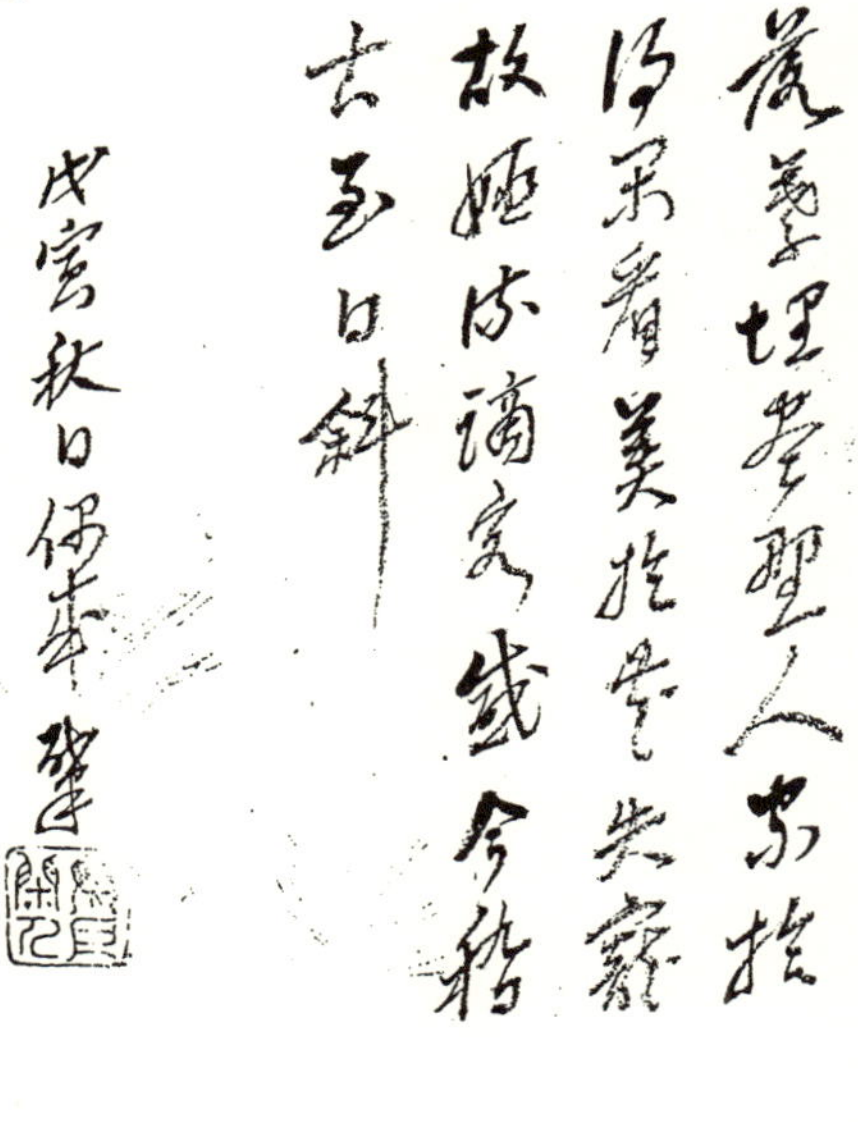

落葉埋め尽す野人の家
拾ひ得て閑に看れば花よりも美なり
寵を失ふの故姫流謫の客
今に感じ古を稽《かんが》へて陽の斜なるに至る

河上さんには「落葉」を詠じた別の漢詩（五言絶句）、同年十一月二十日作があり、それは次のようなもので、『河上肇詩注』（四一頁）にも収めておきました。

拾来微細見　　拾ひ来りて微細に見れば
落葉美於花　　落葉花よりも美なり
始識衰残美　　始めて識る衰残の美
臨風白鬢斜　　風に臨んで白鬢斜なり

落葉に対する河上さんの特別の思い入れは、闘いの人生を経て来て、今は刑余の境涯にあるおのれとの対比によるものと思われます。

三、秋風就縛度荒川　寒雨蕭蕭六載前
　豈計帰来長飽飯　今辰穏坐祝華年
　　己卯十月念日満六十歳誕辰当日賦　河上肇

読み下しますと、

秋風縛《ばく》に就きて　荒川を度《わた》りしは
寒雨蕭蕭たりし　六載の前なり
豈《あ》に計《はか》らんや　帰り来たりて長《つね》に飯に飽《あ》き
今辰《こんしん》　穏坐《おんざ》して　華年を祝わんとは
己卯《きぼう》十月念日、満六十歳の誕辰当日に賦す。河上肇

「己卯十月念日」は、昭和十四年十月二十日。この詩は、同日の日記に見えますが、実はこのちょうど一年前の十月二十日、河上さんは次のような七言絶句（「天は猶《な》お此《こ》の翁を活《い》かせり」）を作っています。

秋風縛に就きて　荒川を度りしは

寒雨蕭蕭たりし　五載の前なり
如今《じょこん》　奇書を把り得て坐せば
尽日《じんじつ》　魂は飛ぶ万里の天

この詩は『河上肇詩注』（三八頁）に収めておきましたが、第三句の「奇書」は、中国革命のルポルタージュ『中国の赤い星』（アメリカのジャーナリスト、エドガー・スノウの著）の英文版（“Red Star over China”）、「尽日」は一日中、「万里の天」は万里かなたの中国の空をさしています。

この詩にはやや長い序文がついており、詳しくは『詩注』をごらんください。

四、　暮年得楽閑居雖身住陋巷心常
　　似遊山川乃賦五絶述心境
長江載酒下　無事到心頭
対月披襟睡　波揺酔夢流
　　庚辰八月二十日草　河上肇

読み下せば、

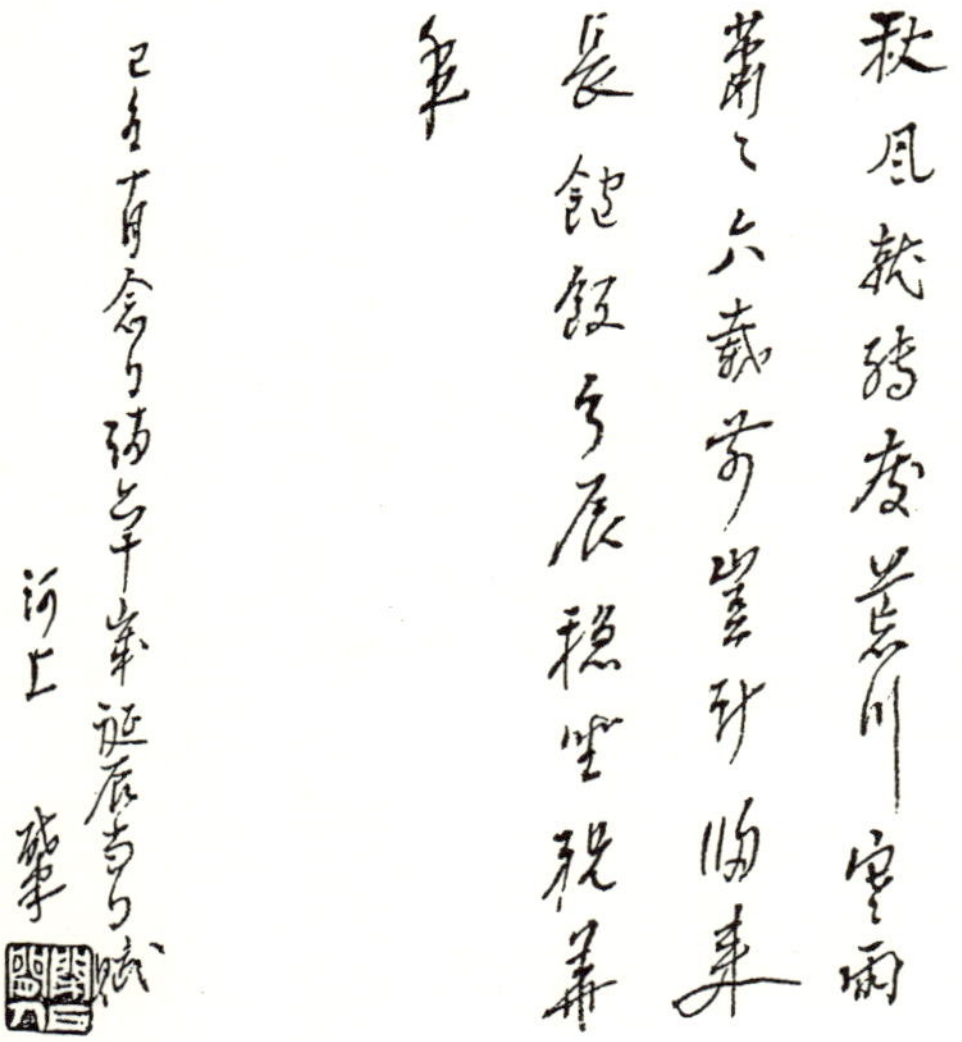

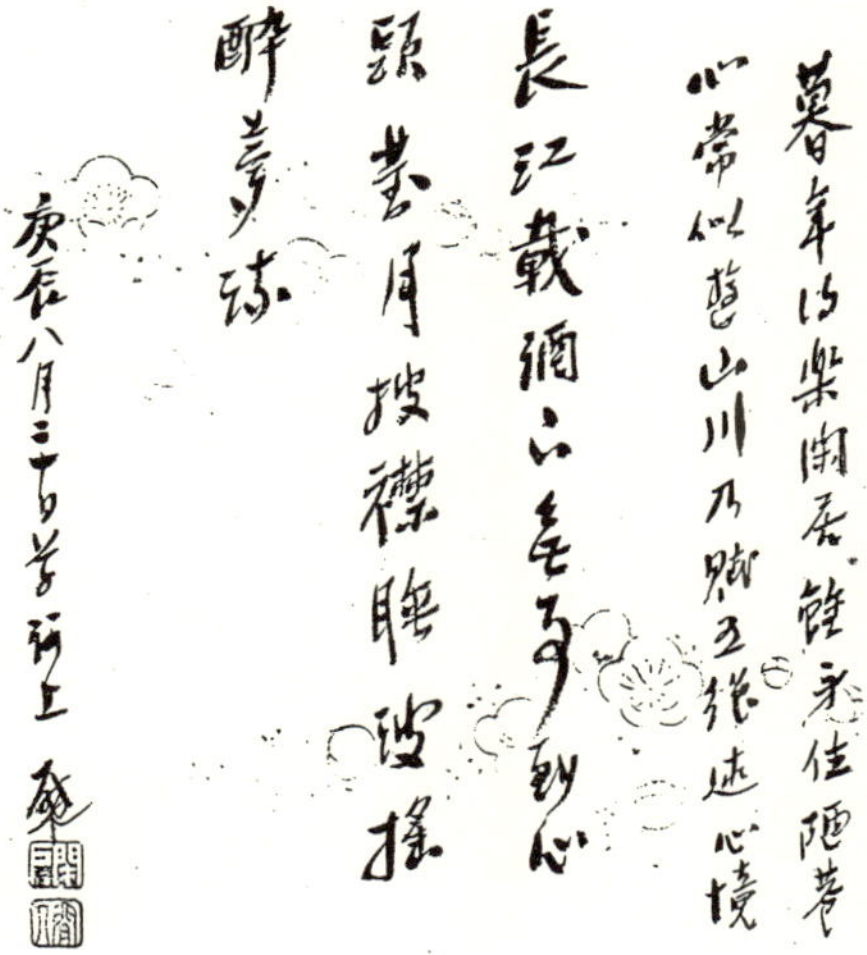

暮年、閑居を楽しむを得て、身は陋巷《ろうこう》に住むと雖も、心は常に山川に遊ぶに似たり。乃ち五絶を賦して心境を述ぶ。

長江　酒を載せて下《くだ》り
事の心頭に到る無し
月に対し　襟《えり》を披《ひら》きて睡《ねむ》れば
波は酔夢を揺《ゆる》がして流る
　庚辰《こうしん》八月二十日、草《そう》す　河上肇

「庚辰」は昭和十五（一九四〇）年。今年（二〇〇〇年）も庚辰ですから、ちょうど六十年前ということになります。

この詩は、翌八月二十一日の日記に、詩題とともに見え、詩題、詩句ともに少し異同がありますす（暮年→晩歳、乃賦五絶述心境→乃賦一絶敘心境云、載酒→随浪、睡→臥、波揺酔夢流→烟波載夢流）。

五、造物恩閑不吝健　馬齢已六十三年
　悠悠自適将終世　　蠹簡堆中玉局前
　　谷口博士見贈榧製棋局賦詩謝之　辛巳一月三十日　河上肇

送当恩閲不着健
馬齢已六十三年
餘之自邁將聴を
盡簡堆中玉為前
李贄士兄贈
極製桎扇賦詩
謝之
辛巳一月三十日 河上肇

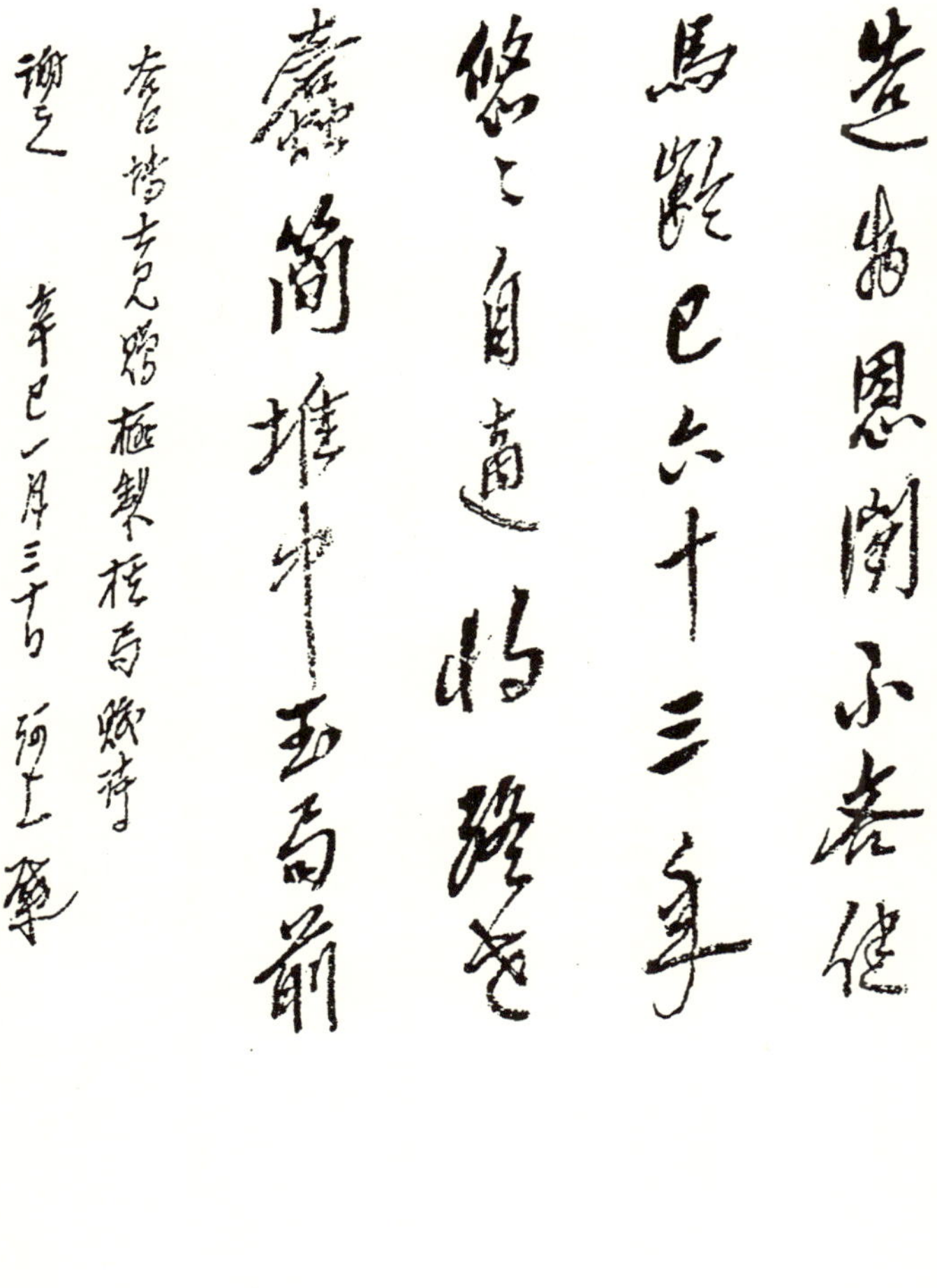

この詩、あと書きとともに読み下しますと、

造物　閒《かん》を恩《めぐ》みて　健に吝《やぶさ》かならず
馬齢　已《すで》に六十三年
悠悠自適　将《まさ》に世を終えんとす
蠹《と》簡《かん》堆《たい》中《ちゅう》　玉局の前
谷口博士、榧《かや》製《せい》の棋局を贈らる。詩を賦して之を謝す。辛巳《しんし》一月三十日　河上肇

「辛巳」は昭和十六（一九四一）年。この詩、一月三十一日の日記に「右の詩谷口吉彦氏に贈る」として見えますが、あと書きは見えず羽村氏旧蔵の色紙にしるされています。「造物」は造物主すなわち神。「閒」は閑と同じ。「蠹簡堆中」はうず高く積まれた虫くい本にかこまれて。「玉局」はあとの「棋局」、すなわち碁盤の美称。

なおこの日の日記の欄外には、

「コノ詩は駄目なり、二月十八日に至りて改む」

として、「憑君為我画癯仙　君に憑《たの》む我が為に癯《く》仙《せん》を画け」ではじまる七言絶句（『河上肇詩注』七六頁所収）をしるしています。

以上が、『河上肇詩注』刊行以後、『全集』の「日記」編纂過程で新たに気づいた漢詩作品であります。

これらの作品は一見まことにノンキな境遇、心境をうたっているように見えます。孫といっしょに散歩に出て、寺の石段で居眠りをしていたとか、「悠悠自適まさに世を終えんとす」とか、また、はじめの大内兵衛さんが紹介された作品でも、「人間《じんかん》第一自由の身」などとうたっています。

しかし、これらは平和な時代の作品でなく、戦争のまっ最中「一億一心」「鬼畜米英」「撃ちてし止まむ」などというどぎついスローガンのもと、国民の一切の自由が奪われていた時代に作られたものであります。「悠悠自適」とか「自由の身」などという表現自体が、ただちに「非国民」として指弾されかねません。

中国には古くから「詩は志を言う」と言葉があります。花鳥風月をうたうのももちろん詩ですが、詩の本質は人間の志、思想、信念を表白することにあるとされて来ました。河上さんの漢詩は、その伝統を深くふまえたものであります。

河上さんはあの戦時下にあっても、おのが信念、主張を、声高にではなく物静かに、しかし断固として、漢詩という表現形態を用いて、表白しつづけました。

今日ご紹介した作品からも、それらをうかがい知ることができます。

以上で、やや「羊頭狗肉」的なそしりをまぬかれないかも知れませんが、本日の私の話を終わらせていただきます。ご清聴ありがとうございました。

河上肇　巳年の詩

今年は「辛巳《しんし》」、すなわち「かのと・み」の年である。

六十年前の同じ辛巳（一九四一年、昭和十六年）は、太平洋戦争勃発の年であった。

長い獄中生活から解放され、特高警察の監視の下、東京の寓居でひっそりと暮らしていた河上肇は、この年、「戦雲満乾坤——戦雲乾坤《けんこん》に満つ」と題して、次のような詩を作っている。

　心已久忘世事
姓名又人無知
独弄詩蝸廬底
戦雲満乾坤時

河上さん自身の読み下し文を添えれば、

　心すでに久しく世事を忘れ
姓名又た人の知る無し
独り詩を弄《ろう》す蝸廬《かろ》の底

戦雲　乾坤に満つるの時

「弄詩」は、たわむれに詩を作る。「蝸廬」は、かたつむりの殻《から》のような小さな家。「乾坤」は、天地。

河上さんは好奇心が強く、また実験精神に富んだ人だった。右の詩、中国に先例はあるものの、日本人はあまり作らぬ六言絶句である。

さて、日本の中国に対する全面戦争が始まって、すでに四年を経過していたこの年の七月二日、宮中で御前会議が開かれ、「対ソ戦準備、南部仏印（仏領インドシナ）進駐」を決定、また大本営は関特演（関東軍特別演習）を発動、「満洲」に七十万の兵力を集結した。そして十月には、東条内閣成立、十二月八日、太平洋戦争勃発。

こうした状況の中で、河上さんはひそかに中国革命根拠地のルポルタージュ、エドガー・スノウ『中国の赤い星』の英文原著を読み、中国革命の進行に思いを馳せていた。

河上さんが戦時下に作った別の詩で、

如今《じょこん》　奇書を把《と》り得て坐せば
尽日《じんじつ》　魂は飛ぶ　万里の天

とうたった「奇書」は、スノウの著、「万里の天」は、中国の空を指していた。

河上さんは日本の敗北を確信していたのである。戦時下の別の和語の詩「甲申《こうしん》正月述懐」にいう。

われ敢て黎明《れいめい》の近きを疑はず

「甲申」は、日本敗戦の前年（一九四四年、昭和十九年）である。

そして翌四五年八月十五日、日本敗戦の日、

あなうれしとにもかくにも生きのびて　戦ひやめるけふの日にあふ

という短歌一首を、日記に書きつけた。

ところで、二十世紀は民族解放の世紀であるとともに、戦争の世紀でもあった。

二十一世紀を迎えた今日、私たちは河上肇の好奇心や実験精神を見習うだけでなく、とりわけ世の中の動きや仕組みに対する、科学的な分析にもとづいての楽天的確信を受け継ぐべきであろう。

そしてこの二十一世紀を、河上さんが味わった悲惨な体験を二度とくりかえさぬ、平和の世紀にしなければならない。

河上肇年譜瑣記

二〇〇〇年十月二十一日、京大会館で河上肇年譜作成委員会の第一回会合が開かれた。その翌日法然院で開催される河上肇記念会総会に、山口県岩国から参加を予定されていた河上荘吾さん（河上肇の弟左京氏の長男）に、委員会にも出席していただいた。荘吾さんは河上肇の戸籍謄本を持参され、委員会の席上、謄本の記載と従来の河上肇年譜の間に見える二、三の齟齬について指摘された。

以下、私自身が謄本を拝見して感じた疑問点をもつけ加えて、ここに紹介したい。

一、河上肇の異母弟とされる河上暢輔の出生について。

『自叙伝』（全集続5、一〇八―一〇九頁）では、暢輔について次のようにいう。

父母の縁組は、明治十一年六月十五日の日附になつてゐる。当時父は三十一歳、母は十四年下の十七歳だつた筈である。結婚後九ケ月経つて、翌明治十二年三月十一日に母は離縁になつた。それから暫くしてから初めて、母の妊娠が分かつたのださうだが、計算して見ると、離縁当時私は母のからだに宿つて已に三ヶ月目になつてゐたのである。

父は三月に私の母と別れてから、同じ年の七月に井上章妹シヱなる人と縁組をした。そしてその十月に私は母の生家で生まれたのである。

〔中略〕私が生まれてから一年二ヶ月足らずの時に、継母は男の子を生んだ。それが私のすぐの弟の暢輔であるが、彼の母は産後三ヶ月足らずのうちにまた離縁になつた。継母は自分の子を産むと頻りに私をいぢめ出したもので、片手を持つて井戸の中へぶら下げた時は、肩の骨が抜けたりなどしたさうだ。特別に私を鍾愛してゐた祖母は、そのために此の二度目の嫁を離縁せしめたのだと、私が大きくなつた頃に言ひ言ひしてゐたのを覚えてゐる。実際の事情は果してどうであつたか、確かなことは無論私に分からう筈はない。

『自叙伝』にはこうした記述があるにもかかわらず、戸籍謄本では、暢輔は「河上忠、タヅ貳男」とあり、「井上シヱ」の名はどこにも見当らない。

すなわち肇が母タヅの胎内にいたときに父忠はタヅを離縁し、井上シヱと再婚して暢輔が生まれたという「事実」は、戸籍上では確認できないのである。

したがって、この「事実」に関して、年譜は『自叙伝』の記述に拠らざるを得ない、ということになる。

二、河上肇の妻秀の出自について。
戸籍謄本の「肇」の欄を見ると、

明治参拾五年四月壱日大塚ヒデと婚姻届出仝日受附

とあり、「肇妻ヒデ」の欄には、

明治参拾五年四月壱日山口県玖珂郡岩国町第八百五拾番屋敷戸主大塚武松妹ト長男肇ト婚姻届出仝日受附入籍

とある。ところが同じ欄のヒデの父の項は、「大塚慊三郎」でなく、「熊代慊三郎」と父親の姓が「熊代」となっている。

一方『自叙伝』(全集続5、九三頁)には、「後に私のために岳父となった大塚慊三郎」、と見える。なぜ大塚慊三郎が熊代姓を名乗っていたのか。

この点について、その後荘吾さんから送っていただいた庄司忠『岩国の人脈』(一九八〇年郷土岩国史談会刊)は、次のように推測する。

大塚慊三郎　嘉永四年の生まれで〔中略〕明治三年上京して法学を修め、内務省衛生局次長、奈良県書記官、内務省土木局次長などを歴任。明治二十四年官を辞して以来岩国錦見に居住、家令となって吉川家の家政を助けた。明治年間二回に亘り代議士に当選、この頃何の為か理由はよく判らないが、熊代慊三郎を名乗っている。岩国藩に熊代姓は一系あり（禄高四〇石）それと親戚関係にあるものと想像される。そしてこれには次の理由が考えられる。即ち十一頁記載の如くその当時代議士に立候補するには一定の納税額が必要だったが、大塚家はそれに達しなかった為か。なお二男有章が社会主義運動に加担し投獄されたので、世間を憚り、或はその方が都合が良かったのかも知れない。大正十三年四月十六日没（享年七十四）。

右の推測のうち、「納税額云々」の当否については、より精細な今後の調査が必要であろう。一方、「二男有章が社会主義運動に加担し投獄された」のは、昭和八年のことであり、大正十三年に没した慊三郎がこの世にいるはずはない。

三、河上肇・ヒデの結婚の日付について。

さきに見たように、戸籍謄本によると、二人の婚姻届受理の日は、「肇」の欄でも「ヒデ」の欄でも、「明治参拾五年四月壱日」となっている。

「明治三十五年四月一日」といえば、河上肇はまだ東京大学の学生だった。ところが『自叙伝』(「大死一番」、全集続7、一九三頁)では、「私は明治三十五年七月(満二十二歳九ヶ月の時)東京帝国大学を卒業し、間もなく妻を迎へ」、といい、『自叙伝』の別の箇所(「生計下手の私」、続7、二九三頁)でも、「私は大学を卒業してからは、前にも言ったやうに、間もなく妻帯し」、という。

どうして実際の結婚より前に、しかも大学在籍中に、届を出していたのか。

なお全集別巻所収の「年譜」は、結婚の日を「明治35年11月15日」とするが、出典は示していない。

四、これは瑣事中の瑣事だが、『自叙伝』に見える肇の祖母と妻の名は、謄本では左記のようになっている。

祖母イハ→イワ

妻秀→ヒデ

「河上秀とは何者であったか」

ただ今ご紹介いただいた一海でございます。

今日は観光日和といいますか、いいお天気の日にも拘らず、たくさんの方にご参加いただいて、ありがとうございました。

今日は海外からも、海外といっても四国と九州ですけれど、参加していただいて感謝していきます。

私に与えられた題は、「河上秀とは何者であったか」という大変失礼な、まるで指名手配の犯人みたいな、「ビンラディンとは何者であるか」というそんな感じの大変失礼な題で、これは決して私が考えたのではありません。押しつけられたのですけれど、しかしつらつら眺めていると、なかなかいい題ではないか、と思うようになりました。

なぜかというと、一家庭の主婦が亡くなって三十五年もたって、こういう行事をしていただける、偲ぶ会をしていただけるというのは、大変珍しい例ではないかと思うのです。もちろんそれはご亭主の河上さんが偉かったと言うこともあるんですけれども、世の中にはたくさん偉い男がいますがその奥さんが死後三十五年目にこういう会を催してもらったという例は、おそらくあまりないのではないか。

マルクスは大変偉かったけれど、奥さんの三十五周年というのはなかったでしょうし、アインシュタインの場合もそうでしょう。日本で言ったら例えば、漱石とか鷗外とか、いろんな偉い人がいますが、その奥さんが死後三十五年目にこういう記念の会を催してもらった例はあまりない。別に社会事業をやったわけでもないし、発明発見をしたわけでもない。ごく普通の家庭の主婦だったわけですね。

しかもお書きになった日記が二回も出版される、お書きになった手紙がたくさん出版されるという、そういうことがあった上で、没後三十五周年を記念する会が開かれる。これはただ者ではない、いったい何者であったのか、ということで、題は大変ふさわしいのではなかったかと思っています。

今日は河上秀さんをご存じでない方もいらっしゃるので、最初に簡単に略歴というか、みなさんにお渡ししたプログラムの見開きのところに年譜がございますので、それを見ていただくと詳しい事はわかるんですが、時間がありませんのでごく簡単に略歴を申し上げます。

一八八五年、明治十八年に山口県の岩国でお生まれになりまして、一九〇二年、明治三十五年に河上肇と結婚、河上さんが二十三歳、大学を出てすぐなんですが、秀さんは十七歳でした。

一人の男の子と二人の女の子をお生みになり、男の子は早くに亡くなられたんですが、長女の方は九十四歳で今もお元気、というわけにはいきませんけれど、体の方は病院で寝ておられるんですが、頭と口は大変達者で、なかなかお元気なようです。

河上さんは社会活動をしていく中で、一九三二年に日本共産党に入党された。その前後から大変な生活が始まる。河上さん自身が大変だし、奥さんも大変だったんですが、結婚された時は東京、そのあと河上さんが京大に迎えられて、長い間京都に住んでおられた。京大を追放みたいな形になって、東京へ行かれて実践活動をやって捕えられて入獄、足かけ五年牢屋に入れられて、その間秀さんはひんぱんに面会に行かれたわけです。

そして昭和十六年、太平洋戦争が始まる直前に京都に帰ってこられて、秀さんはその後ずっと京都でお暮らしになりまして、一九六六年、昭和四十一年にお亡くなりになりました。八十歳でした。

秀さんと私との関係を申しますと、全く無関係です。ただ、獄中へお出しになった手紙、秀さんから河上さんへの手紙、河上さんから秀さんへの手紙、それらが二冊の本になって出版されました。それから『留守日記』と称する日記、河上さん入獄中に秀さんがお書きになった日記が、最初は筑摩書房から出版されたんですが、それが全体の半分くらいの分量だったので、あとで岩波書店から全貌がわかるような形で出版されました。私はその両方の本の編集と解説を担当させていただきました。そういう関係があるわけです。

さて、「河上秀とは何者であったか」ということなんですが、まず河上肇というのは大変すぐれた方であった。この世の中から貧乏と不平等をなくそうという闘いをはじめて、あるいはそういう学問をやって、マルクス主義に到達、日本の革命家に非常に大きな影響を与えるわけですが、日本だけでなく中国、朝鮮、ベトナムなどの革命家たちも河上さんの直接の教え、あるいは著作によって革命運動家として育っていくという例が多く、特に中国の場合は影響が大きくて、毛沢東も周恩来、郭沫若も、みな河上さんの著作でマルクス主義の勉強をしています。

周恩来などは、わざわざ河上さんの弟子になろうとして京都まで来まして、京大に願書を出してゼミに入ろうとしたんですが、ちょうどその時、五四運動という運動が中国でおこったために、急遽帰国した。その時に周恩来がつくった詩(詞)が京都の嵐山に碑として建っておりますけれど、そういう関係もあって、非常に大きな影響をアジア全体に与えた。

明日法然院で河上肇記念会の総会がありまして、そこで現在早稲田大学大学院におられる三田さんという方に、河上肇と中国の学問的、実践的な関係についてお話をしていただきます。三田さんはごく最近まで二年間北京大学に留学しておられましたので、中国での河上肇に関する大変詳しい資料をもってお帰りになってますので、楽しみにしているのです。

そういう長い長い戦いの中で、どうしてもつっかい棒というか、支えが必要だった。特に河上さんは当時としては非常に背が高く身長一メートル七〇をこえ、しかし体重は五〇キロくらいしかない、鶴のような人でしたから、どうしてもそのとなりにでっぷりと太った奥さんがいないと支えにならん、ということで、大変大きな力を奥さんが発揮された。それも内助の功という風な事だけではなくて、命がけで天皇制権力と戦っている河上さんを、家族、親族、今日は家族、親族の方も会場にお見えになっておられますが、それから河上さんを尊敬していた友人たちがスクラムをくんで河上さんを支えていく、塩田庄兵衛先生はこれを「河上軍団」とよんでおられますが、その「河上軍団」の指揮官が秀さんだったと言えるのではないかと思います。

どういう女性であったかということについては、今日みなさんにお配りしたプログラムの四ページに、五人の女性の方がそれぞれ秀さんについて語っておられます。

実は今日の会は、河上会の女性パワーでできあがった会でして、プログラムの一面を見ていただきますと出演者は六人か七人並んでいますけど、全部女性なんです。私だけなぜか男であって、紅一点という言葉がありますが、「黒一点」みたいなもので、大変申し訳なく思っております。

このプログラムにのせた意見も、全部女性の方のものなんですが、まず岡部伊都子さんは、「すごい力を発揮した女性であった」ということをエピソードを交えておっしゃってます。

次に末川さんは、「夫思いの控え目なでしゃばらない女性であった」。松山さんはご親族なんですが、「つつみこむようなやさしさのあった方」。立野さんは、「持ち前の明るさ、機知、気丈さ」という言葉で表現されています。河上さんが牢屋に入れられたとき、しょっちゅう面会に行って、その帰りにエノケンとロッパの映画を見て笑って帰って来るという、そういうところがありまして、大変楽天的というか、ねあかというか気丈というのか、そういうところのあった方で、内藤さんは、「心配りの行き届いた頼りがいのある人だった」という評価をしておられます。

河上さん自身からみた秀さんはどうだったか。河上さんはいろんなところで秀さんのことを書いておられるんですが、三つほどご紹介します。

一つは河上さん二十六歳の時に、結婚してまもなくのころですが、『読売新聞』に「社会主義評論」という当時大変有名になった文章を連載でお書きになって、それが終わる最後のところで、今までペンネームで書いておられたのを本名を明かした上で、「擱筆の辞」というのを書かれたのですが、その中で次のように奥さんのことを書いておられます。「現在の寓居に独身生活をなすに至れり。而して予は始めていっさいの繋累を絶ちたることなれば、充分の学問の研究をなし得べしと予期したるにかかわらず」、奥さんがいると勉強ができないと言うので奥さんを故郷に帰すわけですけれど、にも拘わらず全く失望した。「その原因は、また一ならざるも最も大なるものは妻を慕うがための苦しみなり。余は結婚の顚末を略したりしが、実に最も偶然の奇縁により妻の兄の媒介によりて成立せしものにて、余が妻は余が大学卒業前いまだ殆ど一面の識なき当時より、余が理想の妻として日夜恋い慕いたる女にして……」とのろけている。これが大新聞に載ったわけです。

それから自分と奥さんを比較した文章があります。これは『自叙伝』の中に出て来るんですが、「家内は不思議なほど私と対蹠的な性質をそなえており、それは極めて末梢的なところにまでおよんでいる。例えば、食後番茶を飲むにしても、私は濃くて熱いのが好きである。ところが、見ていると、私に適度の茶であったならば、家内は必ずこれを湯でうめた上更に冷水を割る。私はものに熱狂し易く、感情的だが、家内はものに上ぼせるということなく、概して理知的である。私は極めて勘の悪い人間だが、家内は人並み以上に勘が早い。私はまたすこぶる冒険的な楽観的な男だが、家内は極めて用心深い。いつも最悪の場合を考えて、それに対する心構えをしている。こんな風に夫婦の性格が違っているので、私のうちは貧乏しながら、今でも借金に責められずに済んでいる。家内も決して理財に巧みな女ではない。……ただ無計画に金を使わないという消極的な長所をもっているだけである」。

河上さんは漢詩だけでなく日本語の詩もつくっているんですが、秀さんのことを書いた詩の一つに「老妻」という短い作品があります。

世事を放擲して
一切心労の跡消え
ひとりわれ
悠然として朝夕を渡る
ただ一事あり
心に傷む
厨を司る老妻の
日夜心労絶えず

憔悴して奔走に疲るるを

前半は自分のことをいって、もはや世事を放擲して、一切心労がなくなって、悠然として朝夕を暮らしている。そして後半、ただ一つだけ心を痛ませる事がある。それは厨を司る老妻の日夜心労絶えず、憔悴して奔走に疲るるを。

この他にもいくつか秀さんを詠んだ詩があるんですが、以上のようなことを要約して、秀さんという人物の特徴をいくつかのキーワードで示してみることにします。

一つは、包容力、これは松山さんがおっしゃっている包み込むような温かい包容力、やさしさ、謙虚さ。河上さんは有名な人でしたから、奥さんもよく引っ張り出されようとしたんですが、「夫は夫、私は私」ということで、決して人前に出ようとはされなかった。

それから心配りが大変よかった。お手伝いさんがいたんですが、大変面倒見がよくて結婚するまで面倒みるし、お家で食事をする時も女中さんも一緒に食事をする。民主主義者というと当時としてはふさわしい言葉ではなかったでしょうけれど、ご亭主のことを「肇さん」とよんでいたというのも、当時としては大変珍しいのではないかと思います。

他のキーワードを使うとすれば、「慎重で且つ大胆」である。河上さんは昭和八年に警察に捕まるんですが、その前地下生活をしばらくしていた。地下生活というのは実際地下室におるのかというと、大体二階におるんですね。絵かきさんの二階で暮らしていた。その時、河上さんと共産党の連絡、その連絡者と秀さんとの連絡、ということで、秀さんとその連絡者がよく密かに東京で会っていた。昭和七年の暮ですが、白木屋という有名なデパートが東京にありまして、そこで密かに会うことになっていた。ところが、その日有名な「白木屋の火事」がありまして、その火事で女性の従業員が二階から飛び降りようとしたんですが、当時女性はパンツをはいてなくて飛び降りずに焼死した、ということが新聞に載った。それ以来女性はパンツをはくようになった。そういう記念すべき日に、秀さんはレポと会った。その時の様子が冷静且つ大胆であったと、その連絡者がのちに書いているんですが、思い出話として。大変芯の強い人であった。

先ほどご紹介した岡部さんの文章に「すごい力を発揮した女性であった」とありますが、その「力を発揮した」事件というのは、いわば河上秀という方の一生のハイライトというか、クライマックスというのか、そういう場面なので少し詳しく紹介したいと思います。

河上さんが牢屋に入れられて特高権力から飴と鞭でかなりしごかれて、少し妥協しようかと、動揺された時期があったんですね。これはみなさんご存じだと思いますが、その時に秀さんが面会に来まして、次のように言った。「河上さんは、学者として一生を貫いた人なんだから、どうか学者としての面目を全うさせたい、というのが佐々木惣一さん、小島祐馬さん（法学部と文学部の教授なんですが）たちのご意見のように伺っています。立場は違っても、本当にあなたのおためを考えていてくださる方は、みんなそうなのです。理屈はうまくおつけになりますが、無理をしてお出になると、せっかく早く出ていらしても後で後悔なさるに決まっています。そうだと結局その方がお辛いことになろうと、私はそれを一番心配いたします。無事に勤めあげてお出になりましたのなら、やるべきことをやった、という満足したお気持ちになれましょう。そうして、今度こそ、気楽に余生を楽しんでいただきたい。私はそればかりを祈っております」。

これは河上さんが秀さんの言葉を記録している訳ですけれども、そういうことで河上さんはあらためて背中をしゃんとのばして、最後まで転向妥協することなしに満期出獄した。そういう力が奥さんにあったということなんですね。

大変粘り強いひとであって、気丈なというか、立命館の総長をしておられた末川博さんの奥さんが秀さんの妹さんなんですが、末川さんが後にお書きになった文章の中で、秀さんのことを「品のよい姐御のような人だ」といっておられます。姐御というのはやくざの奥さんのことですが、これはなかなか巧みな表現だと思います。

それから大変な働き者であって生活は質素で、着物なども質素、はじめて来た新聞記者はお手伝いさんかと思って「奥さんいらっしゃいますか」と秀さんに聞いた。「私が秀です」と答えた、というエピソードもあります。質素だけれど大変気前がよかった。だから河上さんを慕ってくる若い人たちにすき焼きを振る舞ったり、日本共産党にポンと一万二千円も寄付をした。当時の一万二千円というのは大変な金額だと思うんです。サラリーマンの初任給が六〇円、七〇円という時代のことですから。そういう気前の良さがあった。

丹念にというかこまめに日記をおつけになって、これは河上さんの要請もあったわけでしょうが、その日記の中に当時の物価がでてくるんですね、物を買ったら必ず記録している。ですから、昭和八年から十二年までの物価について、日記を読むと大変よくわかります。また丹念に手紙を書いておられる。

大変機知に富んでユーモアのあった方だというのも、ご存じの方の評判です。秀さんがお書きになった思い出、めったにお書きにならないんですが、文章がありまして、その中に河上さんが活動しているころは右翼からえげつない脅迫の手紙が来た、ところが牢屋に入れられてしまうと今度は右翼からは来ないで、新興宗教のような人から、しばしば入信してはどうかというような事をいわれた。その中の一つに、天理教の方が、「奈良の天理へ行って半年くらい天理教の踊りを踊れば、心休まるだろう」といったので、「私はこんなに太っているので、私が踊ったら床が破れるのではないか」といって断った、という話が残っているわけですが、非常に楽天的なのんきさ明るさという、そういう性質をもって、冬の時代に耐え抜いたと言えるんではないかと思います。

私の分析は以上大変粗雑なものであって、秀さんを描き尽くしていないと思います。このあと、秀さん自身の手紙を朗読していただきますので、そこから秀さんの性格がわかってくると思います。それから直接秀さんを知っていた方、井上〔摩耶子〕さん、そしてお孫さんの洵子さん、河上秀さんをヒロインとして小説に書かれた草川〔八重子〕さん、これらの方々が様々な角度からお話をいただけると思いますので、私は話の引き出し役ということで、以上で終わらせていただきます。

河上会での挨拶

一　山口河上会総会での挨拶（一九九八・四・五）

関西の河上肇記念会の一海知義でございます。去年の秋に私達の念願の歌碑が山口の皆様のお力で建てられて、十一月二日の除幕式には私達もツアーを組んで参加したわけですが、その時に、ぜひ桜の咲く頃にもう一度できるだけたくさんの河上記念会のメンバーが歌碑を訪ねたい。そして厚かましいけれども、出来たらその時に山口の皆さんとも交流が出来るように、それに合わせて総会を開いて頂けないかと申し上げたのです。そうしたら細迫先生がちゃんとその約束を守って下さって、丁度桜の満開の時季にこういうチャンスを作って下さり、大変有難く思っております。そしてその時に講師は作家の草川先生をというお話を出しました。今まで関西から御紹介した講師と言えば、すべて私のようにむくつけき男ばかりで申し訳なかったのですが、今回初めて女性を御紹介できて私たちも喜んでおります。後の机に草川先生の御本を置いております。奥付を見ますと年齢も判りますが、御覧になるとびっくりなさると思います。実に若々しいですね。もっとも奥付だけを見てポンと置くような事は（笑）なさいませんように。ぜひ買って下さい。草川先生の事は後でお話させて頂きます。

私は去年の十一月歌碑の建つ丁度一週間ほど前に、関西の河上肇記念会の総会で世話人代表に選ばれてしまいました。一番最初の世話人代表は山口県御出身で立命館大学の総長をなさった末川博先生、二代目は同志社大学の総長をなさった住谷悦治先生、三代目が経済学者の杉原四郎先生、四代目も社会主義経済学者の木原正雄先生という風に、ざっと顔触れを見ると全部、社会科学、法律学、経済学の専門家で河上先生と同じ学問をなさっている。私は一介の（苗字もイッカイですが）中国文学者でしかないので不向き、とても務まらないと断ったのですが、年齢の順番だとか言われるのです。理不尽だと思うのですが到頭一回だけならと引受けました。（苗字もイッカイですし）一回は二年間です。来年の秋までやらされるわけですが、ちょうど来年が河上先生の生誕百二十年になるのです。生誕百年の時には関西でも東京でも可成り大きな行事をやりました。百十年の時にもやりました。百二十年も何かやろう。百三十年には多分僕は死んでいるだろうから、どうしても百二十年はやっとかないといかんと思いました。世話人会で相談しまして、できるだけ面白い会にしようと決めました。

その一つは井上ひさしさんのお芝居。風の便りによると、井上ひさしさんが河上先生の二番目のお嬢さんである河上（鈴木）芳子さんをヒロインにした芝居を書いておられるらしい。今私の前に坐っておられる鈴木洵子さんが、その芳子さんの娘さんで河上先生のお孫さんです。わざわざ今日来て頂いたわけですが、その井上ひさしさんのお芝居を出来るだけ安い謝礼でもって来て頂こうというのが、今のところまだ海のものとも山のものとも判らぬ私たちだけの希望であります。

もう一つは、この頃の若者はどうも元気がないので、若者よ大志を抱けというような話を、加藤周一という評論家、フランス文学研究家であり医師であり、たまには芝居の脚本も書くという人ですが、この人は割に京都と関係が深いので京都に来て頂いて話をしてもらおうと思いました。河上会もだんだん老齢化しているのが悩みの種です。ぜひ若い人が集まれるような、元気を出してもらえるような話をしてもらおうと思います。たまたま所用で東京に参りました時、私は彼に会いまして、一杯飲みまして彼を口説《くど》いてウンと言っていただきましたので、彼は来てくれます。その他にも色々企画したり、山口河上会ともご相談したり致しますので、どうぞよろしくお願い致します。

若者という事で申しますと、今年の十月にまた京都の法念院で関西の記念会の総会を致しますが、その時には、最近若い研究者が河上肇のことを研究して論文などを出しておられると聞きましたので、その方にお話をして頂く事になりました。静岡県の高等学校の先生をしておられますが、河上肇の初期の思想について非常に詳しい研究をしておられます。その鈴木篤先生にお願いしました。

先程も申しましたように河上会も年々老齢化しております。これは社会の反映でもありますが、何とか若者にアピールするために誰かに河上さんをテーマに漫画を画いてもらおうかという話もあります。どうも画き手がないのですが。実は河上先生の登場する漫画はあるのです。これは有名な人の画いた漫画で、何回か登場していますが、河上先生をテーマにした漫画は無いのです。漫画或いは劇画を画いてもらおうとか、映画を作ってもらおうという話は出るのですが、まだ実現しておりません。

ところが小説という形で、恐らくこんど初めてではないかと思いますが、草川さんのお陰で先生そのものではなく奥さんのことがテーマになっていますが、やっと大変親しみのもてる内容の小説を書いて頂きました。出来るだけ若い人にも読んで頂きたいと思っております。

今日はその草川先生に来て頂きました。題は「家族という砦——強権下の河上一家」となっております。草川先生は京都にお住いで、河上先生の息子さん（大学生で亡くなった）の家庭教師をしておられた寿岳文章という英文学者で、河上先生とも大変親しくしておられた方がおられますが、その寿岳文章さんの持っておられる資料の整理も兼ねて、しばしば通って手伝っておられました。私も一度ゆっくりお話を聞きたいと思いながら実現しない内に今日になってしまいました。ですからどう御紹介したら良いのか、詳しい事は存じ上げないので困っていますが、とにかく『京都民報』という新聞にこの小説が連載されるようになった時、私は大変嬉しく毎号毎号送って貰って読みました。それが完結したら角川書店で『奔馬、河上肇の妻』として刊行されました。後の机に置いてありますのがそれです。草川先生は作家として色々な物をお書きになっております。それらの事もその本の後書きに紹介されていますので御覧下さい。この後夕方から開かれる山口河上会と関西の河上記念会との合同懇親会にも出席して頂けると思いますので、色々お話を伺う事も出来ると思います。どうぞそちらにも御出席下さい。

二　河上会会報六〇号記念（一九九八・十・二十五）

今日はせっかくのいいお天気の日曜日だというのに、たくさんの方々にきていただいてありがとうございます。今日は海外から、といっても四国からですが、きていただいて、それと河上さんの故郷の岩国からも何人かきていただいておりますが、本当にありがとうございます。

この一年世の中はいやなことばかりで、毎日腹を立てて血圧には悪いとおもいながら暮らしておりますけれど、河上会の方はいいことがいくつかあって、今日はそのことのご報告を申し上げて挨拶のかわりにしたいと思います。

ちょうど一年前に河上会の総会がありまして、私が世話人の代表にえらばれました。これはいいことではないんですが、私は一海という苗字ですので、一回だけおつとめする、二年が任期ということらしいので、来年は若い方に引き継ぐということにしたいと思います。ちょうど総会の一週間後に岩国で河上さんの歌碑が建立されて、その除幕式がございました。これは前からの念願でしたが、岩国の河上会の方々の大変なご努力で建立され、当日はお孫さんの鈴木洵子さんと世話人の山本正志さんと私とが除幕式に参加してまいりました。

それから年が明けて今年の四月五日には、歌碑ができたことを記念して、関西から岩国にみんなで行こうという「岩国ツアー」を計画いたしまして、当日岩国でひらかれた山口河上会の総会に参加、その総会で今日もいらしている草川八重子さんに「家族という砦」という題でお話をしていただきました。山口の河上会の会報にはまだ載っていないんですが、それを先取りいたしまして私たちの会報61号に草川さんのお話を載せさせていただきました。

六月には会報60号記念ということで世話人の小嶋さんのご努力で分厚い記念号を出すことができました。最近は会報を年に四回出すことになりまして、ほぼ四回出るようになっております。

それから61号でご披露しておりますが、60号を記念して新しい会員を募集しようということで、いろいろな方に呼びかけをいたしました。それにこたえて十四名の方に入会していただきました。そのうち何名かは今日もおいでいただいており、後からご挨拶をいただきます。劇作家の井上ひさしさんからも河上会ご入会の通知をいただきました。たまたま『貧乏物語』というお芝居を最近お書きになって「こまつ座」という劇団が現在東京で上演中です。私もこのあいだ東京へいってそのお芝居を観てまいりました。ここにパンフレットがありますが、なかなかおもしろいお芝居でしたので「ぜひ関西でもやってほしい」と思っているのですが、いまところはスケジュールがたたないようですけれども、できればぜひ、と考えています。

来年は河上さんがお生まれになってちょうど百二十年になりますが、以前百年祭というのをかなり大規模にやりました。百十年のときもやりましたので、百二十年もぜひ成功させたいと思っています。ついてはまだ今のところは構想段階ですが、春に加藤周一さんにきていただいて若者向けの講演をしていただきたいとおもっています。加藤さんはOKといっていただいてはいるんですが、スケジュールがなかなかきまらないようです。それから秋には井上ひさしさんに、お芝居をもってきていただくと一番いいんですが、もしお芝居がむつかしくても井上ひさしさんにお話をしていただきたいと考えてはいるのですが、まだOKはもらっておりません。

そういう行事を中心にこの企画を岩波書店につたえましたら、岩波は協賛ということで、ご協力いただけそうです。それから京都のかもがわ出版は共催してもいいということで、ご協力をいただくことになりました。

この一年を振り返って私としてうれしかったのは、若い河上研究者が現れはじめたことです。今日お話しいただく鈴木先生はそのトップランナーなんですが、その他に兵庫県の高校の先生をしておられる上谷さん、早稲田大学の大学院で修士論文に河上先生のことをとりあげられた三田さん、このお二人には今日あとでご挨拶していただきますが、その他に名古屋大学に若い人で中国の詩人の郭沫若と河上さんとの関係を研究されている方もおられます。以上嬉しいご報告をして私の挨拶をおわります。

三　二十一世紀に向けて（二〇〇〇・十・二十二）

本日は行楽日和でせっかくのお休みの日に、たくさんお集まりいただいてありがとうございます。

あと、四、五分ほどすると時代祭りの行列が出発するそうです。お祭りの好きな方はどうぞすぐお帰りください、ともいえません。実は今晩、鞍馬で火祭りがありますので、そちらの方へおねがいします。

今日は遠くからたくさんの方にきていただきました。また、親戚の方では河上先生のお孫さんの鈴木洵子さん、それから河上先生の弟の左京さんのご長男河上荘吾さん、この方は岩国からきていただきました。

それから、河上先生の奥さんの弟大塚有章さんの次男の奥さん、大塚瑛子さん、あとでお話しいただきたいのですが、今はお名前だけご紹介いたします。

今日は二十世紀最後の河上会です。二十一世紀になったからといってどうということはないのですが、しかし、何か一つのくぎりのような感じがします。

たしか去年のご挨拶では「一九〇〇年代の最後だ」といったのですが、去年はそれだけではなくて河上さんが生まれて丁度百二十年になるので、春と秋にかなり大きな行事をさせていただいて、みなさんのご協力で成功させることができました。

その内容がかもがわ出版から本になって、今日も湯浅さんが入り口で売っておられますが、その本の題も「二十一世紀に生きる思想　河上肇」となっています。

その本に講演がのっている井上ひさしさんと、講演の前に会場で雑談をしたのですが、いよいよ二十一世紀になるので二十世紀百年の間に日本人の書いた本で、二十一世紀に生き残るのはどんな本だろうか、ということを有識者というか有名人にジャーナリストが聞いて回ったらしいんです。

井上さんにも聞きに来たそうですが、ある一定数のひとが、河上さんの本、『自叙伝』とか『貧乏物語』とかをあげていたということです。河上さんは思想の内容からいって、あるいは生き方からいって、二十一世紀に生きる人物ではないか。私が勝手に思っているだけではなくて、客観的にもそうなんではないでしょうか。

河上会としては二十一世紀にむけて新しい事業を開始しようとしています。その一つとして、新しい年譜を作ることを考えております。すでにかなりよくできた年譜が全集にのってはいるんですが、それをさらに充実させて全集にない資料もあつめて新しい河上研究をはじめようと、昨日第一回の年譜作成委員会が発足いたしました。これについては後で報告があると思います。

河上会は大変いい会なんですが、ただ一つだけ欠点がある。それは私もふくめて年寄りが多いということなんですね。年寄りは大切にしなければいかんし、そうあるべきだとは思いますが、しかし、若い人が参加すると会を活性化します。

幸いにこの数年間、若い方が参加されまして、今日もお話ししていただく上谷さんとか、わざわざ静岡からきていただいた鈴木さんとかですね。そういう若い研究者の方もこの会に参加していただくようになっています。来年は飛びきり若い二十代の研究者で、早稲田大学のドクターコースの大学院生なんですけど、現在北京大学に留学中の三田さんという方、できれば来年この方に講演をして頂こうと思っております。この人は時々私の所に北京から手紙をよこすんですが、中国でも若手の女性研究者で河上研究を始めている人がいるそうです。

また、河上さんに直接教えを受けたとか、あるいは河上さんの本の影響を受けてマルクス主義者になったという方で、なおご存命の方が中国にはかなりいらっしゃるらしいですね。中国留学を機会にその人達を訪ねて行って、聞き書きを取るという風なことも、三田さんはやってるらしいので、来年はそういう話が聞ければと、楽しみにしています。

若手が参加するだけでなくて、全体としてこの河上会は若返らないといかんのとちがうかと私は思い、そう希望しておりますので、どうぞよろしくお願いいいましします。どうもありがとうございました。

四　新発見の書軸と書簡（二〇〇一・十・二十一）

本日は雨が降り出しまして生憎の天気ですが、例年のごとくお集まりいただきましてどうもありがとうございました。

昨日の京都市国際交流会館での河上秀没後三十五年を記念する会にご参加いただいた方もいらっしゃいますが、昨日の会では最初に寿岳章子先生に河上会女性部長というありもしない名前をでっちあげまして、ごあいさつをいただきました。しかし実質的に昨日の会は、女性パワーで成功いたしました。一八〇人位集まっていただいて、男性の方も裏方を手伝ってもらいましたけれども、ほんとうにありがとうございました。

このごろ世の中だんだん物騒な気配になってきております。この間、『朝日新聞』の読者の投書欄に、中年の男性が投書していました。日本が戦争に負けた後、自分はまだ子どもだったんだけれども、なぜあの戦争を止められなかったのかとお父さんに聞いたら、「こらいかん、と思ったときにはもう遅かった。とても反対できるような雰囲気でなかったので」、と大変恥ずかしそうに答えられたというのです。少年だった彼は、大人たちがいっしょになれば止められたはずなのにと、よく解らなかったけれども、最近になって解ってきた。たしかにお父さんが言うとおり

の雰囲気になってきたな、という一種の無力感をこめた投書だったんです。そういう風に感じておられる方もかなりいらっしゃるんではないか。あまりにも事態が急速に進みすぎています。

しかしながら一方ではけっして戦前のように何時の間にかということにはならない民主的な力が大きく成長しています。河上会で直接そういう運動をするわけにはいきませんが、そういう抵抗力をつけるために、できるだけこれからは若い人に参加していただきたいと思っております。昨日は立野さんという京都の喫茶店フランソアの経営者のお孫さん、ごく若いお嬢さんに会の司会をやっていただきました。そういう若いパワーが、河上会の中心になっていくようにしていかなければならないなと思っております。

今日は二つ新しいものをお見せできるのですが、一つはこの書です。

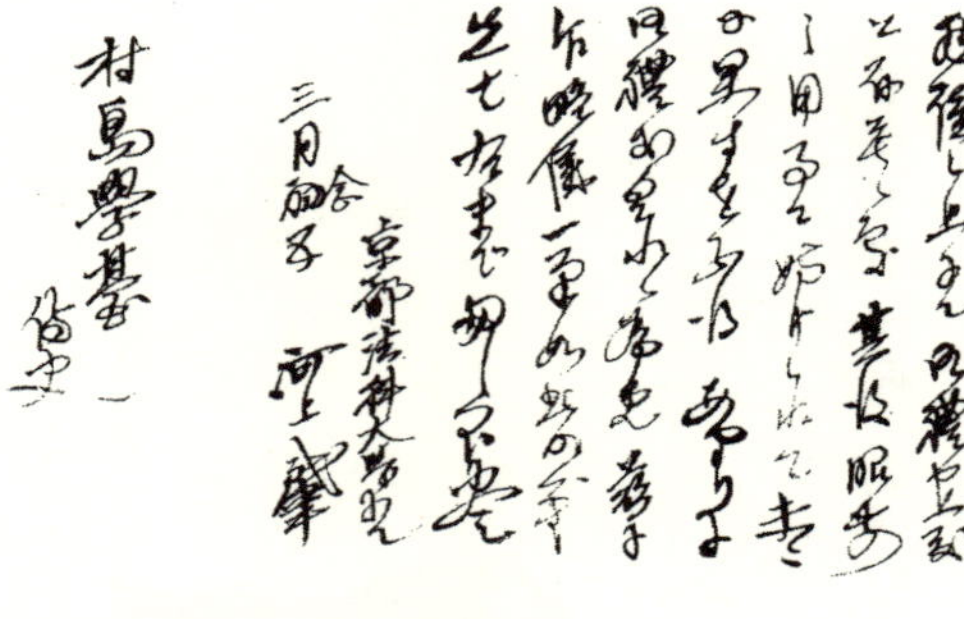

これは先ほど申しました立野さんが生前に河上さんに書いてもらわれて、大切に家の宝として遺しておられた軸です。立野さんは亡くなったのですが、お嬢さんがこれを大切に保存されていたんですけれど、個人として持っているよりは河上会に寄贈したいと今日お持ちいただいたのです。

ここには、庚辰の年五月、河上肇画並題と書いてあります。庚辰の年というのは、昭和十五年です。もう一つ前の辰年ですと昭和三年になるんですが、昭和三年は河上さんは忙しくてこんなものを描いている余裕などなかった。昭和十二年に牢屋から出てこられて、やっと時間的余裕もできてこれをお描きになった。「画並びに題す」というのは、絵も書も私が書いたという意味なんですね。

空にお月さんがでていますが、崖の上に家が二軒描いてあります。書の方は、万里雲なし万里の天、千江月あり千江の水。この句、河上さんは大変好きでして、岩国の河上さんの生家である荘吾さんの家の床の間にも、私が行ったときにかけてありました。ただ、誰の作なのかいろいろ調べてみたんですが、いまのところわかりかねます。

もう一つは、手紙が新しく見つかりました。河上さんが村島さんという方に出された手紙なんですが、実はこれをお持ちいただいたのは、今日出席されている『毎日新聞』の社史の編纂をされている滝沢さんという会員の方です。

この手紙は大正六年頃に書かれたものだろうというんですが、村島さんというのは毎日新聞社のその頃の、というと河上さんが『貧乏物語』を書かれた少しあとなんですが、その頃の労働関係の担当記者だった、だからその方面の記者第一号だと、先ほど滝沢さんおっしゃっておられました。その村島さんから河上さんが本をもらったお礼の手紙です。これは全集にのってない新しく発見された手紙なので、滝沢さんの解説をつけまして会報に載せたいと思っております。

今日は荘吾さんの他に、荘吾さんのお姉さんの松山さんご夫妻が遠くから来ていただいて、それと河上さんのお孫さんの鈴木洵子さんも来ていただいてますが、みんな大変遠慮深くて前に坐るのがいやだということで、皆さんのお仲間になっていただいてますけれど、できればあとで一言ずつご挨拶いただくとありがたいと思っています。

実は昨日十月二十日は、河上さんの百二十二回目の誕生日だったんですね。昨日は秀さんの没後三十五年ということで記念の会をやったのですが、よく考えてみると、河上肇没後五十五年でもあったわけです。

秀さんは一九六六年に亡くなっているんですが、その二十年前の一九四六年、敗戦の翌年に河上先生は亡くなっておりますので、没後五十五年です。あと五年たちますと没後六十年ということで、ぜひ記念の会をやっていただきたい。ただしその時には私はもはやくたばっておりますので、お若い方に代表を引きついでいただき、会員の方も若返って、盛大な六十年を五年後にやっていただきたいということをお願いいたしまして、挨拶に代えさせていただきます。

III 中国への旅

故郷紹興の陸游像

江南紀行断章

一　はじめに

今回の中国旅行の目的は、宋代の詩人陸游の故郷紹興をたずね、紹興酒をゆっくりと味わうことにある。したがって何の拘束もない、のんびりゆったりとした旅になるはずであった。

ところが訪問団の構成員のうち、何人かが大学教員であり、訪問期間がゴールデンウィークあけの五月中旬だったため、中国側からの正式な招待状がなければ休暇がとりにくい。そこで浙江大学に要請したところ、しからばわが大学で「研討会」を、ということになり、やむなく後述のごとく一日をシンポジウムに当てることとなった。

われわれが浙江省紹興を旅行の目的地に選んだのは、ただ紹興酒を存分に味わうためだけではなかった。団員の大部分が、陸游の詩を読む会「読游会」のメンバーであり、ぜひ一度陸游の故郷三山《さんざん》を訪ねたい、と思っていたからである。

読游会については、かつて「読游会縁起」と題する駄文を弄したことがあり（一九九四年一月藤原書店『機』三四号、のち一九九六年藤原書店刊『漱石と河上肇』所収)、ここに転載して同会の紹介に代えたい。

大学を退職したあとも、私的な塾のような形で、大学院のゼミナールが続いている。ゼミでは中国宋代の詩人陸游の作品を読んでいたので、その継続である。大学の教室を使うわけにいかぬので、飲み屋の二階を借りることにした。これなら勉強を終えたあと、連れ立って飲み屋に行く手間がはぶける。名づけて読游会といい、その縁起に曰く、

読游会ハ、宋ノ陸游、スナハチ陸放翁ノ詩ヲ読ム会デアル。月ニ一度、土曜ノ午後、神戸ハ山手ノ薩摩道場ナル酒家ノ二階ニ、本邦ト禹域ノ士女十数人相集ヒ、放翁ノ詩一首ヲ精細ニ読ム。討論ノ果テタアトハ、珍肴美酒ノ会トナル。「読游」トハ、陸游ノ詩ヲ読ム意デアルトトモニ、読書ト遊興ノ謂デモアル。ヨク学ビ、ヨク遊べ。

相集フ士女ノ半バハ大学教員、半バハ大学院生、コレニ好事ノ主婦モ加ハル。ソレゾレニ禹域アルイハ本邦ノ文学・言語ヲ専攻シ、マタ書法・金石ヲ専門トスル学徒タチデアル。読

詩ト飲酒ノ間ニ、時ニ古今ノ書ヲ鑑賞スル。

詩ノ討論ヲ主宰スルノハ、一海教授知義、書ノ鑑賞ノ津逮トナルノハ、魚住教授卿山、教場ト珍饌佳醸ヲ提供スルノハ、道場主人郷原達人デアル。

会ハ厳粛ニ始マリ、笑語ノ間ニ果テル。

癸酉孟夏　　　　読游会同人

陸游は生涯に三万首近い詩を作り、約一万首をのこした。毎月一首読むとして、夏休みをはさむので年にほぼ十首、全部読み了るのに、一千年かかる。

そこで、河上肇『陸放翁鑑賞』（岩波書店）をテキストとして選ぶことにした。これならば、収める詩五百首。五十年で読める。読み了えたとき、私は百十五歳。放翁は八十五歳で亡くなったが、更に三十年、長生きさせねばならぬ。

陸游は反体制とまではいえぬにしても、非体制の詩人であった。この詩人に、マルクス経済学を学んだ漢詩人河上肇が、どう切り結んでいるか。

テキストは、そうした楽しみをも、提供する。

さて、二〇〇〇年五月九日、新しい上海空港すなわち浦東空港に降り立った一行十三名と日本側添乗員一名は、マイクロバスに乗りかえて、一路杭州市に向かった。

空港に迎えに来ていた中国側添乗員は、張蘭さんという大学出たての若い女性、日本語はかなり達者だったが、一週間に及ぶ口うるさい専門家集団の案内には、苦労したにちがいない。それに懲りたのか、彼女はわれわれの帰国後、日本留学の希望を伝えて来て、二〇〇一年四月から神戸大学国際文化学部に留学することとなった。めでたし、めでたし。

最初の訪問地杭州の宿は、五洲大飯店。荷物を宿にあずけて、西湖畔の老酒家「楼外楼」での浙江大学の招宴に出席、書法芸術の大家陳振濂教授、中国古典文学の専家で日本の俳句研究家でもある陸堅教授らと、晩餐をともにした。

二　中日聯合研討会

二日目は、午前九時から浙江大学人文学院で「中国古典文学・書法学術交流中日聯合研討会」が開かれ、これに参加した。

書法が討論のテーマに加わったのは、団の秘書長役をつとめた神戸大学教授魚住卿山博士が著名な書家であり、また団員の中に何人かの書家が加わっていたからである。彼ら彼女らは、おおむね読游会のメンバーでもあった。

私は団長役をつとめさせられていたので、やむなく研討会のはじめに、「友好的問候」と題して短いあいさつを行った。団員の帝塚山学院大学助教授彭佳紅さんの通訳によって、その概要を紹介しておく。

今天、我団承蒙貴校熱情接待、在此向各位表示衷心的感謝。

我的這箇研究会是七年前組成的。毎月一次、有志者一五到二〇人来自各地聚集一堂、研討中国宋代詩人陸游（放翁）的詩。会的名称為「読游会」。

毎次用両箇小時精読陸游詩一首。由此可計、一年僅読陸游詩一二首。

據統計現存的陸游詩有九二〇〇首。試用一二除九二〇〇、答案是七六六・六六。也就是説以我們的速度要読完全部陸游詩需化近七、八百年的時間。

於是、我們把『陸放翁鑑賞』一書作為研討会的課本。這本書的作者名叫河上肇、是日本的馬克思経済学家、同時又是一箇中国古典詩的作者（在日本称之為「漢詩人」）。這是一本河上肇注解的陸游詩選。

河上肇生前是一位陸游詩的愛好者。日中戦争暴発前、他曽被日本政治警察逮捕投入監獄。在獄中、他精心閲読了大量的中国的古典詩、如李杜韓白、王維、蘇軾等。出獄後不久、日中戦争暴発了。此時、他又読破陸游万首詩、著下了這本『陸放翁鑑賞』。

河上肇在『陸放翁鑑賞』中精選了陸游詩五〇〇首。五〇〇首除以一二、約等於四二。這様、我們就可以用四二年時間来読完這本書。

我是「読游会」中最年長的一箇。這箇研究会成立的時候已六三歳。等我們把五〇〇首詩読完時、我将一〇五歳。也就是説、從今算起我還必須活三五年。

我們対走訪陸游的故郷向往已久、同時也想望拜訪陸游曽渉足過的、当時的首都杭州（臨安）之地。這次很高興我們的願望能得以実現。

身在陸游之郷、我們有一箇請求、即向各位請教陸游的詩文故事。誠請各位多多関照。

以上作為初次相見的問候。謝謝各位。

さて研討会は、まず日中双方から二名ずつの報告者を出し、次のようなテーマで研究発表を行った。当日会場で配られた「主題発言」によって紹介すると、

丹羽博之　大手前女子大学文学部助教授

題目…唐張継「楓橋夜泊」詩和大和田建樹的旅程

魚住和晃　神戸大学国際文化学部教授

題目…智永真草千字文「小川本」真迹之検証

廖可斌　浙江大学人文学院教授（博導）、常務副院長

題目…楊家将演義中穆桂英形象来源臆測

陳振濂　浙江大学人文学院教授（博導）、副院長

題目…書法創作中的「主題」研究

それぞれの発表のあと、きわめて活発な質疑応答が行われて、大変有意義であったが、それらの概要については、後日何らかの形でまとめられると思うので、ここでは省略する。

三　陸游第三十二代の孫

杭州訪問最初の夜、わざわざ晩餐会に出席された陸堅教授は、二日目の研討会にも参加、さらに質疑にも加わって発言された。

私は教授が陸游直系の子孫であることを、二年前から知っていた。日本で発行されている華語新聞『中文導報』(一九九八年一月二十二日付)の次のような記事を読んでいたからである。

座落在富士山脚下的静岡県富士宮市去年十一月与中国浙江省紹興市結為友好城市。本月十三日、杭州大学中国古典詩研究家陸堅教授専程訪問了該市、並与渡辺紀市長見面座談。目前正在作為静岡県立大学訪問学者的陸堅教授是中国南宋著名詩人陸游的第三十二代子孫、他与日本著名俳句学者関森勝夫共同撰写的『日本俳句与中国詩歌——関於松尾芭蕉文学比較研究』一書已成為中国国内日本俳句研究為数不多的佳作、並於九七年獲韓素音文化奨。

杭州市滞在中、私は何回か教授と歓談する機会を持ったが、帰国後、自著のいくつかをお送りしたところ、次のような鄭重懇切なお便りをいただいた。老学者の書簡の文体は、日本の若い研究者にはなじまないだろうが、原文のまま紹介する。

一海先生大鑑：

柳色転黄、緑葉満目。料　先生并府上近必勝健！

先生大名、為雷貫耳久矣！　上月九日有幸在西子湖畔拝識　先生、不勝栄幸之至！　翌日又聆聴　先生宏論、深受教育、獲益良多。謹此再申謝忱！　小生因課務纏身、又逢碩士研究生答弁、加之校内統一安排教授検査身体、未能奉陪　大駕并読游会諸　先生赴富陽、紹興等地考察、深引為歉、万乞寛宥！

先生回国後賜下大作及『陸詩考実』、皆多高見卓識、字字玖珠、弥是宝貴、小生定当認真拝読、精心珍蔵。

先生高情雅意、銘感深心！

放翁自謂「六十年間万首詩」。但伝至今日究竟有多少？　国内一直説法不一、有説九千九百首、有説九千六百首、有説九千四百首、新近出版的一部文学史説有九千五百首、小生最近逐首細数、得数似為：九千二百十七首、残句七見。先生在「友好的問候」中概為「九千二百首」、最為準確。先生治学之謹厳、令人感佩！

驕陽漸火、暑気襲人。望　先生時多保重、善自珍摂！

謹向読游会諸　先生致敬！

放翁八十一歳自歎：「百歳光陰半帰酒、一生事業略存詩。不妨挙世無同志、会有方来可与期！」読游会諸　先生的勛績、必将使放翁九泉之下欣慰無似！　耑此奉復。并頌時綏！

陸堅拝上

二〇〇〇、六、七

四　陸游の故里三山

三日目は杭州をあとにして、紹興を訪問した。

陸游が二十歳のときに離縁した妻、嫁姑問題で心ならずも別れた妻唐琬に、三十歳になって再会したという「沈園」のたたずまい、魯迅にちなむ居酒屋「咸亨酒店」、その独特の雰囲気と小さなドンブリで傾けた紹興酒の味など、書き出すと筆がとまりそうにない。しかしそれらを語ることは禁欲し、四日目の三山へ。

紹興市から舟で川を下り、陸游の故里三山へ向かった。川沿いに建てられた粗末な芝居小屋で、中国版「ロミオとジュリエット」といわれる「梁山伯与祝英台」のさわりの寸劇を観た。越劇と呼ばれる女性だけの二人芝居で、まことにおもしろかったが、心はやはり三山へ飛ぶ。

三山は意外に小さな山々だった。山というより丘といった方がよい。あれが石堰山、こちらが韓家山、そしてあちらが行宮山。私は四十年来読みつづけてきた陸游の詩集、そこに散見する三山三様の姿をいま目の前にして、飽かず眺めていた。

あたりは一面の畑で、その畑の中に陸游の巨大な石像が建っていた。台座の裏面に、陸游の辞世の七絶「示児」がきざまれている。団のメンバーにせがまれて、私はこれを日本語で訓読し、そして中国音で朗誦した。

像からすこし離れたところ、これも畑の中に、「陸家池」と呼ばれるやや大きな池があり、その傍に背の高い石碑がポッンと一つ建っていた。表面はすこし摩滅しているが、「陸游故居遺址」と読め、その横に少し小さな字で、「一九八五年九月　朱東潤敬書」とある。よく知られているように、朱東潤氏は陸游についての専著もある文学史家である。

碑の裏面には、「紹興市文物管理処立　一九八五年十一月」と署名日付入りの碑文がきざまれている。私は同行の筧文生、久美子夫妻とともに、いささか時間をかけて書き写した。これまた原文のまま、ただし句読点を加えて転写する。

乾道丙戌（一一六六年）始卜居鏡湖之三山。三山為石堰山、韓家山、行宮山之統称也。乾隆『紹興府志』載「宋宝謨閣待制陸游所居在三山西村」。詩人自紹熙元年（一一九〇）退隠帰郷居于此、直至去世也。故居早圮、現僅存行宮山旁陸家池一泓、附近柳姑廟、石堰村、画橋等処、詩人均有詩吟詠。対三山故廬則有更多詩文記録。「吾廬」即其中之一。詩曰、吾廬鏡湖上、傍水開雲扃、秋浅葉未丹、日落山更青、孤鶴従西来、長鳴掠沙汀、亦知常苦飢、未忍呑膻腥、我食雖不肉、匕箸窮芳馨、幽窗燈火冷、濁酒倒残瓶。

江南の旅はこのあと二日間つづく。前後約一週間、右にしるした各地のほか、鑑湖その他陸游ゆかりの地、書のメッカとされる西泠印社、杭州から銭塘江をさかのぼった富陽市の古籍印刷造紙廠、王羲之の蘭亭、白楽天、蘇東坡ゆかりの西湖、杭州の兪曲園紀念館、上海の豫園、魯迅の故居、上海博物館、そして、新酒・陳酒とさまざまな味とこくのちがいを示す本場の紹興酒などなど、書き出せばどこまでも筆のすべりそうな、多くの体験をした。

しかし今回は、おおむね詩人陸游にまつわる一部の記述にとどめ、「断章」の筆を擱くこととする。

陸放翁と芝居見物

二〇〇〇年五月のある晴れた日、私たち一行十六人は、浙江省紹興の町から、宋代の詩人陸游の故郷、三山《さんざん》という名の農村に向から船上にあった。

一行は陸游（号は放翁、一一二五―一二一〇）の詩を読む会「読游会」のメンバーであり、今回の旅の目的は、まずは紹興酒を存分に傾け、放翁の故里をゆったりと訪れることにあった。

船は途中、粗末な波止場に止まった。降りてみると、川沿いに小さな広場があり、その奥に丸太と板で高く組み立てられた芝居小屋がしつらえてあった。

一行が、並べられた折り畳み椅子に坐っていると、周辺の農民らしき人たちが普段着のままま わりに集まって来て、やがて舞台の上では芝居がはじまった。

極彩色の衣装をつけた俳優は、たった二人。一人は男装の梁山伯、もう一人は女装の祝英台。いずれも女性である。すなわち女性のみが演ずることを特徴とする越劇の「梁山伯と祝英台」、中国版「ロメオとジュリエット」のさわりが、一丁の胡弓だけを伴奏に、かなりの時間をかけて演じられ、ヤンヤの喝采のうちに幕を閉じた。

私は芝居を観ながら、この地方の出身である陸游の七言絶句「小舟にて近村に遊び、舟を捨てて歩みて帰る」を思い出していた。放翁の故郷三山は、ここから近い。

斜陽古柳趙家荘　　斜陽　古柳　趙家荘

負鼓盲翁正作場　　鼓を負いし盲翁　正に場《じょう》を作《な》す

死後是非誰管得　　死後の是非　誰か管《かん》し得ん

満村聴説蔡中郎　　満村　説くを聴く　蔡中郎

「蔡中郎」は、後漢末の文人蔡邕《さいよう》の物語。両親と妻を棄てて宰相の家に婿入りした蔡邕と、彼をたずねて都へのぼる妻の趙五娘《ちょうごじょう》の話は、元末明初の戯曲『琵琶記』の原型だとされる。

陸放翁がこの詩を作ったのは、一一九五年。今から約八百年前のことである。時代が違うだけではない。陸詩に見えるのは、時刻は夕暮、演者は老人、その一人芝居、出し物は「蔡中郎」。私たちが観たのは、時刻は昼さがり、演者は若い女性、二人芝居、出し物は「梁山伯と祝英台」。しかし芝居小屋はいずれも紹興を流れる同じ川の川沿いにあり、そこで演ぜられたのはともに「越」の地方劇である。そしてこれは余計なことだが、放翁がこの詩を作ったのは七十一歳、私もまたそのときたまたま七十一歳であった。

ところで放翁は、さきにあげた詩だけではなく、かなりの数の作品の中で、村での芝居見物や村祭のお神楽《かぐら》のことを詠じている。私はかつて「村医者・寺子屋・村芝居——陸放翁田園詩ノート（一）」と題して、そのことにふれた一文を草したことがある（『近代』〈神戸大学〉五七号、一九八一年十二月)。

ここではその後気づいたいくつかの資料を加え、全体を編年体に整理しなおして、それぞれの作品に若干のコメントを付け、陸放翁観劇のさまをあらためて紹介したい。

なお紙幅の関係もあり、詩は節略して関係する句のみ引用し、あとに詩題、詩型、『剣南詩稿』の巻数、放翁の年齢を、注記した。

1、西湖二月遊人稠
　鮮車快馬巷無留
　梨園楽工教坊優
　絲竹悲激雑清謳

西湖　二月　遊人稠《おお》く
鮮車　快馬　巷《ちまた》に留まるなし
梨園の楽工　教坊の優
絲竹悲しく激して清き謳《うた》を雑《まじ》う

(「閏《うるう》二月二十日、西湖に遊ぶ」、七古、巻一、三十八歳)

ここに掲げる陸詩二十数首は、すべて村の芝居を詠じているが、この一首だけは都会、当時のみやこ臨安(今の杭州)のことをうたう。

「梨園」「教坊」というのだから、宮廷直属の楽士や役者たち、彼らは西湖の湖畔にまでくり出して来て、たくさんの行楽客を前に演奏、演技をくりひろげる。

2、弊袍羸馬遍天涯
　恰似伶優著処家

弊袍《へいほう》　羸馬《るいば》　天涯に遍《あまね》く
恰《あたか》も似たり　伶優の著《つ》きて家に処《お》るに

(「秋夜、独り酔うて、戯れに題す」、七律、巻四、四十九歳)

これは観劇の詩ではない。しかし、役者は旅に暮らすもの、という当時の常識を暗示していて、興味深い。詩句の大意は、破れ上着で痩せ馬にまたがり、天のはてまでへめぐって来たが、今はこの田舎で暮らすこととなった。まるで役者が家に居ついてしまったように。

3、明朝父老来賽雨　明朝　父老来たらば　賽雨《さいう》ふり
　大巫吹簫小巫舞　大巫　簫を吹き　小巫舞わん
（「龍湫《りゅうしゅう》の歌」、七古、巻五、五十歳）

この詩は題が示すようにフィクションの作だろうが、大巫・小巫は後出「秋の賽《まつり》」にも見えるように、お神楽の出演者である。

4、野艇魚罾挙　野艇《やてい》　魚の罾《あみ》　挙げられ
　優場炬火明　優場　炬火《かがりび》　明るし
（「夜、小南門城の上に登る」、五律、巻八、五十三歳）

「優場」は後出の詩「春社」「夜、山家に投《とま》る」「野意」などにも見えるように、俳優の舞台、すなわち村芝居の小屋である。「炬火明るし」というのだから、夜に上演されていたことになる。村での夜の観劇は、後出の詩にもたびたび見えるように、当時すでに珍しいことではなかったらしい。

5、嘉禾九穂持上府　嘉禾《かか》　九穂《きゅうすい》　持ちて府に上《たてまつ》り
　廟前女巫遞歌舞　廟前　女巫　遞《たが》いに歌い舞う

（「賽神の曲」、七古、巻一六、六十歳）

「女巫」は、村祭の舞台でお神楽を舞う巫女《みこ》である。

6、太平処処是優場
社日児童喜欲狂
且看参軍喚蒼鶻
京都新禁舞斎郎

太平　処処　是れ優場
社日　児童　喜びて狂わんと欲す
且《しばら》くは看ん　参軍の蒼鶻《そうこつ》を喚《よ》ぶを
京都《みやこ》にては新たに禁ず　斎郎《さいろう》を舞うを

（「春社」四首の第四、七絶、巻二七、六十九歳）

「処処」は、到る所。太平の世だから、芝居小屋は一つだけでなくあちこちに設けられている。出し物は、シテの参軍とワキの蒼鶻が滑稽な問答のやりとりをする、能狂言のような「参軍戯」。「斎郎」は「十斎郎」のこと、ぜいたくな衣装をつけた豪華な舞踊。

7、先生酔後騎黄犢
北陌東阡看戯場

先生　酔いし後　黄犢《こうとく》に騎《の》り
北陌東阡　戯場を看る

（「初夏」十首の第二、七絶、巻三二、七十一歳）

「先生」は、放翁自身をさす。「黄犢」は、茶色の仔牛。「北陌東阡」、北の道、東の道というのだから、この時も村のあちこちに小屋がかけられていたのだろう。

8、斜陽古柳趙家荘
負鼓盲翁正作場

斜陽　古柳　趙家荘
鼓を負いし盲翁　正に場《じょう》を作《な》す

死後是非誰管得　　死後の是非　誰か管し得ん
満村聴説蔡中郎　　満村　説くを聴く　蔡中郎
（「小舟にて近村に遊び、舟を捨てて歩みて帰る」四首の第四、七絶、巻三三、七十一歳）

私はさきの一文でもこの詩を紹介し、「盲翁」について次のように書いた。

「〃盲翁〃は、わが国の琵琶法師を連想させる。そして〃語り物〃は、台本によらない口伝の芸だったのだろう。ところで、盲目の翁は、ひとりで舞台をつとめているらしい。しぐさはまじるのかも知れぬが、相手はいないようである」。

その盲目の翁の独り語りに、村中総出で耳を傾けている。

9、小巫屢舞大巫歌　　小巫　屢《しば》しば舞い　大巫　歌う
士女拝祝肩相摩　　士女　拝祝して　肩相摩《あいま》す
（「秋賽」、七古、巻三七、七十四歳）

題の「秋賽」は、秋祭。この詩の第一句には「柳姑廟前　煙　浦より出で」というから、村の廟に奉納されるお神楽《かぐら》のことをうたっているのであろう。「巫」は、前出（5、「賽神の曲」）。芝居というほどのものではないが、巫《みこ》たちが歌い舞うのを、お参りに来た善男善女が押しあいへしあい見物している。

10、酒坊飲客朝成市　　酒坊の飲客　朝　市《いち》を成し
仏廟村伶夜作場　　仏廟の村伶　夜　場《じょう》を作《な》す

（「喜びを書す」三首の第二、七律、巻三七、七十四歳）

「村伶」は、村芝居の役者。さきのお神楽は廟の前で演じられたが、村芝居がおこなわれるのも、廟の前である。そしてさきにあげた詩（4、「夜、小南門城の上に登る」）でも、「優場炬火《かがりび》明るし」とうたうが、これも「夜場」、すなわち夜の芝居見物である。そして次の詩句に見えるのも、「夜場」。

11、比隣畢出観夜場
　老稚相呼作春社

比隣　畢《ことごと》く出でて　夜場を観
老稚《ろうち》　相い呼びて　春社を作《な》す

（「三山に居を卜《ぼく》して、今三十三年なり云々」、七古、巻三八、七十四歳）

隣近所さそいあわせて、夜の観劇。老人も子供も声をかけあって、「春社」、春の村祭をもりたてているのである。

12、老伶頭已白
　相識不論年
　時出随童稚
　猶能習管弦
　煙林梅市路
　風幔放翁船
　余酒堪同酔

老伶《ろうれい》　頭《こうべ》　已《すで》に白きも
相識《あいし》るは　年を論ぜず
時に出《い》ずるに　童稚《わらべ》を随うるも
猶《な》お能く管弦を習う
煙林　梅市の路
風幔《ふうまん》　放翁の船
余酒　同《とも》に酔うに堪えたり

君無惜酔眠　　君　酔うて眠るを惜しむことなかれ

（「老伶」、五律、巻五三、七十九歳）

「老伶」は、年老いた役者、老優。放翁はこの年の正月、宝謨閣待制となり、孝宗・光宗両朝の実録を完成して、五月、都から故郷の家へ帰った。その途次、船中に老優を乗せ、酒を酌みかわしている情景である。さきにあげた詩（2、「秋夜、独り酔うて、戯れに題す」）でもうたうように、役者はあちこち旅してまわるのが、当時の風習であったらしい。

「酔ったら遠慮せずに眠りたまえ」、と老優をいたわる放翁も、このとき七十九歳。よほど芝居好きだったのだろう。

13、東阡南陌間　　東阡南陌の間

吾亦愛吾郷　　吾も亦《ま》た吾が郷を愛す

楚祠坐秋社　　楚祠　秋社に坐し

隋寺観夜場　　隋寺　夜場を観る

（「山沢」、五古、巻五五、七十九歳）

「吾も亦た吾が郷を愛す」というのは、陶淵明が「吾も亦た吾が廬《いおり》を愛す」（「山海経《せんがいきょう》を読む」十三首の第一）とうたったように、「私もまた」淵明と同じようにというのである。その「愛」の中身の一つが「秋社」、秋祭。そしてもう一つが「夜場」、夜の芝居見物である。

「楚祠」は、項羽の廟。山陰県治の南一五里（七キロ余）にあったという。「隋寺」は、最初隋の時代に建てられたお寺「安隠院」。同じく西北一〇里（五キロ）の所にあったという。当時お寺の境内でも芝居が上演されたことを示す。

14、野寺無晨粥　　野寺　晨《あした》の粥《かゆ》なく
　　村伶有夜場　　村伶　夜場あり
（「出《い》でて湖山の間を行き雑賦す」四首の第二、五律、巻五七、八十歳）

野末の寺では朝の粥も食わせてもらえないが、そこに泊った役者は、その夜もすき腹をかかえて寺の境内で舞台をつとめねばならぬ。

ここでも芝居が演ぜられるのは、村の寺である。

15、回看薄官成何味　　回《かえ》り看れば　薄官　何の味をか成せし
　　只借朝衫作戯場　　只《た》だ朝衫《ちょうさん》を借りて　戯場を作《な》せしのみ
（「村居興《きょう》を遣《や》る」三首の第一、七律、巻五八、八十歳）

この詩は観劇のことを詠じているわけではない。芝居を人生の比喩として、うたっているだけのことである。しかし放翁が、あるいは当時の人々が、芝居をどのようなものと考えていたかを知る上では、貴重な資料だといえよう。

岩城秀夫氏はこの詩について次のようにのべている（「宋代演劇管窺——陸游劉克荘詩を資料として」、『中国文学報』第一九冊、一九六三年、のちに創文社刊『中国戯曲演劇研究』所収）。さきの私の一文にも引用したが、ここに再録しておきたい。

「詩は老境にある陸游が、秋風の淋しさを身に感じつつ、すでに鬼籍に入った友人のことを思い、また自分の歩んで来た路を振返ったもので、後生大事につとめあげた薄給の官職も、いまにして思えば、一体どれほどの価値があったのか、朝服を借りて演じた一幕の芝居に似てはいないだろうか。そうした自嘲に悲愁をまじえた気持ちが、この詩に見られるのであって、人生行路を芝居に見たてている点に注意したい。単に陸游の演劇への関心ばかりでなく、演劇史の上からみて、その頃すでに人の一生の流転のさまを、筋書きとすることが、演劇の常識として存在したことを示すからである」。

岩城氏がいう「人の一生の流転のさまを、筋書とする」ことは、さきに引いた詩（8、「小舟にて云々」）の「死後の是非誰か管し得ん」という句からも、うかがうことができる。

16、霜気蕭条木葉黄　　霜気　蕭条《しょうじょう》として　木葉黄ばみ
佳時病起意差強　　佳時　病より起きて　意差《や》や強し
雲煙古寺聞僧梵　　雲煙の古寺　僧梵《そうぼん》を聞き
燈火長橋見戯場　　燈火の長橋　戯場を見る

（「出遊」五首の第四、七律、巻五九、八十歳）

これまた「燈火の長橋」だから、夜の観劇である。八十歳の放翁はまだまだ元気で、病気がちょっとよくなると外出し、もやのたちこめる古寺で読経の声をきき、橋のたもとで日暮れの芝居をのぞいてみる、というのである。

17、空巷看競渡　　巷《ちまた》を空《から》にして　競渡を看
倒社観戯場　　社《なかま》を倒《さそ》いあわせて　戯場を観る
（「稽山行《けいざんこう》」、五古、巻六五、八十一歳）

詩の題は、「稽山の行《うた》」。稽山は放翁の故郷にある会稽山。一首は故郷のさまざまな風物をうたう。その一つが競艇（競渡）であり、また村芝居である。当時すでに競艇があり、「巷を空にして」、村をからっぽにして皆で見にいったというところが、おもしろい。「倒社」は、社中（村の仲間）を根こそぎ連れてゆくことをいうのだろう。さきの詩（8、「小舟にて云々」）にも、「満村説くを聴く」、村中総出で聴いている、という表現があった。農閑期の村の数すくない娯楽の一つだったことが、よくわかる。

18、高城薄暮聞吹角　　高城　薄暮　吹角《すいかく》を聞き
小市豊年有戯場　　小市　豊年　戯場あり
（「初夏閑居」八首の第三、七律、巻六六、八十二歳）

「吹角」は、時刻を告げる角笛《つのぶえ》。夕暮を知らせる角笛が、高い城壁の上で吹き鳴らされると、今年は豊年だから、村の小さなバザールにも芝居小屋がかかる、というのであり、これも夜の観劇。

19、此身只合都無事　　此《こ》の身　只《た》だ合《まさ》に都《す》べて無事なるべし
時向湖橋看戯場　　時に湖橋《こきょう》に向《お》いて　戯場を看る
（「行飯して湖の上《ほとり》に至る」、七律、巻六八、八十二歳）

この詩、第一句に「行飯の消揺《しょうよう》は日びに常《さだめ》あり」という。食後の腹ごなしに散歩に出かけたときのことを、うたっているのである。

「湖橋」の湖は、放翁の故郷にあった有名な鏡湖（今の鑑湖）。別の詩「屐《げた》を買う」（巻三一、七十歳）にも「何《いつ》か当《まさ》に深き雪を踏み、就《つ》きて湖橋の酒を飲むべし」といい、さらにいくつかの別の詩では、湖橋には小市が開かれ、酒楼や飲み屋があり、そこの酒は特別にうまい、などと鏡湖の湖口にかかる橋のたもとのにぎわいをうたう。芝居小屋はそういう所にあったのである。

20、夜行山歩鼓鼕鼕　　夜、山歩を行けば　鼓は鼕鼕《とうとう》たり
　小市優場炬火紅　　小市の優場　炬火紅《かがりびあか》し
　喚起少年巴蜀夢　　喚《よ》び起こす　少年巴蜀の夢
　宕渠山寺看蚕叢　　宕渠《とうきょ》山寺に蚕叢《さんそう》を看しを
　　　　　　　　　　（「夜、山家に投《とま》る」、七絶、巻六九、八十二歳）

「山歩」という語、別の詩「晩《くれ》に庭樹の鴉の鳴くを聞き、感あり」（巻七八、八十三歳）にも見え、放翁の自注に、「郷語、湖山間小聚為山歩」（湖山の間の小さな村落を、土地言葉で山歩という）、とある。

「小市の優場炬火紅《あか》し」というのは、さきにあげた詩（4、「夜、小南門城の上に登る」）、に「優場炬火明るし」というのと同じ情景だが、さきの詩は農村の芝居、本詩は山村の芝居をいう。山あいの村でも、芝居小屋がかけられていたのである。

第四句の「宕渠山」は、放翁が四十八歳のとき、旅の途中で通った巴蜀（四川省）の山、「蚕叢」は蜀王の先祖の名。蜀王の先祖をテーマにした芝居が、宕渠の山寺で上演されていたのであろうか。

21、東巷西巷新月明　　東巷西巷　新月明るく
　　南村北村戯鼓声　　南村北村、戯鼓の声
（「村落間の事を書す」、七古、巻七〇、八十三歳）

「戯鼓の声」は、村芝居の伴奏の鼓の音。ここでも村に一つではなく、あちこちに小屋がかけられ、それは次の句に「家家賦《ふ》を輸《いた》すに時に及んで足れり」というように、豊年の農閑期だからこそ、見られた現象であろう。

22、小雨荷鉏分薬品　　小《そぼふ》る雨に鉏《すき》を荷《にな》いて薬の品を分け
　　乍涼扶杖看優場　　乍《にわか》なる涼しさに杖を扶《つ》きて優場を看る
（「野意」、七律、巻七八、八十四歳）

「薬（草）の品（種）を分ける」のは、放翁が農民相手の医業をいとなんでいたからであり、その合い間に、この八十四歳の老人、村芝居を観に出かけるのである。

23、巷北観神社　　巷北　神社を観
　　村東看戯場　　村東　戯場を看る
　　誰知屛居意　　誰か知らん　屛居《へいきょ》の意

不独為耕桑　　独《ひと》り耕桑の為《ため》のみならず

（「幽居歳暮」五首の第三、五律、巻八〇、八十四歳）

「神社」は、鎮守の森のお祭。巷北・村東というのだから、村芝居は別のところでおこなわれていたらしい。

あとの二句。田舎に引きこもって暮らしておるのは、ただ畑仕事のためばかりじゃないんだ。誰も気がついておらんじゃろうが、ほんとうは芝居見物を楽しむのも、目的の一つなんじゃ、ふふふ。

24、市闤朝沽酒　　市闤《しこう》　朝　酒を沽《か》い
　　巫歌夜楽神　　巫歌《ふか》　夜　神《しん》を楽しむ

（「初夏雑興」五首の第三、五律、巻八二、八十五歳）

朝は村のバザールのどよめきの中で酒を買い、夜は巫《みこ》が歌に合わせて舞うお神楽《かぐら》をたのしむ。放翁はこの年の歳末に他界する。若い頃から死の直前まで、芝居を楽しみお神楽を楽しんで、生涯をおえた。

以上、放翁の観劇の詩を通読してみて、以下のようなことに気づく。

一、放翁以前にも、蘇東坡や王安石が北宋のみやこ汴京（開封）での芝居を詠じた詩をのこしている。しかし放翁の作品ほど数多く、それも農村での観劇を詠じたものはないだろう。村芝居の演目を挙げたものがすくないのは、残念だが、演劇史の貴重な史料といえよう。

二、観劇の作品が晩年（とくに七十歳以後）に多いのは、放翁が若い頃の作品をみずから廃棄してしまったこと、及び江南の農村に定着したのが六十歳半ば以後だった、ということにもよる。詩の数について具体的にいえば、放翁の編年体詩集『剣南詩稿』八五巻のうち、三〇巻からあとはすべて七十歳以後の作品が占める。

三、作詩の季節は春夏秋冬と四季にわたるが、こまかく見てゆくと、すべて農閑期（晩春初夏、晩秋初冬）であることがわかる。

四、夜の観劇が意外に多い。しかも、山間の村でも、夜にかがり火をたいて観劇に興じていたことがわかる。

五、連作の詩の中の一首である場合が多い。そのことはさきの一文でもふれたが、連作の一首ずつは、村の行事のスナップ写真の一コマずつに当り、そのスナップの一つが村芝居だということになる。

ほかにも指摘できる問題はすくなくないと思うが、今後読者の示教が得られれば幸いである。

昨年の五月、私たち一行は、八百年の歳月をへだててではあるけれども、放翁と同じ川沿いの一角で、同じ地方の村芝居を観ることができた。標題の「陸放翁と芝居見物」の「と」は、and であるとともに、with の気味をふくむ。

IV 中国文学史点描

陶淵明像

韻文の時代から散文の時代へ

中国は「詩の国」だといわれる。たしかに、今世紀初頭までの中国、いわゆる旧中国では、文学の主流は詩であった。

詩が主流でありつづけたのは、背後にいくつかの要因があってのことだと思われるが、その主たるものとして、次の三点を挙げることができるだろう。

まず第一は、言語。

中国語、とりわけ中国古典語は、きわめてコンパクトな詩的言語である。一字一音一義の表意文字である漢字は、詩の独特の定型的リズムや押韻《おういん》、平仄《ひょうそく》、対句《ついく》といった修辞的技術の駆使による、きわめて緊密な、他国に例のない詩的構築を可能にした。

第二は、『詩経《しきょう》』。

過去の中国の知識人たちが必読文献とした「五経」の一つに、『詩経』が加えられていたことは、詩を文学の主流とするイデオロギー的支柱となった。「詩」は、「易」や「書」や「礼」とともに、特別の権威をもった、いわばおろそかにあつかうことのできぬ「経」であった。

第三は、科挙《かきょ》。

科挙の試験は、出題課目の一つに詩の創作や鑑賞を加えることによって、詩が文学の主流であることを、制度的に支えてきた。このことは、過去の中国を支配する官僚が、すべて詩人であるという珍奇な現象を生んだ。清朝の学者顧炎武《こえんぶ》がその著『日知録』（巻二一）の中で、「詩は必ずしも人人皆《みな》作らず」というのも、人々が皆技術的には詩が作れたことをふまえての発言である。

主としてこれら三つの要素に支えられて、中国では詩が文学の主流でありつづけてきた。しかし、万物は流転する。きわめて堅固に見えた中国の詩の世界、詩を主流としてきたゆるぎない世界にも、変化が起こっていた。

中国文学史を巨視的に見れば、それは詩（韻文）の時代から（散文）の時代への流れとして、とらえることができる。

中唐時代の詩の散文化

変化は、いわゆる中唐の時代（八世紀後半から九世紀前半）に起こった。唐代三百年は、詩の分野では初・盛・中・晩の四期に分けられ、盛唐の時代に李白《りはく》や杜甫《とほ》が、そして中唐の時代には韓愈《かんゆ》や白居易《はくきょい》が現われるが、その中唐の時代に大きな変化が起こりはじめたのである。

変化の背後には、安禄山《あんろくざん》の乱《らん》による社会の変動があったといわれる。社会史は私にとって門外のことであり、その分析は専家にまかせなければならぬが、現象としての変化は、文学の分野でもたしかに起こっていた。

変化は、まず詩の散文化という形ではじまった。たとえばその一例として、中唐の詩人白居易（七七二―八四六、字《あざな》は楽天《らくてん》）の七言絶句「老子を読む」を挙げることができる。

言者不知知者黙
此語吾聞於老君
若道老君是知者
縁何自著五千文

まず、起承の二句。

言う者は知らず　知る者は黙《もく》す
此の語　吾《われ》　老君に聞けり

第一句は、ほとんどそのまま『老子』からの引用である。『老子』第五十六章にいう。

知者不言、言者不知。　知る者は言わず、言う者は知らず。

白楽天はこの語を老君（老子）から聞いたというが、老子は紀元前六世紀の哲学者だから直接聞けるはずはなく、『老子』という書物を読んで知った、というのである。

そして、転結の二句。

若《も》し老君は是《こ》れ知者《ちしゃ》なりと道《い》わば
何《なに》に縁《よ》りてか五千文を著《あらわ》せし

もし老君（老子）がほんとうに知者だというのなら、「知者は言わず」なのに、どうして五千文字もの『老子』という書物を著したのか。しゃべりすぎではないか。老子はほんとうに「知者」なのか。

読者は、こんなものが「詩」か、と思うだろう。一種の「アフォリズム」（警句）ではないか。詩的情緒など全くない、単なる理屈だ。

実はそこにこそ、白楽天の狙いはあったのである。従来の常識を破る、「詩」的でない「詩」。ここでは、「詩」の中に「散文」が持ち込まれている。

まず第一に、詩の第一句には、散文である『老子』の文章がほとんどそのまま引用されている。

第二に、第二句の「於」、第三句の「是」といった助字は、散文には必要だが、詩では必ずしも必要としない。

八言を七言にするため、「不言」を「黙」と言い換えているにすぎない。

第三に、同じ文字が重出する。たとえば「知」が三回、「者」が三回、「老君」が二回。コンパクトな表現を求める詩、殊に近体詩は、同じ文字の重出をできるだけ避ける。しかるにこの作品は、一文字の重用によって、詩的緊張よりも散文的弛緩をわざと狙っているかに見える。

第四に、理屈の導入。詩は情をうたい、文は理を立てる。理屈をこねるのは、従来、散文の領域が担当してきた任務であった。それを詩に導入したのが、この作品である。

かくてこの一首は、「詩」の「散文化」のきわめて顕著な一例を示す。

白楽天とともに中唐を代表する詩人韓愈（七六八—八二四）は、晦渋をもって知られるが、彼にもきわめて散文的で平易、ユーモラスな詩「落歯」（歯が抜けた）がある。全三十六句、長篇の古詩は、次のような句ではじまる。

去年落一牙　去年　一牙《いちが》落ち
今年落一歯　今年　一歯《いっし》落つ
俄然落六七　俄然《がぜん》として落つること　六七
落勢殊未已　落つる勢は　殊《こと》に未《いま》だ已《や》まず
余存皆動揺　余《のこ》りの存《そん》するものも　皆《みな》　動揺し
尽落応始止　尽《ことごと》く落ちて　応《まさ》に始めて止《や》むべし

——去年、奥歯が一本ぬけ、今年、前歯が一本ぬけた。と思うと、たちまちにして六、七本ぬけ、ぬける勢は、まだなかなかやみそうにない。あとに残ったやつも、みなグラグラして、全部ぬけるまで止まりそうにない。

以上がその大意だが、ここでも同じ文字が重用され、語り口はきわめて平易、散文的である。詩は、次のようにうたいつがれる。

——思えば最初の一本がぬけたときは、歯ならびにすき間ができて恥ずかしいと思う程度だったが、二本、三本とぬけはじめると、このまま老衰してまもなく死ぬのではないかと、はじめて心配になってきた。

一本ぬけそうになるごとに、いつも心中ビクビクし、不揃いになって物は食べにくくなるし、グラグラしてうがいをするのにも怯《おび》えたが、とうとう私を見限ってぬけてしまうと、山が崩れたように気落ちがした。大げさだが、ウソではない。

描写がきわめて具体的、即物的で散文的である。そして詩人は、ここでも理屈をこねはじめる。

——このごろは、ぬけるのに慣れてしまい、いつも変りばえはせんと思うようになった。あとに残ったのは二十本余り、これも次々とぬけるのだと、悟るようになった。もし毎年一本ずつぬけ落ちてゆくとしても、当然二十余年は十分もつわけだ。たとえ一ぺんに全部なくなってしまったとしても、少しずつ減ってゆくのと同じことさ。

次に詩人は、古典を持ち出して理屈を補強する。

——人は言う、歯がぬければ、理の当然として、寿命もあてにはしにくい、と。私は言う、人の命は限りがあり、長短いずれもいつかは死ぬのだ、と。

人は言う、歯にすき間ができれば、人は驚き、ジロジロと見るだろう、と。私は言う、荘子も言っているではないか、「木でも雁でも、それぞれ違う喜びがあるのだ」、と。

右の話は、『荘子』山木篇に見える。材木として役に立たぬ木は、切り倒されずに長生きできる。ところが鳴き声の悪い雁は、まっ先にしめ殺されて食べられる。長生きできぬ。幸と不幸は、才能の有無とは無関係だというのである。なお「人の命は限りがある」という語（生《せい》に涯《かぎ》り有り）も、『荘子』（養生主篇）に見える。

詩はさいごに、次のような負け惜しみを言って、しめくくられる。

——歯がぬけて、ものが言いにくくなれば、黙っているのが一番。また、ものがかめぬようになれば、やわらかい食べ物が一段とうまくなるというものだ。

こんなことを口ずさんでいるうちに、この詩ができた。妻と子供に見せびらかして、威張ってやろう。

こうした諧謔もまた、オーソドックスな詩には見えず、散文の領域が分担してきた手法である。詩の散文化は、詩の中に散文の言葉を持ち込むこと、そして詩ではうたわなかったテーマや素材、専ら散文の世界に属していたそれらを、詩の中に持ち込むことによって実現される。中唐を代表する韓・白二人の詩人は、そうした実験を試みることによって、詩の散文化に先鞭をつけた。

凝縮から拡散へ、燃焼から持続へ

中唐は、次の宋代の文化を先取りした時代だといわれる。宋代では、文学の中で散文の占める位置が高まった。名文家といわれる人々が輩出したのは、その証左である。

盛唐の詩人、李白や杜甫は、文章家としてはほとんど評価されない。ところが中唐の詩人、韓愈や柳宗元《りゅうそうげん》は、文章家としても著名であり、いわゆる唐宋八家文、唐宋八大家の筆頭にあげられる。このことは、盛唐から中唐への変化、詩（韻文）から文（散文）への変化のきざしを、うかがわせる。

そして唐宋八大家とは、唐の韓・柳と、宋の欧陽脩《おうようしゅう》・蘇洵《そじゅん》・蘇軾《そしょく》・蘇轍《そてつ》・曾鞏《そうきょう》・王安石《おうあんせき》。唐が二人、宋が六人という比率は、宋が散文の時代に大きく踏み出したことを、象徴的に示す。宋代の六人は、詩人としても著名だが、同時に散文家としてもすぐれた才能を発揮した。

また、宋代を代表する文学は「詞」(塡詞《てんし》)だといわれるが、「長短句」とも呼ばれるメロディつきの「詞」は、当時の白話《はくわ》=口頭語(すなわち散文)をとり入れて作られた。

たとえば唐代末期の「詞」、韋荘《いそう》(八三六?―九一〇)の「荷葉盃」などにも、すでにその傾向は顕著にあらわれている。

記得那年花下
深夜
初識謝娘時
…………

「記《き》し得《え》たり那《か》の年《とし》の花《はな》の下《もと》」といううたい出しは、ほとんど口頭語そのものである。

こうした現象は、読む「詩」から聴く「うた」への変化をも示していた。読む文学から聴く文学への変化は、次の元《げん》の時代(十四世紀)にいっそう明らかになる。すなわち「元曲」(元代の戯曲)の登場である。

元曲は、唱《チャン》(うた)と白《パイ》(せりふ)から成る。「唱」では七言絶句などの詩(すなわち韻文)がうたわれ、「白」は当時の白話＝口頭語（すなわち散文）で語られる。かくて韻文散文混合の文学が生まれた。

それは次の散文文学（小説）の時代、明《みん》・清《しん》の時代へと移行する過渡期の文学として、とらえられる。

明代の『水滸伝』『三国志』『西遊記』、清代の『紅楼夢』『儒林外史』、それらは話の冒頭に短い詩句をかかげるという、元曲の「母斑《ぼはん》」をのこしているものがあるものの、ほぼ百パーセント散文の文学だといっていいだろう。

いわば純粋の散文文学が、長篇小説という形をとって、ここにはじめて登場したのである。当時のインテリゲンチャの意識としては、相変らず「詩」が文学の主流、「小説」は二流、三流の文学としてとらえられていただろう。しかし文学史の流れとして今からふりかえれば、文学の主流はすでに小説（散文文学）へと移っていたのである。

そして、現代。

現代中国を代表とする文学者の名前を挙げよ、といわれれば、人々は躊躇することなく、次のような人物の名を挙げるだろう。――魯迅《ろじん》、郭沫若《かくまつじゃく》、茅盾《ぼうじゅん》、老舎《ろうしゃ》、丁玲《ていれい》、巴金《はきん》。

魯迅と郭沫若は詩も書いたけれども、その主たる活動分野は「散文」にあった。右の六人の文学者は、すべて散文作家、すなわち小説家である。

かくて中国文学も世界文学の仲間入りをし、散文の時代を迎える。

くりかえしていえば、中国文学の歴史は、巨視的にみれば、詩（韻文）から文（散文）への移行として、とらえることができる。それは、

①中唐における詩の散文化。

②唐から宋へかけての散文家を兼ねる詩人の登場。

③宋詞への口頭語の混入。

④唱《うた》（韻文）と白《せりふ》（散文）の混合文学である元曲の出現。

そして、

⑤明・清・現代の厖大な小説群の生産。

という形で、その姿を次第に顕著にしてきた。

ところで、こうした文学史の流れの外で、「書」の世界にもまた「変化」があったのだろうか。詩から文への移行ということは、詩的「凝縮」から散文的「拡散」へ、また、詩的「燃焼」から散文的「持続」への移行、と言い換えることができるだろう。精神と技術の「凝縮」から「拡散」へ、そして「燃焼」から「持続」へ、こうした移行現象は、「書」の世界にもあったのかどうか。

ただし士大夫《したいふ》の世界にあっては、宋以後、元明清の時代も、文学の主流は前述のごとく相変らず「詩」であり、士大夫の芸術である「書」には、そうした影響はあまりなかったのかも知れない。門外の徒である私には、よくわからぬ。専家の示教を乞いたいと思う。

中国古典文学の中の方位

方位の語義

「方位」という言葉は、もともと中国製漢語だが、日本語としてもそのまま通用する。そして、おおかたの辞書は、「方位」という二字の漢語について、「方角と位置」と定義する。

たとえば、諸橋轍次『大漢和辞典』（一九五七年）は、

方角と位置。東・西・南・北の四方の位置。古来方位を示すに四主点・四隅点を以てする外に、子・丑・寅・卯・辰・巳・午・未・申・酉・戌・亥の十二支、及び易の坎・震・離・兌・乾・坤・巽・艮が用ひられたが、今は三十二方位法が多く用ひられ、又、測地学・天文学上精密を要するものは方位角（磁針の指す方向が子午線となす角）を用ひる。

と説明する。そして後漢時代（二五―二二〇）の張衡《ちょうこう》が、東の都洛陽のことをうたった長篇の叙事詩「東京《とうけい》の賦《ふ》」（『文選《もんぜん》』(1)所収）には、

弁方位而正。――方位を弁《べん》じて正す。

『晋書《しんじょ》』律歴志《りつれきし》(2)に、

従其方位加律其上。――其の方位に従いて、律を其の上に加う。

と、方位という語の早い使用例を示す。

また中国の『漢語大詞典』(一九九〇年)はいう。

方向位置。東、南、西、北為基本方位、東北、東南等為中間方位。

――方向位置。東・南・西・北を基本方位とし、東北・東南等を中間方位とする。

そしてもっとも古い用例として、『漢書《かんじょ》』郊祀志《こうしし》下(3)の一文、

今甘泉、河東天地郊祀、咸失方位、違陰陽之宜。

――今、甘泉・河東の天地の郊祀は、咸《みな》方位を失し、陰陽の宜《よろ》しきに違《たが》う。

を引く。

さらに日本の国語辞典『広辞苑(第五版)』(一九九八年)は、「方位」の第一義的意味のほかに、「方位が良い」とか「方位が悪い」という場合の「方位」について説明を加え、

方位は陰陽・五行・十干十二支などを配し、その吉凶によって人事の禍福が支配されるとする俗信。恵方《えほう》・金神《こんじん》・鬼門《きもん》など。

という。

儒家の古典である五経の一つ『礼記《らいき》』の月令篇(4)には、つぎのような記述がある。簡略化して示せば、

立春の時、天子は青衣をまとい、青玉を佩《お》び、百官を従えて東の郊外におもむき、春を迎えた。

同様に、夏になると赤衣をまとって南の郊外で夏を迎え、秋には白衣をまとって西の郊外へ、そして冬になると黒衣をまとって北の郊外で冬を迎えた。（傍点は筆者）

このようにして、五行配当表にみるような方位・色彩・四季の組み合わせが完成する。

ちなみに、日本では「東西南北《トウザイナンボク》」というが、中国で普通、「東南西北《トンナンシーペイ》」というのは、五行の順序による。また「青春」とか「白秋」といった言葉が生まれたのも、五行の組み合わせによる。さらに「春風」のことを「東風」と呼ぶのも、このためである。

そして、これらの言葉は、中国古典文学、とりわけその詩歌作品のなかで、詩的言語としてしばしば使われるようになる。

以下、東南西北の順に、その具体例をみてみよう。

東風は春風

菅原道真《すがわらのみちざね》(5)が九州の大宰府《だざいふ》に左遷されたときに詠んだ、よく知られた和歌をつぎにあげよう。

東風《こち》吹かば匂ひおこせよ梅の花　あるじなしとて春な忘れそ

これは平安時代中期の歌人、藤原公任の私選和歌集『拾遺抄』(6)に収められたものである。ここにいう「こち」は和語、すなわち日本語だが、これを「東風」と書き、「トウフウ」と読めば漢語、すなわち元の中国語である。

したがって「東風」という語は、「春風」の代名詞として中国古典詩にしばしば登場する。たとえば、唐代（六一八―九〇七）の詩人劉威《りゅうい》の「早春」に、

一夜東風起　　一夜　東風起こり
万山春色帰　　万山　春色帰る

とうたうのは、その一例である。

同じく唐の李商隠《りしょういん》(7)の「無題」詩は、

相見時難別亦難　　相見る時は難《かた》く　別るるも亦《ま》た難し
東風無力百花残　　東風力なく　百花残《くず》る

と、祝福されぬ恋の道具立ての一つとして、「東風」をうたう。

また宋代末期の詩人真山民《しんざんみん》の「新春」では、春風は依怙贔屓《えこひいき》なく、金持ちの家にも貧乏長屋にも平等に訪れる、という。

東風無厚薄　　東風　厚薄《こうはく》なく
随例到衡門　　例に随って　衡門《こうもん》に到る

衡門とは柱に横木をわたしただけの粗末な門のことで、転じて貧乏屋敷、隠者の家の意で用いられる。

なお、中国には「馬耳東風《ばじとうふう》」という成語があり、われわれ日本人も使っているが、この「東

風」も春風である。やわらかな春風をいう。唐の詩人李白(8)の「王十二の〈寒夜独酌懐《おも》う有り〉に答う」に、

吟詩作賦北窓裏　詩を吟じ賦《ふ》を作る　北窓の裏《うち》
万言不直一杯水　万言　直《あた》いせず　一杯の水に
世人聞此皆掉頭　世人　此《こ》れを聞き　皆頭《こうべ》を掉《ふ》り
有如東風射馬耳　東風の馬耳を射るが如きあり

とある。

皇太子は東宮に

皇太子のことを東宮殿下と呼ぶのは、東の方位が四季の春にあたり、春は万物の成長の季節であることが、その理由の一つにあげられる。さらに東方は『易《えき》』(9)の卦《け》(10)では「震《しん》」にあたり、「震」は長男の象徴だから、天子の長男である皇太子は東宮を住居とする、ともいう。

一方、「東皇」という語は、東帝あるいは青帝ともいわれ、春の神を指す。唐の詩人杜甫《とほ》(11)の「幽人」に、

風帆倚翠蓋　風帆《ふうはん》　翠《みどり》の蓋《かさ》に倚《よ》り
暮把東皇衣　暮に東皇の衣《ころも》を把《と》る

などとうたわれるのが、それである。

また「東郊」という語は東の郊外を指すが、前述のごとく、古代、立春の日に東方の野で春の祭事をおこなったので、東郊は春の野辺、あるいは春の祭をも意味する。魏《ぎ》時代（二二〇―二六五）の曹植《そうしょく》という人の「名都篇」に、

闘鶏東郊道　鶏を闘わす　東郊の道
走馬長楸間　馬を走らす　長楸《ちょうしゅう》の間

とある。前句は春の、後句は秋の行事をいうのであろう。長楸の間とは、高く伸びた楸《ひさぎ》の並木道のことである。

さらに、古くは儒家の古典『書経《しょきょう》』(12)などにみえる「東作」という語も、東は春を意味し、東作は春の農作業のことをいう。

このように、東という方角は春を意味し、右にみたような熟語を多く生み、それらは文学作品のなかに散りばめられている。

しかし、方位がつねに五行説と結びついているわけではない。つぎの諸例が示すように、「東」が単純に東の方角を指して使われるのは当然である。

海東君子国は日本

唐の詩人王維《おうい》が、日本からの留学生阿倍仲麻呂《あべのなかまろ》(13)の帰国を見送った詩「秘書晁監《ひしょちょうかん》(14)の日本国に還《かえ》るを送る」の序文に、

海東国、日本為大。服聖人之訓、有君子之風。

――海東の国、日本を大と為《な》す。聖人の訓《おしえ》に服し、君子の風《ふう》有り。

といい、海の東のかなたにある日本は、海東国、あるいは日東などと呼ばれた。

唐末の詩人項斯《こうし》は、「日東の病僧」と題する詩をつくり、日本の留学僧が病気に苦しみながら、なお修行にはげんでいるさまをうたっている。

また清朝の学者兪樾《ゆえつ》は、江戸時代の日本漢詩を集め、これに『東瀛詩選《とうえいしせん》』と名づけ、一八八三（明治十六）年に完成した。「瀛」は、大海の意である。さらにこの詩集に収めた日本漢詩人約百五十人の小伝を、各人の詩の巧拙を論じた短文とともに別に編集し、『東瀛詩紀』と題して出版した。

なお、現代の中国人は、ある時期、日本人のことを東洋人《トンヤンレン》と称していたことがある。

百川東流す

中国の大地は、全体として西高東低の地形である。したがって川はおおむね東に向かって流れる。

「百川東流す」というのは、古くから中国にある成語であり、李白は「夢に老姥《ろうぼ》に遊ぶの吟《ぎん》」のなかで、

古来万事東流水　　古来万事　東流の水

といい、杜甫も「贊上人《さんしょうにん》に別る」のなかで、

百川日東流　百川　日に東流し

客去亦不息　客の去るも亦《ま》た息《や》まず

とうたっている。

したがって、「百川東流」という言葉は、世間の事の自然ななりゆき、大勢《たいせい》とか、世の常識といった意味で、詩歌のなかで使われる。たとえば、先年亡くなった現代の歌手テレサ・テン（中国名鄧麗君《トウレイクン》）は、自ら作詞した「星の願い」と題する作品のなかでつぎのようにうたっている。

愛情苦海任浮沈　愛情の苦海　浮沈に任《まか》す

無可奈何花落去　奈何《いかん》ともすべきなし　花の落《ち》り去《ゆ》くを

唯有長江水　唯《た》だ長江の水の

黙黙向東流　黙黙として東に向かって流るる有るのみ

末二句は、波乱に富んだおのれの人生とは無縁な、自然の悠久で変わらぬ営みをいう。

卯酒《ぼうしゅ》は朝酒

初めにふれたように、中国の方位（東南西北）は五行説によって説明されるとともに、十二支とも関係づけられる（次頁図1）。

十二支はまた、一日二十四時間の時刻にも割り振られる。夜中の十二時は「子《ね》の刻《こく》」であり、

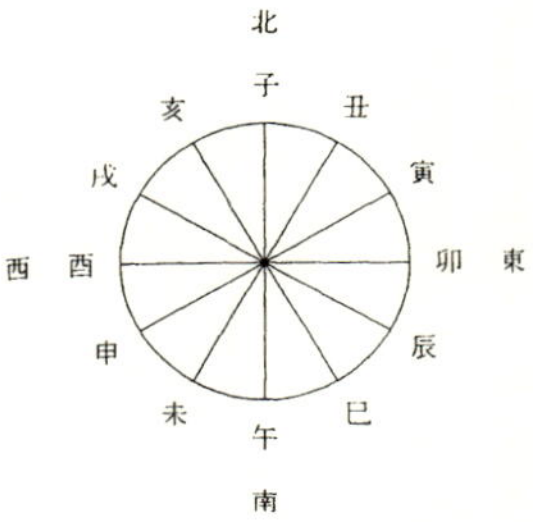

図１　十二支と方位の配当表

午前二時は「丑《うし》三つ刻《どき》」である。

したがって「東」の方角にあたる「卯《う》」は、午前六時を指す。そのため中国では「朝酒」のことを「卯《ぼう》酒」といってきた。

卯《う》の刻《こく》の酒をよくうたった詩人は、唐の白居易《はくきょい》である。たとえば、その「府西の池の北に新たに水斎《すいさい》を葺《ふ》く云々」[15]と題する詩に、

午茶能散睡　　午茶　能《よ》く睡《ねむ》りを散じ
卯酒善消愁　　卯酒　善《よ》く愁《うれ》いを消す

という。

白居易にはまた「卯飲」と題する詩もある。

卯飲一杯眠一覚　　卯飲一杯　眠り一《たちま》ち覚《さ》む
世間何事不悠悠　　世間　何事ぞ　悠悠たらざる

夏風・午の刻

「南」の方角は、五行説では「夏」にあたる。したがって、南風は夏風である。白居易の詩「春末夏初江郭《こうかく》に閑遊《かんゆう》す」に、

西日韶光尽　　西日　韶光《しょうこう》尽き
南風暑気微　　南風　暑気微《かす》かなり

といい、「早春草原に遊び廻《めぐ》る」に、

夏早日初長　　夏早くして　日初めて長く
南風草木香　　南風　草木香《かお》る

という「南風」は、いずれも初夏の風である。

図1によれば、「南」は「午」にあたる。一日の時刻でいえば、午前十二時、すなわち「正午」である。それ以前を「午前」、以後を「午後」という。

「正午」は「亭午」、あるいは「当午」ともいう。唐の詩人李紳《りしん》の「農を憫《あわれ》む」に、

鋤禾日当午　　禾《いね》を鋤《す》けば　日は午《ご》に当り
汗滴禾下土　　汗は滴《したた》る　禾下《かか》の土

とある。

南山の寿

中国古典詩にみえる「南山」は、ただ「南の山」という普通名詞であるとともに、特定の山を指す固有名詞としても用いられる。固有名詞の場合のフルネームは、「終南山」である。

王維(16)の「終南の別業《べつぎょう》」に、

中歳頗好道　中歳　頗《すこぶ》る道を好み
晩家南山陲　晩に家《いえ》す　南山の陲《ほとり》

という「南山」、白居易の「炭を売る翁《おきな》」(17)に、

伐薪焼炭南山中　薪《たきぎ》を伐《き》り炭を焼く　南山の中

という「南山」は、いずれも都の長安の南にあった終南山のことである。ちなみに、別業とは別荘のこと。

そして終南山のたたずまいは、悠然として永遠に変わらぬところから、人間の長寿の象徴として「南山之寿」という言葉が生まれ、詩文のなかでも使われている。

なお中国では古典、とりわけ四書五経のような古典中の古典に出てくる語は、本来、普通名詞でありながら、のちの詩文で固有名詞的、あるいは代名詞的に用いられることがよくある。たとえば『詩経』(18)の豳風《ひんぷう》(19)・七月の詩に見える「南畝《なんぽ》」という語は、本来「南の畑」という意味にすぎないが、のちに「南畝」といえばイコール「畑」を指すことになり、そうした語の例は少なくない。

西風は秋風

方位の「西」は、四季の「秋」にあたる。そして色彩は「白」である。松尾芭蕉《ばしょう》の句に、

石山の石より白し秋の風

というのは、そのことをふまえている。しかし、先例はやはり中国にある。唐の詩人李賀《りが》の「将《まさ》に発《た》たんとす」に、

秋白遙遙空　　秋は白し　遙遙《ようよう》たる空
日満門前道　　日は満《み》つ　門前の道

また「南山の田中の行《うた》」に、

秋野明　　秋野　明るく
秋風白　　秋風　白し

とうたうのなどが、それである。

なお革命後の中国で、毛沢東《もうたくとう》が「東風は西風を圧倒する」といったとき（『人民日報』一九五七年二月十九日付）、東風はアジア（あるいは社会主義）を、西風はヨーロッパ（あるいは資本主義）を指していたのだろうが、東風は新興の春風、西風は没落の秋風の暗喩だったのかもしれない。

西は女の部屋

古来、中国では、女性の居室は屋敷の西、あるいは北と決められていた。日あたりの悪いところへ押しこめられていたのであろうが、詩文のなかでは、そうした差別感なしに用いられる。

たとえば、白居易の「長恨歌《ちょうごんか》」(20)のなかで、玄宗《げんそう》皇帝の使者である道教の修験者が、死後仙界で暮らしている楊貴妃《ようきひ》を訪ねたときの描写、

金闕西廂叩玉扃　金闕《きんけつ》の西廂《せいしょう》　玉扃《ぎょくけい》を叩く

金闕は黄金《こがね》造りの宮殿、西廂は西の棟《むね》、玉扃は玉《ぎょく》で造った扉のことである。
また元代の戯曲「西廂記《せいしょうき》」は、才子佳人の情事を作品化したものだが、西廂はやはり女性の居室を指す。

さらに、唐の詩人李商隠が南方の巴山《はざん》（四川省東部）に左遷されていたとき、北方にいる妻にあてて送ったとされている詩「夜雨、北に寄す」はつぎのようにうたわれる。

君問帰期未有期　君は帰期を問うも　未《いま》だ期あらず
巴山夜雨漲秋池　巴山の夜雨　秋池《しゅうち》に漲《みなぎ》る
何当共翦西窓燭　何《いつ》か当《まさ》に西窓《せいそう》の燭《しょく》を翦《き》りて
却話巴山夜雨時　却《かえ》って巴山夜雨の時を話《かた》るべき

「燭を翦りて……」とは、焦げた灯心を切って火を明るくする動作から、夜ふけまで起きていることを示したもの。ここにいう「西窓」も、妻の部屋の窓ぎわを指す。
宋人趙令時《ちょうれいじ》の詩「妻」も、

晩雲帯雨帰飛急　晩雲　雨を帯びて　帰り飛ぶこと急に
去作西窓一夜愁　去《ゆ》きて西窓一夜の愁《うれ》いと作《な》らん

と、妻の部屋のことを西窓という。

北風・北堂

「北」は四季の「冬」にあたる。北風は冬の風である。また「冬」は色彩の「黒」にあたるが「黒冬」とはいわず、「玄冬《げんとう》」という。ただし、玄風は冬の風ではなく「老荘《ろうそう》の深遠な思想」を指す。

北風を詠んだ詩は、中国最古の詩集『詩経』にすでにみえる。すなわち諸国の民謡を集めた国《こく》風《ふう》の一章「豳風《ひんぷう》」に、「北風」と題する詩があり、

北風其涼　　北風　其れ涼《つめた》く
雨雪其雱　　雪を雨《ふ》らせて　其れ雱《すさま》じ

とうたう。

先に北もまた女性の居室のあるところと書いたが、唐の韓愈《かんゆ》(21)の「児に示す」に、

主婦治北堂　　主婦　北堂を治む

といい、李白の「夜坐吟《やざぎん》」も、

沈吟久坐坐北堂　　沈吟《ちんぎん》　久しく坐して　北堂に坐す

と、女性が自室で悲しみにくれている様子をうたう。

また、他人の母のことを敬意をこめて「北堂」というが、わが国には「北政所《きたのまんどころ》」、あるいは「北《きた》の方《かた》」という言葉もある。

北邙《ほくぼう》は墓地

六朝時代（二二〇―五八九）の詩人陶淵明《とうえんめい》の[22]、漢や魏の時代の古詩をまねた「擬古《ぎこ》」詩に、

一旦百歳後　一旦《いったん》　百歳の後

相与還北邙　相与《あいとも》に北邙《ほくぼう》に還《かえ》らん

とある。百歳は人間の一生を指し、北邙は墓地のことをいう。もともとは洛陽《らくよう》の北にある邙山という山の名前だが、漢魏《かんぎ》時代の君臣の墓が多くここにあり、墓地の代名詞として使われるようになった。

「北邙行」というのは、人の葬送のことをうたう楽府《がふ》[23]（民間歌謡）である。

なお、わが国には、不吉なこととして忌《い》まれている「北枕」という言葉があるが、その出典も実は中国にある。儒家の古典『礼記《らいき》』の礼運《れいうん》篇に、

死者北首、生者南郷。――死者は首《こうべ》を北にし、生者は南に郷《む》く。

というのが、それである。

北辰と北窓

「北邙」「北首」のように、「北」を冠した言葉には不吉なもの、マイナス価値のものが少なくないが、「北辰《ほくしん》」と「北窓《ほくそう》」は、そうではない。

北辰は北極星のことをいい、『論語』[24]為政篇に、

子曰、為政以徳、譬如北辰居其所、而衆星共之。

——子曰く、政《まつりごと》を為すに徳を以てせば、譬《たと》えば北辰その所に居りて、衆星これに共《むか》うが如し。

という。北極星はおのれの場所にいてじっと動かぬが、他の多くの星たちは、それを中心として旋回する、というのである。

北辰という星は、たとえば白居易が『新楽府《しんがふ》』[25]「司天台《してんだい》」で、

北辰微暗少光色　北辰　微暗《びあん》にして　光色少なく
四星煌煌如火赤　四星　煌煌《こうこう》として　火の如く赤し

とうたうように、しばしば詩歌のなかでうたわれてきた。右の白詩では、北辰は天子の、四星は后妃の象徴としてうたわれている。

「北窓」は日あたりの悪い窓のはずだが、陶淵明が息子たちにあたえた文章「子の儼《げん》らに与うる疏《そ》」で、この言葉を使って以来、理想的な隠遁生活の場の象徴として用いられるようになった。陶淵明はいう。

五六月中、北窓下臥、遇涼風暫至、自謂是羲皇上人。

——五六月中、北窓の下《もと》に臥《が》し、涼風の暫く至るに遇《あ》えば、自ら謂《おも》えらく、是《こ》れ羲皇上《ぎこうじょう》の人かと。

「五六月」は、陽暦でいえば夏の後半。「羲皇上の人」は、伝説時代の帝王伏羲《ふっき》のころの人。「北窓」という語は、後世の文人たちによってしばしば使われただけでなく、白居易は「北窓三友」と題する詩をつくり、琴と詩と酒の三つが、隠退生活のなかで、北窓の下でのこよなく愛する友だと、うたっている。

東西南北の人

日本には、「西も東も分からぬ」という言葉があるが、中国の詩にもそれに似た表現が見える。白居易の詩「重《かさ》ねて小女子を傷《いた》む」に、

纔知恩愛迎三歳　纔《わず》かに恩愛を知りて　三歳を迎え
未弁東西過一生　未《いま》だ東西を弁《べん》せずして　一生過《す》ぐ

という。年端《としは》もゆかぬ娘の死を悼んだ作品である。

また中国には、四つの方位、東西南北の四文字をすべて用いた詩もある。唐の高適《こうせき》が杜甫にあたえた「人日《じんじつ》(26)、杜二拾遺《とじしゅうい》に寄す」がそれである。

龍鐘還忝二千石　龍鐘《りょうしょう》　還《ま》た二千石《せき》を忝《かたじけの》うし
愧爾東西南北人　愧《は》ず　爾《なんじ》　東西南北の人

この二句の大意は、「私はよぼよぼになって、まだ二千石の年俸をいただく刺史《しし》（地方長官）の席をけがしており、今なお流浪の旅を続けているあなたに対して、申しわけなく思っている」

といった意味になろう。「東西南北の人」とは、諸方を放浪して定着すべき場所のない者をいう。ただし、「東西南北一般の春」といえば、「天下すべて春一色」ということになる。

（1）『文選』 六朝、梁の昭明太子・蕭統（五〇一—五三一）が編集した中国最古の詩文集。全六十巻。後世、知識人必読の書となる。
（2）『晋書』 律暦志 唐の太宗勅撰の晋（二六五—四二〇）の歴史全百三十巻のうち、晋代の暦法について記した部分。
（3）『漢書』 郊祀志 後漢の班固（三二—九二）が書いた前漢の歴史百二十巻のうち、各代の天子が郊外で天地を祀った行事の記録。
（4）『礼記』の月令篇 周末から漢にかけての礼（社会秩序のための生活規範）の理論と実践の記録全四十九篇のうち、年中行事を記した篇。
（5）菅原道真 八四五—九〇三。平安前期の貴族。学者で歌人、漢詩人としても知られる。学問の神として北野天満宮に祀られる。詩文は『菅家文草』『菅家後集』所収。
（6）『拾遺抄』 十巻。『拾遺和歌集』（二十巻。一〇〇五—〇七年ごろ成立。千三百余首を収める）から抄出したものと考えられてきたが、今では本書を増補したものが『拾遺和歌集』だとされる。
（7）李商隠 八一二?—八五八。杜牧（八〇三—八五三）とともに晩唐を代表する詩人。詩は唯美主義的傾向をもって知られる。
（8）李白 七〇一—七六二。杜甫とともに中国を代表する詩人。自由奔放で闊達な詩風から、詩仙と呼ばれる。
（9）『易』『易経』。全二巻。儒家の古典で五経の一つ。占いの方法によって人間の倫理道徳を説いた。
（10）卦 易で吉凶を判断するもととなるもの。陰（⚋）と陽（⚊）を三個ずつ重ねて八卦、更にこれを二つずつ重ねて六四卦とし、人事・自然の吉凶の象徴とする。

(11)杜甫　七一二―七七〇。李白とともに中国を代表する詩人。そのすぐれた才能によって詩聖と呼ばれる。

(12)『書経』　五経の一つ。古代の帝王たちの政治活動を記録。全五十八篇のうちには後代の偽作も含む。

(13)阿倍仲麻呂　六九八―七七〇。遣唐使について唐に留学し、科挙に合格して役人となる。日本への帰国がかなわず唐で客死。

(14)秘書晁監　秘書監(帝室図書館長)は官職名。晁は仲麻呂の中国名。

(15)水斎を葺く　水際に書斎を建てる。

(16)王維　六九九―七六一。唐代の詩人。自然を詠じた詩人(山水詩人)の代表。仏教信者で画家としても知られる。

(17)「炭を売る翁」　白居易が社会批判を目的につくった「新楽府(しんがふ)」五十篇のなかの一首。

(18)『詩経』　中国最古の詩集。五経の一つ。約三百篇の詩を収め、六世紀ごろに編纂されたといわれる。

(19)豳風　陝西省邠州地方の民謡。

(20)「長恨歌」　玄宗皇帝と楊貴妃の悲劇をうたった長篇叙事詩。

(21)韓愈　七六八―八二四。白居易(七七二―八四六)とともに中唐を代表する詩人。散文家としても唐宋八大家の一人として知られる。

(22)陶淵明　三六五―四二七。六朝・晋代の詩人。隠遁詩人、田園詩人、酒の詩人として知られる。

(23)楽府　もと漢王朝の音楽の役所の名。そこが採集した民間歌謡も楽府と呼んだ。

(24)『論語』　二十巻。孔子の言行を記録した書。四書の一つ。儒家の古典として、二千五百年読みつがれて来た。

(25)『新楽府』　白居易が若いころ、社会批判を目的とし、民間歌謡の形式をまねて作った五十篇の作品。

(26) 人日　正月七日。六日までは毎日別々の家畜についてその年の運勢を占い、七日には人の運勢を占う。

陶淵明「桃花源記」――現実的なユートピア

中国の詩人陶淵明（三六五―四二七）の作品の一つ、よく知られていながら案外誤解されている一篇をとりあげてみよう。

桃源郷は夢のユートピア、あるいは仙人の世界のように伝えられてきた。しかし原作「桃花源記」を読んでみると、けっしてそうではないことがわかる。きわめて現実的で、一見なんの変哲もない理想郷なのである。

桃源郷の住民は、毎日野良仕事に精を出している。そして彼らの住居は金殿玉楼でなく、小ざっぱりしたふつうの農家である。突然外界からまぎこんできた漁師を客としてもてなす料理も、山海の珍味ではなく、日本風にいえば「かしわのスキ焼き」程度である。衣食住ともに平凡、簡素なのだ。

彼らの先祖は、五百年前、秦の時代の戦乱を避け、この地にたどりついた難民だった。戦争だけはもうごめんだ、権力者の好き勝手にされたくない。この二つが彼らの生活信条であり、それを固く守るために外界との交流をたち、この絶境で暮らしているのだ。

その証拠に、外界に帰った漁師が郡の太守に報告し、太守が部下を使って探索し始めると、この世界はふっつりと姿を消してしまう。

権力から無縁であること、それがこの世界の「理想」なのである。

それを象徴するキーワードは、物語のあとにつけられた「桃花源詩」の中に、かくされている。

陶淵明は「詩」の中で、さりげなくうたう。

秋の熟《みの》りに王の税なし

——税金のない社会。それが陶淵明の「理想」だったのである。このことを人々にわかりやすく伝えるために、詩人は物語を創作したのであった。

権力側の人々は、この「危険思想」の伝播《でんぱ》を恐れて原作に粉飾をほどこし、桃源郷を夢の世界、仙界のように描き伝えようとした。

しかし詩人のキーワードがもつ重い意味を看破した人も、いないではない。たとえば宋代の革新政治家王安石（一〇二一—八六）がそれである。

彼の詩「桃源行」に、ユートピアのポイントを、次のように指摘している。

父子ありと雖《いえど》も君臣なし

この社会桃源郷にも、長幼の序はあるが、君臣の序、すなわち階級（税金をとる者ととられる者）の区別はない、といっているのである。

権力者にとって、陶淵明はおそろしい詩人であった。

詩人の年齢

七十歳のことを「古稀《こき》」といいます。この言葉が杜甫の詩「曲江」の次の句にもとづくことはよく知られています。

人生七十　古来稀《まれ》なり

今では七十歳の人は「稀」ではなく、悪い言い方をすれば「掃いて捨てる」ほどいます。しかし八世紀の詩人杜甫の頃は、「稀」だったのでしょう。杜甫自身も、数え年五十九歳で亡くなっています。

杜甫より十一歳年長だった李白《りはく》は、六十二歳、ほぼ同年齢だった王維《おうい》も六十三歳で他界しました。

酒の詩人として李白と並び称される陶淵明《とうえんめい》は、李白より三百年ほど前の人ですが、やはり六十三歳で世を去っています。

ただし、わが国の王朝時代から、多くの愛好者を持ちつづけてきた白楽天《はくらくてん》は、七十五歳まで生きた「稀」な一人でした。

このように有名な詩人たちは比較的長命で、当時の一般的な中国人よりも、長生きしたといえるでしょう。

しかし中国の有名な詩人たちの中にも、わが国の歌人石川啄木（二十七歳）や詩人中原中也（三十一歳）のように、短命な人もいました。たとえば、

長安に男児あり
二十《はたち》にして　心已《すで》に朽《く》ちたり

とうたった唐の詩人李賀《りが》、その異様な才能によって鬼才と呼ばれた李賀は、二十七歳で病死しています。

もちろん、唐の詩人賀知章《がちしょう》（八十六歳）、宋の詩人陸游《りくゆう》（八十五歳）のように特別長生きした詩人もいないではありません。しかし七十歳まで生きるのは、やはり「古来稀」だったのです。

ピアニストや指揮者、画家や書家のように常に指先を動かしている人々は、長命だといわれています。詩人も筆やペンを持って詩を書き、手先を使いますが、四六時中詩を書いているわけではなく、年齢は一般の人のそれとあまり変わらないといえるでしょう。

ところで杜甫が「人生七十古来稀なり」とうたったのは、実はヤケ酒の言い分けだったことは、あまり知られていないようです。

「曲江」の詩を作った四十七歳の頃、杜甫は心みたされず、役所づとめの帰りには、いつも着物を質《しち》に入れ、へべれけに酔っぱらって家路につきました。そのため、

酒債尋常　行く処に有り

飲み屋の借金はごく当たり前のこと、行くさきざきにツケだらけ。

この句をうけて、しかしそれも「人生七十古来稀」なんだから仕方なかろう、とうたっているのです。

私自身も今年は数え年で七十。そこで年賀状に杜甫の詩をもじって、次のように書きました。

人生七十　近来多し

酒債尋常　行く処に有り

近ごろ七十の人はざらにいる。そして七十歳でもまだまだ元気。相変わらず行くさきざきの飲み屋にツケ。毎日ハシゴで飲み歩いているぞ、というわけです。

原爆と中国の詩人たち

現代中国の最もすぐれた詩人の一人、艾青《アイチン》が亡くなった。最近私の友人がある雑誌に、艾青が広島の原爆をうたった詩を紹介している。

広島、あなたはもっとも信ずべき証人だ、
あなたは災禍からたちあがらねばならない、
あなたの存在こそが一つの宣言だ、
あなたは深く戦争のむごさを刻みこんでいる、
あなたは平和のために口をひらかねばならない、
あなたは世界に知らせねばならない……
死せるものがどのように死んでいったのか、
活けるものがどのように活きているのか……

中国はいま、包括的核実験禁止条約の発効まで、実験を続行しようとしている。

艾青はもはや原爆の詩を作れない。そのことも残念だが、艾青以外の中国の詩人たちが、自国の核実験について「口をひらけない」のが残念だ。

中国を含む世界の詩人たちが、声を合わせて核反対の詩をうたう日の、一日も早いことを願う。

V 日本の漢詩

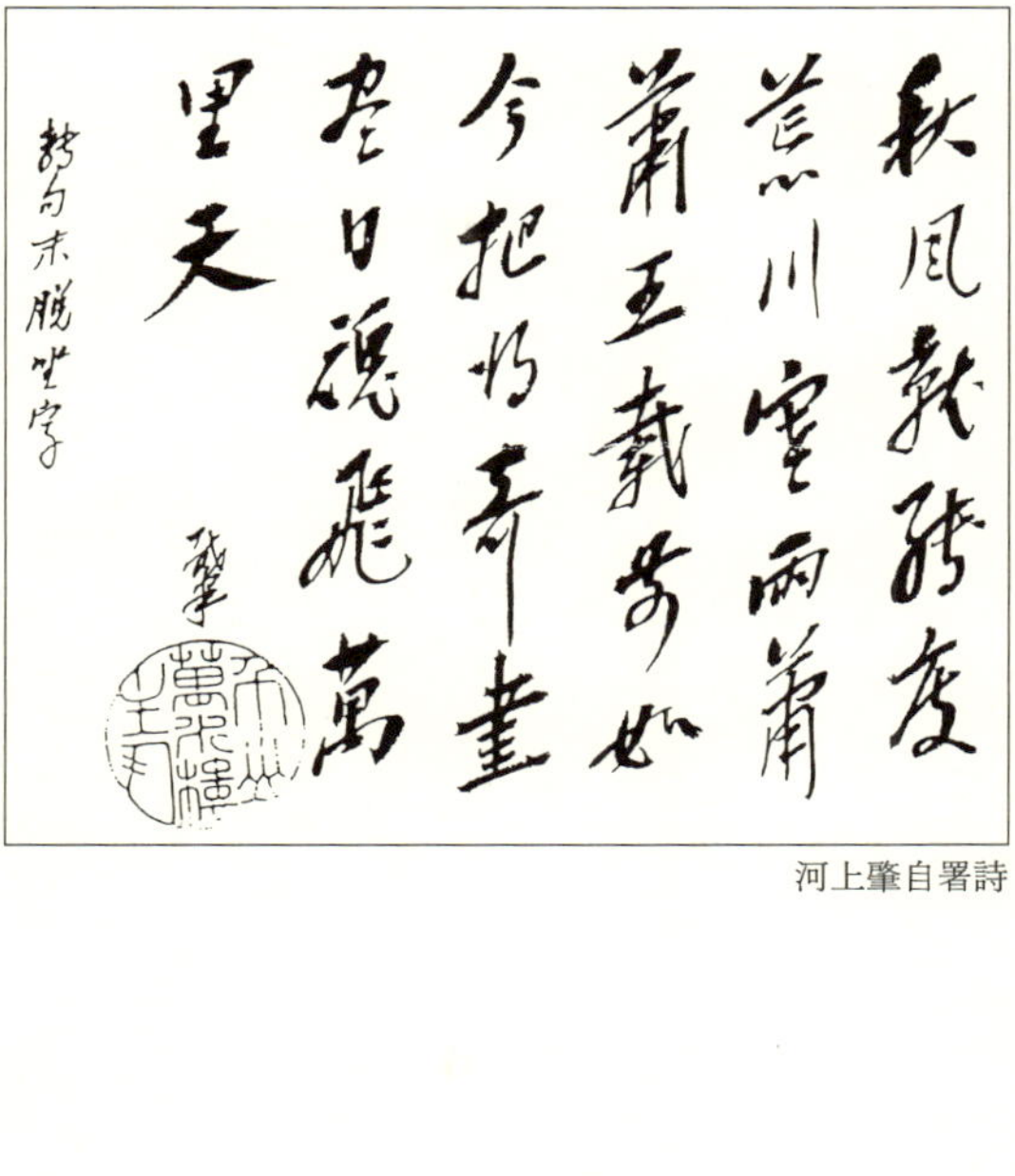

河上肇自署詩

大津皇子の漢詩──「倒載」考

一九九九年六月十五日付『朝日新聞』は、一面トップに「出土した飛鳥京庭園跡」との説明つきで、大型カラー写真をかかげた。その見出しにいう、「明日香村　最古／日本庭園の原形」、そして小見出しには、「流水装置や涼み床／池は数千平方メートル」。

記事は長文にわたるが、その出だしの一部を紹介すると、

「飛鳥時代の大規模な園池跡が奈良県明日香村で見つかったと、同県立橿原考古学研究所（橿考研）が十四日、発表した。天武天皇（在位六七三─六八六年）が即位した飛鳥京（飛鳥浄御原宮《あすかきよみはらのみや》）の宮廷庭園である可能性がきわめて高いという。これまでに見つかっている宮廷庭園は奈良時代のものが最古で、今回の『飛鳥京庭園』はさらに数十年さかのぼるという。数千平方メートルの広さと見られる池は、そこに石が敷き詰められ、流水装置や中島、池に突き出た涼み床が設けられていた。当時の朝鮮半島の文化の影響を受けて築かれており、日本庭園の原形と位置づけられる。首都・飛鳥の風景を考えるうえでも貴重という。」

この記事を見て驚いたことはたしかだが、私は「モノ」（発掘物）にはあまり興味がなく、心

惹かれるのは「文字」や「コトバ」である。考古学愛好者に対してはまことに申訳ないが、この記事も一応目は通したものの、それ以上に追究しようという気はおこらなかった。

ところがそれから数日後、同じ『朝日』が、この庭園を詠じた大津皇子の漢詩作品がのこっているらしい、と報じた。途端に私の食指は動く。

大津皇子（六六三―六八六）は天武天皇の第三皇子で、壬申の乱（六七二）のとき大津京を脱出、父の許に従ったが、のち異母兄草壁皇子との争いの中で謀反の罪を着せられ、二十四歳の若さで自殺した。

没年が六八六年だから、中国では詩人孟浩然（六八九―七四〇）が生まれる三年前である。李白（七〇一―七六二）より三十八歳、杜甫（七一二―七七〇）より四十七歳年上ということになる。

大津皇子はわが国の最も早い時期の漢詩人であるとともに、歌人としても知られ、短歌四首を『万葉集』が収める。

四首の中で最もよく知られるのは、石川郎女《いしかわのいらつめ》との次の相聞歌であろう（『万葉集』巻二所収）。

大津皇子、石川郎女に贈る御歌

あしひきの山のしづくに妹待つと我れ立ち濡れぬ山のしづくに

石川郎女、和《こた》へ奉《まつ》る歌

我を待つと君が濡れけむあしひきの山のしづくにならましものを

大津皇子の漢詩作品は、これも四首を『懐風藻』（七五一年成立）が収録する。四首のうち『朝日』の記事が飛鳥京庭園を詠じたとする作は「五言。春苑言宴。一首」（五言、春苑言《ここ》に宴す、一首）と題する次の一首らしい。読み下し文を添えて示せば、

開襟○臨霊○沼
遊目●歩金○苑
澄清○苔水●深
晻曖●霞峰○遠
驚波○共絃○響
哢鳥●与風○聞
群公○倒載●帰
彭沢●宴誰○論

襟《えり》を開きて　霊沼に臨み
目を遊ばせて　金苑を歩む
澄清《ちょうせい》　苔水深く
晻曖《あんあい》　霞峰遠し
驚波《きょうは》　絃と共に響き
哢鳥《ろうちょう》　風と与《とも》に聞こゆ
群公　倒載して帰り
彭沢《ほうたく》の宴　誰か論ぜん

五言八句、一見五言律詩かと思わせるが、押韻、平仄ともに規格に合わぬ（各句二字目、四字目の○は平字、●は仄字）。しかし第三・四句および第五・六句は、ともに意識して対句構成をとり、とりわけ第三句は近景、第四句は遠景を詠じて対照の効果を示し、また第三・四句は視覚、

第五・六句は聴覚に訴える風景を詠じて、なかなかの手腕を見せる。

さらに第一・二句、

開襟臨霊沼

遊目歩金苑

は、西晋の潘岳（二四七―三〇〇）の長大な作品「西征賦」（『文選』所収）の末尾に近い二句、

開襟乎清暑之館

游目乎五柞之宮

をふまえての措辞であろう。そして「霊沼」の二字は、『詩経』大雅・霊台の詩に見える。

また、第三句の「澄清」（天和刊本）は群書類従本・林家本では「澄徹」に作るというが（岩波版『日本古典文学大系』69）、たぶん「澄徹」の誤記であろう。「澄徹」の二字は『文選』所収の梁・江淹（四四四―五〇五）「雑体詩」に見える。

さらに第四句の「晻曖」という擬態語は、同じく『文選』所収の後漢・王逸（生没年未詳、二世紀の人）「魯霊光殿賦」に、また第五句の「驚波」は、これまた『文選』所収の後漢・張衡（七八―一三九）「西京賦」や前出潘岳の「西征賦」などに見える。

そして、末尾二句のうち、第七句は西晋の山簡（二五三―三一二）の故事を引き、第八句には東晋の陶淵明（三六五―四二七）を登場させる。

これらの措辞や典故の頻用は、わずか二十四歳で他界した青年詩人大津皇子の読書量と作詩の

力量をよく示している。大津皇子が中国における近体詩の完成者の一人杜甫（七一二―七七〇）の生年に先立つこと二十六年、すでに他界していたことを思えば、その才能の豊かさに驚かされる。

ところで本稿でとりあげて論じたいのは、大津皇子の詩の第七句に見える「倒載」という語である。この語の読解について、わが国の解説書には往々にして誤りが認められるので、それを正しておきたい。

前述のごとく、第七句「群公倒載帰」は、西晋の文人山簡の故事をふまえる。大津皇子が山簡の故事を何によって知ったか、にわかには定めがたい。しかしこの故事、最も古くは『世説新語』任誕篇に見える。その全文を引用すれば、

山季倫為荊州。時出酣暢。人為之歌曰、山公時一酔、径造高陽池。日莫倒載帰、茗艼無所知。復能乗駿馬、倒箸白接䍦。挙手問葛彊、何如并州児。高陽池在襄陽、彊是其愛将、并州人也。

（山季倫、荊州〔の刺史〕たり。時に出でて酣暢す。人、これが歌を為《つく》りて曰く、

山公　時に一酔せば

径《ただ》ちに高陽池に造《いた》る
日莫《く》れて　倒載して帰り
茗芋《めいてい》して　知る所無し
復《ま》た能《よ》く駿馬に乗り
白接籬を倒箸《とうちゃく》す
手を挙げて　葛彊《かっきょう》に問う
并州《へいしゅう》の児《じ》に何如《いかん》ぞと
高陽池は襄陽に在り、彊は是れ其の愛せる将〔軍〕にして、并州の人なり。）

このエピソードは、初唐期に編纂された『芸文類聚』（池の部）や『晋書』（山簡伝）にもほぼ同じ形で見える。そして「歌」の第三句「日莫倒載帰」を『芸文類聚』は「日日倒載帰」とし、『晋書』山簡伝は「日夕倒載帰」とする。すなわち上二字は文字を異にするが、下三字「倒載帰」に異同はない。

さて、「倒載」という語について、たとえば沢田総清『懐風藻註釈』（昭和八年大岡山書店刊、平成二年東京パルトス社復刻版による）は、

倒載帰　酔つて帰る状態。倒に車に載せて帰る意。

といい（「倒に」は「さかしまに」と読むのであろう）、杉本行夫『懐風藻』（昭和十八年弘文堂刊）

も、その語釈に、

酔極つて包でも何でも倒にのせて帰る意か。

といい、

何んでも倒に載せて帰つて行つた。

と訳す。

さらに最近の例を引けば、小島憲之校注『懐風藻・文華秀麗集・本朝文粋』（昭和三十九年岩波書店刊『日本古典文学大系』69）も、以上の二書とほぼ同様の注釈を施す。すなわち、

諸公は酔いつぶれてしまってさかさまに車に載せて帰るという状態だ。

以上は『懐風藻』の注解だが、山簡の故事を載せる『世説新語』の注解はどうか。これも一例を挙げれば、森三樹三郎・宇都宮清吉訳『世説新語・顔氏家訓』（昭和四十四年平凡社刊『中国古典文学大系』9）は、「日莫倒載帰」の句を次のように訳す。

日暮れには馬に逆乗りしてのお帰り

ところで、「さかさまに車に載せ」るとか、「馬に逆乗りして」というのは、具体的にどういう状態をさしているのか、よくわからない。

「倒載」という語、実はたとえば目加田誠訳『世説新語』（昭和五十三年明治書院刊『新釈漢文大系』78）が、

暮れりゃ車に倒れて帰る

と訳し、竹田晃訳『世説新語』（昭和五十九年学習研究社刊『中国の古典』22）が、

日暮れりゃぶっ倒れて車でご帰還

と訳すのが、正しいのではないか。すなわち「倒載」は、「さかさまにのる（のせる）」のではなく、「たおれてのる（のせる）」と解すべきであろう。

「倒」の字を「ぶっ倒れて（酔いつぶれて）」と解さず、「さかさまに」と（意味不明の）誤訳、誤訳をしたのは、おそらくは次の二つの原因によると思われる。

その一。「倒」には dǎo（上声）と dào（去声）の二音があるのに気づかなかったこと。二音は字義を異にする。

dǎo　たおれる。

dào　さかさまに。

そしてたとえば最近の『漢語大詞典』（一九八六年同編纂処刊）は、「倒載」という語について「dǎo zǎi」と「倒」を上声で読むべきことを示した上で、『世説新語』の山簡の故事を引き、

倒臥車中、亦謂沈酔之態。

と説明する。「倒臥」という語、現代中国語で「行き倒れ（の死体）」を意味する場合があるように、人事不省でぶったおれ、ねてしまうことをいう。

誤釈を生んだ原因の、その二。実は甚だまぎらわしいことに、「倒載干戈」という語が『礼記』楽記篇に見え、この場合の「倒」は「dào」と去声に読み、盾や矛を「さかさまに」立てて車に

のせ、以後戦争はしないという意志を示す。

そのことは先の『漢語大詞典』にも見え、「倒」を去声で読む条に「倒着蔵放兵器、表示不再打仗」と説明して、『礼記』のほかに『史記』留侯世家の「倒置干戈」という句を引く。

『礼記』の一文が誤釈の一因を成したことは、さきに引いた杉本行夫『懐風藻』が、「礼記楽記に、倒載干戈、包之以虎皮、とあって、倒載の字此に出づ」と注解するのを見てもわかる。

『懐風藻』の注釈者にとっては、まことに人さわがせな「倒載」さわぎであった。しかしこれは、日本人が漢詩文を正確に理解するためには、現代中国語の知識が必須の要件となる、という「常識」をつきつけた、その一例ともいえる。

初期の詩——鷗外と漱石

夏目漱石と同年に生まれた正岡子規（一八六七—一九〇二）は、数え年わずか十二歳の時、すでに一篇の漢詩作品をのこしている。「聞子規——子規《ほととぎす》を聞く」と題する五言絶句である。

試みに読み下し文を添えて示せば、

一聲孤月下　一声孤月の下《もと》
啼血不堪聞　血に啼《な》きて　聞くに堪えず
半夜空欹枕　半夜　空《むな》しく枕を欹《そばだ》つ
古郷萬里雲　古郷　万里の雲

十二歳の少年が、法則通り脚韻をふみ、やや難点はあるものの平仄まで合わせて、よく仕上げたものだと、今や漢詩文と無縁な世界で暮らしている現代の大人たちは、感心するにちがいない。

しかし感心したあとで、だが待てよ、といささか首をかしげるのではあるまいか。小学五年か六年の子供が故郷を遠く離れた旅のそらで、真夜中、枕をそばだて、啼いて血を吐くホトトギスの声をききつつ、このような感慨をもよおすだろうか。

実はこの詩、タネ本がある。

当時巷間には、漢詩創作の懇切丁寧な手引き書が、何種類も出回っていた。手のひらに収まるほどの小さくて安価な「袖珍本」である。今たまたま私の手許にあるそれらマニュアル本のうち、たとえば『幼学便覧』『詩工椎鑿』『詩語砕錦』などを繰ってみると、「客舎聞子規」「客夜聞鵑」などの詩題を示した項に、使用すべき詩語の例として、「一声」「啼血」、「孤月下」「不堪聞」といった二字熟語、三字熟語が、すべて平仄のしるしをつけてズラリと並べてある。少年子規の五絶二十文字のうち、右の三本に見えない用語例は、何と「古郷」の二字だけだった。

少年はまるでジグソーパズルを楽しむように、これらの詩語を五言四句にいろいろあてはめてみて、一首をものしたにちがいない。

明治時代、漢詩好きの少年たちは、これらポケット本をひねくりまわして習作を試み、互いに優劣を競い合ったのだろう。

少し意外な一例を挙げてみよう。時代は若干下るが、のちに著名な哲学者となる三木清も、十四歳の時（明治四十四年、一九一一年）、漢詩の習作十六首をのこしている（一九六八年岩波書店刊『三木清全集』第十九巻所収）。その背景には、当時まだそうした時代的雰囲気がのこっていたのだろう。なお、三木の習作にはいささかの真情がこもっていて、二歳の年齢差もあってか、子規のそれよりも出来がよい。

さて、今では漢詩人としてもよく知られている森鷗外と夏目漱石は、いずれも明治初期に少年時代をすごした。ただ彼らは、当時の漢詩好きな一般の少年たちとはちがって、鷗外は儒者の家に生まれて幼い頃から漢詩文の素養を身につけ、漱石は漢文好きの家庭に育って、少年時代にほぼ一年間、漢詩文専門の学校二松学舎に通っていた。

彼らはともに現存する第一作として、十七、八歳頃の漢詩作品をのこしている。それらはたしかに「習作」の域を出ないが、単にマニュアルをなぞったものではなく、おのが真情を吐露しようとした、個性の片鱗をうかがわせる作品である。――なお、鷗外は漱石より五歳年長だった。

現存する鷗外の第一作は、さきに刊行された『鷗外歴史文學集』第十二巻〈漢詩（上）〉（岩波書店、二〇〇〇年三月）によれば、次の七絶である。

満目寒烟秋色悲　満目　寒煙　秋色　悲しく
笛聲楓影立多時　笛声　楓影　立つこと多時
斜橋落日一條路　斜橋　落日　一条の路
最是傷情蝴蝶祠　最も是《こ》れ　情を傷《いた》ましむるは　蝴蝶《こちょう》の祠《ほこら》

明治十二年（一八七九年）、鷗外十八歳。詩題はなく、青年鷗外が鴻台《こうのだい》（千葉県市川市の国府台《こうのだい》）に遊んだときの作だという。

ところで漱石の第一作も、これは全くの偶然だが、「鴻台」と題する七絶である。明治十六年（一八八三年）、漱石十七歳。たまたま鴻台を訪ねたときの作。二首連作で、その第一首を示せば、

鴻臺冒曉訪禪扉　鴻台　暁を冒《おか》して　禅扉《ぜんぴ》を訪う

孤磬沈沈斷續微
一叩一推人不答
驚鴉撩亂掠門飛

孤磬《こけい》　沈沈　断続して微《かす》かなり
一叩一推《いっこういっすい》　人答えず
驚鴉《けいあ》　撩乱《りょうらん》　門を掠《かす》めて飛ぶ

両人の第一作には、すでに鷗外の詩の叙事的傾向、漱石の禅の世界への関心がうかがわれて、興味深い。

しかし両者の漢詩を比較するためには、それぞれがかなりまとまった数の作品を創作しはじめる二十歳台前半の時期を、待たねばならない。両人が同年齢の時に作った初期の作品数を表示すれば、上右のようになる。

まとまった数の作品が出揃うのは、この表によれば、二十三歳あるいは二十四歳である。いま仮に二十四歳までの作品（鷗外百十一首、漱石四十九首）を比較の対象にすることとする。現存の鷗外作品は二百三十二首、漱石は二百八首とされるので、右の作品数は、それぞれ全体の四八パーセント、二四パーセントを占める。

読者はこれらの作品群を読んで、いくつかのことに気づくだろう。

まず詩型だが、これも表示すると上左のようになる。

歳	鷗外	漱石
17		8
18	1	
19	2	
20	3	
21	57	
22	7	
23	40	25
24	1	16

	鷗外	漱石
七絶	99	30
五絶	3	3
七律	1	6
五律	1	8
七古	9	2
五古	3	1
対句	1	

この表からわかることは、

一、両者とも七絶が圧倒的に多い。これは一般に七絶が最も作りやすい詩型であることを示しているにすぎない。

二、古詩は鷗外が十二首に対して、漱石三首。これは鷗外の詩の叙事的饒舌性、漢学の素養による語彙の豊富さ、句作りの手なれた技法などを示す。漱石は古詩を得意とせず、後半生を含めた全作品の中でも、十余首を数えるにすぎない。そのことをこれら初期の作品は示唆している。

三、律詩は鷗外二首に対し、漱石十四首。これは漱石が格律のきびしい律詩の創作を好んだこと、晩年の『明暗』執筆期に、毎日午後、律詩一首を「俗了された心持」を解消するために作ったこと（合計約七十首）を、予見させる。

さて、両人の初期の詩の内容を詳細に比較する紙幅がないので、あえてキーワード的方法を試みるとすれば、鷗外はたとえば即物的・抒情的・饒舌、そして漱石の方は思索的・主知的・寡言などの言葉で表現できるだろう。

なお鷗外は、おおむね体制側の立場から、天皇崇拝の儀礼的表現などを時に使うが、漱石は常に非体制的である。

また、鷗外の詩は生まじめで、ヨーロッパの歴史や風俗に取材した新奇な作もないではないが、漱石の詩が時に見せるような、独特のユーモアを感じさせる作品は、ほとんどない。

しかし全体としての印象をいえば、鷗外の方がかなり手なれた漢詩作者であり、そのことは、漱石と比較にならぬほど広範な典故を、きわめて適切に使用している事実にも見られる。儒家の経典はもちろんのこと、初学の読書範囲をはるかに超える諸子の書や史書、そして詩の場合も、

『三体詩』『唐詩選』などに見えぬ唐詩、さらに宋・元・明・清詩と、その典拠の対象は、初期の詩だけでもきわめて多数である。

ただ句作りは手なれているものの、漢詩作法の技術を習得し、いささか中国古典に通じた者ならば誰でも作れるような、あまり個性的でない作品もすくなくない。

「漱石の漢詩が漱石の漢詩であるほどには、鷗外の漢詩は鷗外の漢詩ではない」(入谷仙介「近代精神と漢詩」、一九八九年研文出版刊『近代文学としての明治漢詩』所収)という指摘は、初期の詩群にもそのまま当てはまるように思える。

VI　詩を読む会

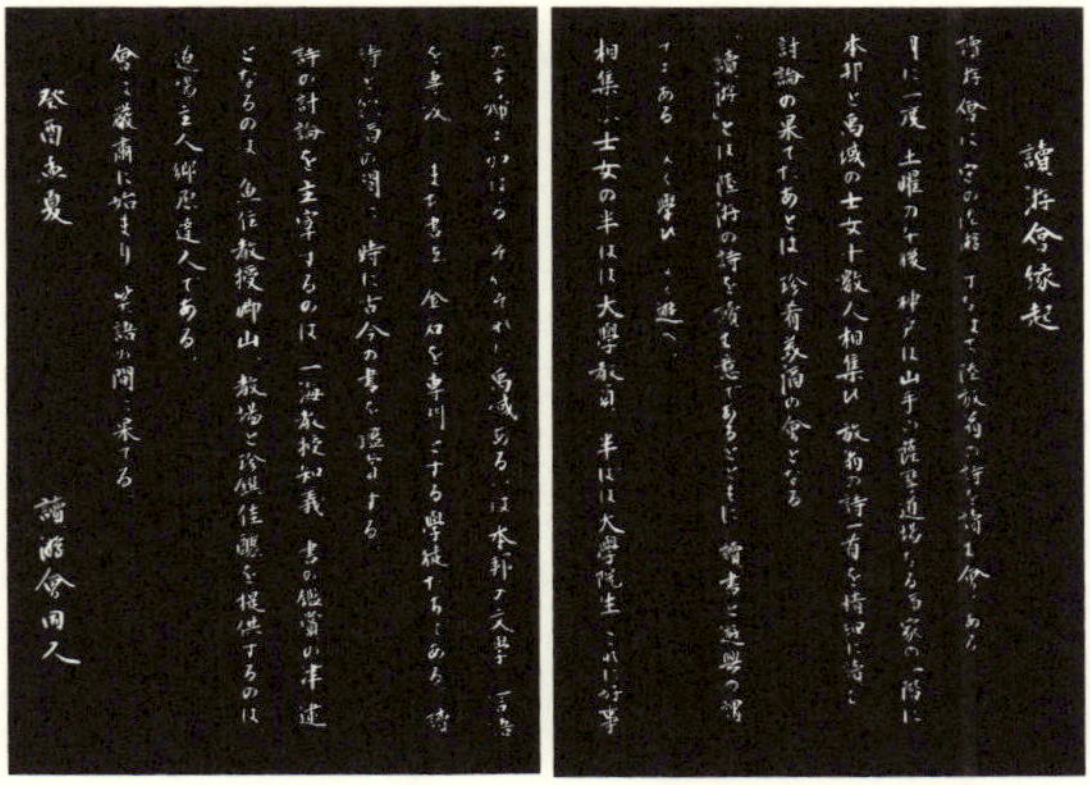

読游会縁起

読游会は[illegible]陸放翁の詩を読む会である
月に一度 土曜の午後 神戸は山手の[illegible]道場なる[illegible]家の一階に
本邦と[illegible]識の士女十数人相集い 放翁の詩一首を精細に読む
討論の果てたあとは 珍肴美酒の会となる
読游とは陸游の詩を読む意であるとともに 読書と遊興の謂
でもある よく学び よく遊べ
相集う士女の半ばは大学教員 半ばは大学院生[illegible]
[illegible]識ある[illegible]は本邦の大学[illegible]
[illegible]専攻 [illegible]を専門とする学徒たちである 詩
[illegible]の間に 時に古今の書を鑑賞する
詩の討論を主宰するのは 一海教授知義 書の鑑賞の準備
となるのは 魚住教授卿山 教場と珍饌佳醸を提供するのは
道場主人[illegible]達人である
会は厳粛に始まり 笑語の間に果てる
癸酉立夏
読游会同人

読游会縁起（魚住卿山書）

読游会三則

読游会について、かつて私は二篇の駄文を弄した。ここに新たに一篇を加え、読游会三則とする。

一

（この「一」は、本書の第三章「中国への旅」の「江南紀行断章」（一七六頁）に収めたので、ここでは省略する。）

二

一九九四年一月、「読游会縁起」と題する一文を草した（『機』三四号、のち一九九六年藤原書店刊『漱石と河上肇――日本の二大漢詩人』所収）。読游会は私の停年退職後はじまった陸游（中国宋代の詩人）の詩を読む研究会である。

会は今も毎月一回一首を読むという形でつづいており、三年間に読んだ詩の数は、三十三首。

ない。

テキストに使っている河上肇著『陸放翁鑑賞』は約五百首の詩を収めるから、このペースでゆくと、「読游会縁起」でも予測した通り、全部読み了るまでにあと五十年近くかかる。

会は今年も相変わらずのペースで進められているが、三年の間に変化したことがないわけでもない。

一、昨年一月十七日の阪神大震災で、会場として借りていた酒家「薩摩道場」が半壊した。二階で勉強し、終ると階下で飲む――「よく学《まな》びよく遊《あそ》べ」というのが、読游会（游は遊と同義）の趣旨でもあった。ところが地震で会場を街のビルに移してからは、ひたすら学《まな》ぶだけで、遊《あそ》べない。しかたなく、詩を読んだあと、別の場所へ飲みにゆくことになる。早く元の酒家にもどれるようにと、皆が願っている。

二、大学院生だった参加者の中の何人かが、大学の教師になった。遠隔の地に就職したため会をやめた人もいるが、遠くからかよってくる人もいる。たとえば北海道、そして金沢。北海道からはさすがに毎月というわけにはゆかず、正月や春休、夏休に参加する。金沢からは毎回来る。

三、新しい参加者がかなりふえた。これまたなぜか遠隔地の人が多い。現在の会員の中、さきの北海道、金沢のほか、次の都市からほぼ毎回神戸までかよってくる人々がいる。広島、岡山、名古屋、橿原《かしわら》、堺、京都、宇治など。

四、この会はもともと大学院ドクターコースのゼミの延長のような形ではじまり、今年もまた若い院生が新たに加わったが、今では七十近い老人から中年の研究者、二十代の院生まで、文字通り老若男女の集まりとなった。したがって、会が果てたあとの話題も、多岐にわたる。五、メンバーそれぞれに、陸游の詩に対する読解力、あるいはカンのようなものが、かなり身についてきた。私にとってこの会は、教える会から学ぶ会へと変りつつある。

さて、今から三年後、会はどうなっているか。

（一九九六年四月）

三

「さて、今から三年後、会はどうなっているか」、と書いたのは、一九九六年四月であった。そして今、この原稿を書きつつあるのは、一九九九年二月、ちょうどまる三年目が近づきつつある。

会はどうなっているか。

会はつづいている。消滅していない。それどころか、会員の数は年々増えつつある。出発のとき（一九九三年四月）に作った名簿、そこに名をつらねているのは十三人だが、今年の一月、新たに作られた名簿には、二十九人の名が見える。さらに参加を希望している人が、数人いるという。陸游の詩がおもしろいのか、あとの酒宴が楽しいのか。相変らず遠隔の地からの参加者が、すくなくない。

この間に変化したことの第一は、コンピュータの活用である。といっても、もちろん私に操作できるわけはない。会員の中に何人か、機械に強い人がいて、その中の一人が一万首に近い陸游の詩の一字索引を作ったのである。キーをポンとたたけば、目指す言葉の群れが、直ちにズラーッと並ぶ。
たとえば、今年一月三十日の会で、「晩涼、山亭に登る」という五言古詩を読んだ。陸游の「山亭」とは、故郷の家に近い山小屋らしいが、どんなところだったのか、キーをポンとたたく。すると、詩題に「山亭」という語を含む作品が十二首、目の前にあらわれる。

それら十二首の作品を読んでみると、いくつかのことがわかる。たとえば、山亭の描写として「一間の茅舎陰崖を背にす」とあるから、ひと間《ま》の小さな山小屋だったのだろう。またその山亭で「雨を聴いて眠る」といい、「静夜香来たりて更に一奇、……明朝紅蕚空枝に綴す」という句があるから、放翁はこの山小屋で時々泊ったらしい。そしてまた山亭を詠じた別の詩には、「韻を分かちて僧の吟ずること苦しく、棋を争いて客の笑うこと譁《さわが》し」と見えるから、山小屋での一日には、こういう楽しみもあったのだとわかる。

ところで今から四十年近く前、私はひと夏かけて放翁の詩一万首を読んだ。そのとき、放翁の作品の中でキーワードになるような言葉を、テーマ別にノートにとった。たとえば論詩、蔵書、詩稿、村医、寺子屋、棋、酒量、陶淵明、杜甫、などなど。今その大学ノート二冊を読みかえしてみると、百近いテーマを記録、それぞれのテーマの下に、すくなからぬ詩題と詩句が書きぬいてある。

しかし、このノートは、今やほとんど無用の長物となった。いささかの感慨なしとしない。読游会は、今後もコンピュータの力を大いに借りつつ、つづけられるだろう。しかしコンピュータは、詩句を探してはくれるが、詩句を読んではくれない。読む力をつけること、それがコンピュータ時代の読游会の、相変わらずの課題である。

（一九九九年二月）

バールフレンド

「唐詩を読む会」

京都のある文化講座で、毎月一回、「唐詩を読む会」の講師をつとめてきた。今年で十三年になる。

毎回一時間半かけて、唐詩一首を読む。関連作品の紹介や、雑談をまじえたりしながら、くわしく読む。時に現代中国の漢詩の話をしたり、新しく出土した木簡の文字についてしゃべったりするので、テキストの詩を一首も読めぬことがあり、一年間に読むテキストの詩は、ほぼ十首。『唐詩三百首』という中国で編纂された本を、テキストにしている。文字通り三百首収めてあるので、全部読み終るのに三十年かかることになる。とすると、あと十七年、私は米寿を迎える。

ところでむかしの中国には、次のようなことわざがあった。

熟読唐詩三百首
不会吟詩也会吟

訓読すれば、

　唐詩を熟読すること三百首ならば、
　会《よ》く詩を吟ぜざるものもまた会《よ》く吟ず。

日本で「詩吟」といえば、他人の詩を大声あげてうたうことをいうが、中国の「吟詩」は、自分で詩を作ること。

唐詩は漢詩の代表、お手本であり、これを三百首も熟読玩味すれば、漢詩の作れぬ者でも作れるようになる、というのである。

十三年前にこの会を始めてから、ずっと参加している方が何人もおられ、その方々は三百首を読み終えた十七年後、はたして漢詩が作れるようになるかどうか。保証の限りではない。しかし皆さんきわめて熱心である。

現在、聴講生の数は、なぜか赤穂浪士と同じ四十七名。大部分は年配の女性である。最近は若い学生や大学院生がまぎれこんできたり、男性の聴講者もふえてきたが、圧倒的多数は、やはり年配の女性である。彼女たちは仇討でもするように真剣な顔つきで、講義をきいている。

講義が終ったあと、そのビルの地下喫茶室で、いっしょにお茶を飲んだり、時には小人数で食事を共にすることもある。

私は彼女たちのことを、バールフレンドと呼んでいる。私には、若い頃からの女性の友人が何人もいるが、かつてはガールフレンドだった彼女たちも、今やバールフレンドになってしまった。

しかし聴講生のバールフレンドは、若い頃からの友人たちとはひと味ちがう。

講座が楽しいワケ

講座のバールフレンドたちは、月一回の会に参加するのが楽しくてしかたがない、という。どうしてそんなに楽しいのかときくと、次のような答が返ってきた。

一、講義中居眠りをしていても、叱られないこと。
二、講義中絶対に当てられないこと。
三、予習をしてこなくてもよいこと。
四、宿題を出されないこと。
五、試験がないこと。
六、先生の雑談がおもしろいこと。
七、講義のあと、親しい友人や新しく友だちになった人と、おしゃべりができること。

こんなことをいいながら、しかし彼女たちはきわめて熱心に私の話をきき、ノートをとる。

なぜそんなに熱心なのか。

彼女たちの多くは、戦時中女子挺身隊や学徒動員に駆り出され、青春時代にはほとんど勉強ができなかった。子離れをし、家庭の雑事から少し解放された今、過去の反動で勉強意欲に燃えているのである。

また、むかしの女学校では、漢詩漢文の授業のないところが多かった。このとしになってはじめて読んでみると、とても新鮮で、おもしろくてしかたがない、という。

講座には、はじめから来ている人、途中で加わった人、最近の参加者と、知識に差のある人がまじっていて、講師としとはまことにやりにくい。漢詩の読解には、一定の基礎知識が必要だからである。

しかし幸いにも、彼女たちの多くは物忘れがはげしく、同じことをくりかえししゃっべっても怒らないので、助かっている。

ところでバールフレンドというのは、私が作った言葉ではない。志賀直哉の造語らしく、阿川弘之『志賀直哉』(岩波書店)に見える。

彼女たちは時に知人を誘ってくるので、わがバールフレンド、増えるばかりで、一向に減りそうにない。

VII 文字と言葉

十二年春正月戊戌朔、始賜二冠位於諸臣一、各有レ差。○夏四月丙寅朔戊辰、皇太子親肇作二憲法十七條一。一曰、以レ和爲レ貴、無レ忤爲レ宗。人皆有レ黨。亦少二達者一。是以、或不レ順二君父一。乍違二于隣里一。然上和下睦、諧二於論一レ事、則事理自通。何事不レ成。二曰、篤

十七条憲法（日本書紀）

日本語の中の漢字文化

漢字の伝来と日本漢文の創作

漢字が日本に渡来したのは、考古学上の出土品等によれば、二千年ほど前のことかと思われる。しかしはじめて漢字を見た日本人は、それが言語を表記する道具だとは気づかなかっただろう。やがて、中国側の史料『魏志』倭人伝が示すように、三世紀には中国と日本の交流がはじまる。そして日本人は貨幣・鏡・印鑑・刀剣などに刻まれた断片的な「漢字」だけでなく、中国の天子の詔書のような形での「漢文」に接することになる。

詔書が書簡の体裁をとっていた場合には、これに返事を書かねばならぬ。はじめのうちは、日本に「帰化」した朝鮮人か、日本語を習得している在日の中国人に頼んだかも知れない。しかし、やがて日本人が「漢字」を用いて「漢文」を書くようになる。日本人がはじめて「漢字」を目にしてから、中国人にあまり違和感を持たせぬ「漢文」が書けるようになるには、たぶん数百年の歳月を要したのではないかと思われる。

その最初の証拠の一つとされるのが、聖徳太子（五七四―六二二）の「十七条憲法」（『日本書紀』所収）である。それは次のように。四字句を連ねた美文であった。

以和為貴、無忤為宗。人皆有党、亦少達者。……（和ヲ以テ貴シト為シ、忤《さから》ウ無キヲ宗《むね》ト為セ。人ミナ党アリ、亦《ま》タ達スル者少《すくな》シ。……）

この種の美文は、中国六朝時代の貴族たちが好んだ、内容の空疎な装飾的文章である。この美文の伝統は、何と千二百年後のわが国の「明治憲法」発布の詔書（明治二十二年、一八八九年）や、「教育勅語」（明治二十三年、一八九〇年）などの文体に受け継がれている。「教育勅語」は漢字カタカナ交じり文で発表されたが、もとは漢文で、六朝の美文の、あまりうまいとは言えぬ模倣である。

孝于父母、友于兄弟、夫婦相和、朋友相信、……（父母ニ孝ニ、兄弟《けいてい》ニ友《ゆう》ニ、夫婦相和シ、朋友相信ジ、……）

聖徳太子の当時漢文が書けたのは、ごく限られた少数のインテリだけだっただろう。外国語である「漢文」を書くのはむつかしい。そこで人々は、「漢字」を使って日本語を表記できぬものか、と考えはじめる。

漢字を使った日本語表記

たとえば杜甫（七一二―七七〇）の有名な詩〈春望〉の第一句。原文は、

国破山河在

これを日本語で言えば、

国破レテ山河在リ

となる。しかし「レ・テ・リ」という「仮名」は、まだなかった。そこで「漢字」の音を借りて、

国破礼天山河在利

と書く。『万葉集』の歌はこの形で表記されたので、「礼・天・利」などはのちに「万葉仮名」（あるいは「真仮名《まがな》」）とよばれた。

それら万葉仮名として使われた漢字の一部（おおむね片一方）を削り取って、片仮名「レ・テ・リ」が生まれ、漢字を草書体にくずして、平仮名「れ・て・り」が生まれた。

以後日本語は、「漢字片仮名まじり」、あるいは「漢字平仮名まじり」で書かれるようになる。片仮名は、主として漢文を読むときの送り仮名として、用いられた。漢文を独占していたのは、男性の権力者たちだったので、漢字・片仮名のことを「男手」という。

一方女性は、平仮名をチャッカリといただき、これで日記を書き、和歌を作り、物語を綴った。平仮名を「女手」というのは、そのためである。

かくしてすでに一千年前、女性によって、のちに「世界文学」の一つに数えられる『源氏物語』が書かれた。世界中いずれの民族にも例を見ない、稀有な現象であった。この現象は、一つ

には、渡来した漢字の仮名への転化という、日本人の知恵によって生まれたものである。漢字文化の功績、漢字と日本語が結びついたことによる功績、といってよいだろう。

一方、男性による漢字・漢文の独占は、のちのちまでつづく。権力側の発する公式文書は、おおむね漢文か、漢字片仮名まじり文で書かれた。

やがて江戸時代になると、漢文・漢詩の創作は男性知識人必須の教養とされ、大量の作品が生み出される。

だが片方では、漢字平仮名まじり文も、勢をもちはじめていた。

そもそも「女手」といわれる平仮名の文章も、すべて平仮名の和語だけで書かれたのではない。たとえば『源氏物語』冒頭の一節、

いづれの御時にか、女御、更衣あまたさぶらひけるなかに、……

大部分は和語で、平仮名が用いられている。しかし「おほむとき」に「御時」と漢字があてられ、「女御」「更衣」に至っては、漢語である。

漢文調による「こけおどし」

ところで漢字片仮名まじり文は、明治以後も生きのびるが、大正、昭和と時代がさがるにつれて、その力は急速に衰えはじめる。

明治以後の片仮名まじり文は、おおむね権力と癒着していた。たとえば「明治憲法」、

第一条、大日本帝国ハ万世一系ノ天皇之ヲ統治ス

また、「教育勅語」、

朕惟フニ我カ皇祖皇宗国ヲ肇ムルコト宏遠ニ……

そして昭和に至っても、たとえば日本敗戦の詔書（一九四五年八月十五日）、

朕深ク世界ノ大勢ト帝国ノ現状トニ鑑ミ非常ノ措置ヲ以テ時局ヲ収拾セムト……

難解な漢字・漢文調は、権力の象徴、いわば「こけおどし」として利用された。それは日本語における漢字文化のマイナス面を示している。しかし、権力もやがて譲歩せざるを得なくなる。日本敗戦後の昭和二十一（一九四六）年十一月三日に公布された「新憲法」の冒頭の文章、

日本国民は、正当に選挙された国会における代表者を通じて行動し、……

ここでは、従来の権力側の文書にくらべて、①難解な漢字・漢語が減り、②文語文が口語文に近づき、③片仮名が平仮名に変った。

「女手」が勝利したのである。

しかし権力の抵抗はしぶとく、法律の文章のうち、「商法」は今も片仮名、文語である。

支配人ハ番頭、手代其ノ他ノ使用人ヲ選任又ハ解任スルコトヲ得、……

だがこれも、二〇〇四年には「改正」されるという。さいごの砦の崩壊である。

漢字・漢語のプラス面

日本語の中の漢字・漢語は、主として権力と結びつくことによって、そのマイナス面を「誇示」してきた。しかしそのプラス面は、マイナス面をはるかに凌駕する。

一、速読性。漢字仮名まじり文は、まるで飛石伝いに庭を横切るように、漢字だけを拾い読み（斜め読み）して、文意を了解し得る。

二、造語力。たとえば、「日米安保条約」。この六文字の言葉は、漢字の抽象性、省略性、簡潔性と、造語力を示している。和語ならば、「日本と米国の間の安全保障に関する条約」、英語ならば、"The U. S. A.-Japan Security Treaty." 漢語は、助詞や活用語尾、冠詞、関係代名詞などを必要としない。

漢字・漢語は、明治期の外国語翻訳の際、とりわけそのすぐれた造語能力を最大限に発揮した。それは自然科学、社会科学、人文科学等すべての分野に及んだ。平易簡単でしかも含蓄に富んだそれらの漢語は、日本の諸科学の急速な進展に寄与しただけでなく、漢字の本家である中国にも輸出されて定着し、すくなからぬ影響を与えた。

そうしたプラスの側面を多くそなえた漢字が、また一方では「三多五難」（数が多い、画数が多い……読みにくい、書きにくい、おぼえにくい……）などといわれて、その煩雑さが嫌われた。

漢字なしでやっていけるのか

中国の作家魯迅（一八八一―一九三六）は、死の前年、「漢字不滅、中国必亡（漢字滅びずんば、中国必ず亡びん）」という言葉をのこした。この言葉は、漢字の煩雑さが中国社会と教育、科学などの進歩発展を阻害している、後進国中国の足カセになっていると考えていた、多くの中国人の共感を得た。

しかし中国では、革命後きわめて大胆な略字（簡体字）が多数用いられるようになり、一方漢字のタイプライターや電報のなやみをも一挙に解消するワープロ、ファックスが出現して、今では魯迅の言葉に共感を示す人は、日本人をふくめてほとんどいない。むしろ表記、伝達の手段として、漢字のさまざまな利点が再認識されはじめた、といってよいだろう。

昨今の日本では、若者だけでなく、一般に読み書き能力が低下しているといわれる。また、明治の小説では漢字と仮名の割合が四対六、昭和、とくに敗戦後の小説では三対七と、五十年間に一割も漢字使用が減っている、との統計もある。そしてこの勢で減ってゆけば、漢字は日本から消える（?）、という仮説さえとなえられている。

たしかに漢字文化圏と呼ばれた四地域（中国、ベトナム、朝鮮半島、日本）のうち、ベトナムは約百年前に漢字使用をやめてローマ字表記に切り替え、朝鮮でも約五十年前、北部は全廃、南部もほとんど使用をやめ、ハングルに切り替えて今日に至っている。

それらの先例から考えて、日本でも漢字消滅の可能性は絶無ではないだろう。しかしわれわれは、仮名だけの表記に耐えられるか。

ベトナムでローマ字表記に替えることができたのは、ベトナム語が単音節型言語である等の中国語と共通するいくつかの性質が背後にあり、一方朝鮮のハングルは、組合せによってある程度漢語的表記に代替し得る。

日本で漢字を全廃するには、仮名以外の新しい表記法が発明され、それに習熟することが前提となるだろう。それまで、漢字が日本語表記から消えることはあるまい。

日本語は、これまで漢字文化に支えられて来たし、今後もかなり長期にわたって支えられてゆくにちがいない。

憲法の文体——その保守性と進歩性

ご紹介いただきました一海です。

今日の主催者は大変不公平でして……法律用語でいうと不公正と言うことになるかと思いますが、……あんな素晴らしいよくできた映画「日独裁判官物語」をまず上映しておいて、そのあとで私にまずい話をさせる、その差は歴然としていて、どうして先に私に話をさせてくれなかったのか。まことに不公平・不公正であります。

さて、私は中国文学を専攻しておりまして、憲法のことはほとんど知らない。この間、昔からの友人に、「今度憲法の話をさせられる事になってナ」と言いましたら、「へえ、お前、いつから少林寺拳法を始めたんだ」と言われました。まことにケンポーちがいな話で、それほど私は憲法のことなど知らない人間だと他人からも思われ、自分でもそう思っています。

ですから今日は私の話なんか聞くのを止めて、さっきの映画を観たあと、パッと解散して、ビヤホールへ行き、ビールを飲みながら映画の中身について討論会でもした方が、ずっと有意義だったのではないか。ただ残念ながらこれだけ沢山の人を容れるビアホールはない。ドイツのミュンヘンというところに、三千人もはいれるビヤホールがあるそうですが、まさかこれからドイツへ行くわけにもまいりません。

その上、私は今日の講演料をすでにもらっている。「誠に少なくて申し訳ありませんが」と言って先ほど渡された。まだ中身は見ていないのですが、憲法会議の方は正直ですからおっしゃるとおり少額なのでしょうが、もうもらってしまったので、かえすわけにもいかず、つまらぬ話しかできませんが、しばらくお耳をけがしたいと思います。

実は憲法会議から依頼があって、うっかり引き受けてしまったのは、私が気が弱くて、ものを頼まれると断れない、というのも理由の一つですが、理由はもう一つあります。それは「憲法の話」と聞いたとたんに、「十七条憲法」のことを連想したのです。日本の最初の憲法である「十七条憲法」は漢文で書いてある。漢文は私の専門ですが、「十七条憲法」だけでなく、明治憲法もその文章の伝統を受けついで書かれている。戦後の新憲法の文章はどうなのか。そういう話だったら出来そうだなと思って引き受けたのです。

講演の題は？　と聞かれましたので「憲法と漢詩漢文」という題にしたらどうかと言いましたら、それはアカン、何のことか解らん、と断られました。そこで「憲法の文体——その保守性と進歩性」、これならまあ解るなと受け入れてもらいました。講演の題というのは、ちょっと解るぐらいがいいんですね、例えば「森首相の失言について」と題して大講演会をやろうとしても誰も来ない。みんな新聞やテレビで知っているから。

今日の題はちょっと解りにくいですが、話を聞いていくうちに、おいおい解っていただけるかと思います。

日本の最初の憲法が「十七条の憲法」なのですが、お手もとのプリントを見ながらお聞き下さい。この文章は『日本書紀』という神話含みの日本の歴史を書いた本に出て来ます。『日本書紀』は全体が漢文で書いてあり、そこに出てくる十七条の憲法も漢文です。『日本書紀』は主に日本人が書いたのでしょうが、まずまずちゃんと読める漢文で書いてあります。

十二年、春正月、戊戌《ぼじゅつ》、朔《ついたち》……

十二年というのは、推古天皇という女性の天皇がいましたが、その天皇の十二年目、西暦でいうと六〇四年です。旧暦では正月は春ですから、春正月。戊戌は十干十二支、いわゆる「干支《えと》」で月や日をあらわしています。

始メテ冠位ヲ諸臣ニ賜ウ。各《おの》オノ差アリ。

夏四月、丙寅《へいいん》、朔《ついたち》、戊辰《ぼしん》、皇太子、親シク肇《はじ》メテ憲法十七条ヲ作ル。

この皇太子は、聖徳太子のことです。聖徳太子は五七四年に生まれて、六二二年に亡くなっています。中国でいうと、李白とか杜甫という有名な詩人が活躍した唐の時代が始まるのが六一八年ですから、聖徳太子は唐の国家が誕生したあと四年ほど生きていた、ということになり、李白や杜甫よりも先輩、古い人です。

さて十七条の憲法は、第一条から第十七条まで、それぞれ大変短い文章でできていますが、その第一条だけ読んでみましょう。

一ニ曰ク、和ヲ以テ貴《とうと》シトナシ、忤《さから》ウクナキヲ宗《むね》トナセ。人ミナ党アリ、マタ達スル者スクナシ。ココヲ以テ或イハ君父ニ順《したが》ワズ、マタ隣里ニ違《たが》ウ。シカレドモ上《かみ》和シ、下睦《しもむつ》ミ、事ヲ論ズルニ諧《かな》ワバ、スナワチ事理オノズカラ通ジ、何事カ成ラザラン。

大体の意味を申しますと、

「人はなごやかに和合、仲良くする、これが大切だ。反抗したりいがみ合ったりすることがないようにしなければいけない。ところが人間というものは、みな徒党を組む。徒党を組み仲間に分かれて、達するもの少なし。正しい道に到達する者はすくない。だからある者は君（天子）や父に従わない、言う事を聞かない。またある者は隣同士仲が悪い。しかしながら上の者が和やかさを保ち、下の者が仲良くし、何か論争する時でも調和ということを考えて、いがみ合うことがなければ、事の道理は自ずから通じ、何事も成功する」。

まあひとことで言うと、精神訓話みたいなものです。何でこんなものが「憲法」か、と思われるでしょうが、この精神の背後には、ちゃんと当時の権力者の論理が貫かれていまして、支配者の論理というか、要するにしもじもの者は上に向かって反抗してはいけない、仲間同士は仲良くやりなさい、いがみ合って混乱をおこしてはいけない、というのです。そうすれば、権力の行使がスムーズにゆくわけです。

さて十七条の憲法は、日本人が書いた最初の漢文だと言われていますが、もちろんそれまでも、日本人の漢文はあったでしょう。しかし記録としてはあまり残っていない。十七条憲法は中国人が読んでもあまりおかしくない、割にちゃんとした漢文で書かれています。日本に漢字が渡ってきて、それを使ってちゃんとした漢文が書けるようになるまでには、相当長い時間がかかっています。

漢字が日本へ来たのはいつ頃か。その答はたいへん簡単で、「よくわからん」、というのが答えです。なぜわからんかというと、「漢字」が来たとき日本にはまだ文字がなかった。「本日漢字がまいりました」、と記録する文字がなかった。ラジオがはじめて日本に入ってきたときは、たぶん「ラジオ上陸」と新聞に記録が残っている。ところが漢字が来たときには、これを記録する手段がなかった。記録をのこしようがなかったので、よくわからんのです。

しかし全くわからんわけでもありません。土の中からいろんなものが出てきて、その時代が推定できる。たとえば福岡市北方の志賀《しか》の島の畑の中からハンコが出て来ました。プリントのハンコがそれです。コピーで見ると汚いが、実物はカラーでとてもきれいです。郵政省はそのハンコを記念切手にしました。左下スミに「62」という数字が入っている。62円、消費税入りのバカげた切手でしたが、まもなくこういう端数は取りやめになり、そういう意味でも記念すべき切手です。

このハンコは江戸時代の一七八四年、畑の中で農民が見つけ、学者が鑑定しました。これは珍しいもので、日本人はこれで最初に漢字を見たのではないか。ハンコには次の五文字が刻まれています。

漢委奴國王

「漢の委《わ》の奴《な》の国王」と読むのだそうです。

中国人が日本のことを「委」（あるいは倭）と呼ぶのは、聖徳太子の時代以前です。唐の時代になると「日本」と呼ぶようになります。たとえば日本の阿倍仲麻呂《あべのなかまろ》は中国へゆき、詩人李白と仲良くなりましたが、李白は仲麻呂のことを詠んだ詩の中で、「日本の」阿倍仲麻呂と呼んでいます。唐の前は隋《ずい》ですが、隋以前は日本は「委《わ》」でした。

ハンコの「奴《な》」は、むかし日本は百あまりの国に分裂していて、その一番大きいのが耶馬台国、小さいのの一つに奴の国があった。「漢の委《わ》の奴《な》の国王」とは、「漢帝国の支配下にある日本の中の奴の国の王」という意味でしょう。その奴の国の使者に中国の天子がこのハンコを与えた。これからはこのハンコを使え、というわけでしょう。使者は日本に持ち帰り、どういう経過でか、それが九州の畑の中から出てきた。

実は中国の史書、歴史を書いた本の中に、西暦五七年のこととして、奴の国の使者が来たので、漢の天子はこれにハンコを与えたという記事が出てくるのです。その記事のハンコと記念切手のハンコとが同一のものかどうか、確証はありません。しかしその可能性は十分にあります。キリスト紀元元年前後から二百年ぐらいまでの間に、日本に漢字が渡来したことを示す発掘物がいろいろ出て来ています。ハンコはその一つではないか、と考えられます。

ところで、漢字は渡ってきましたが、これを使って漢文を書くのは、なかなかむつかしい。しかし中国との交流が始まって、日本の使者が中国へ行くと、中国の天子が日本の王あてに詔書を出す。ハンコなどをくれるときも、手紙の形をとった詔書が渡される。これを日本に持って帰ると、日本側としてはお礼の返事を書かなければならない。はじめのうちは、当時日本に「帰化」していた朝鮮人や、日本に来ていて日本語の出来る中国人たちに頼んだのでしょうが、やがて日本人が漢文を書けるようになる。だが書けるようになるまでには、かなりの時間が必要だったでしょう。十七条憲法はその成果の一つでした。

しかしながら日本人としては、漢文という外国語で自分の意志や感情を伝えるのは、もどかしい。何とか自分たちがしゃべっている言葉を、漢字を使って書けないものかと考え、ひとつの方法を見つけました。

たとえば、杜甫の有名な「春望」の詩の第一句、

國破山河在

現在の中国人はこれを上から中国音で、グオ・ポ・シャン・ホ・ザイと読む。日本人は何のことかわからない。しかし目で見れば漢字一字ずつの意味はわかる。

国→くに、破→やぶれる、山河→やまかわ、在→あり、だから日本語になおすと、

国破《くにやぶ》レテ山河在《やまかわあ》リ

このうち山河は、当時の中国音（たぶん今の日本漢字音に近い音）で「さんが」と読む。中国渡来の「山河《さんが》」は、もう日本語の一部になっていた。そこで、

国破レテ山河《さんが》在リ

ところが「レ」「テ」「リ」という仮名は、当時まだできていなかった。そこで次のような漢字から音だけ借りてきてレ↓礼　テ↓天　リ↓利、これを組み合わすと、

国破礼天山河在利

となる。万葉集の日本語はこの種の漢字音借用の漢字で書かれたので、借用漢字（礼・天・利など）は万葉仮名と呼ばれました。この万葉仮名の片一方をむしり取って作ったのが片カナ。

礼↓レ　天↓テ　利↓リ

一方、漢字を草書化して、形をくずして作ったのが平仮名。

礼↓れ　天↓て　利↓り

以後日本人は、漢字仮名まじり文を書くようになりました。男たちは漢文と漢字カタカナまじり文を、女たちはひらがなを使って、日記や和歌や物語を書きました。したがって漢字やカタカナのことを男手、ひらがなを女手と言っています。このようにして、今から千年も前に、『源氏物語』のようなすぐれた女性文字が生まれたのです。ほかの国ではあまり例のないことでした。当時は全面的に男性が権力を握っていましたから、権力側、すなわち政府の出す公文書は、す

べて漢文か漢字カタカナまじりの文章でした。江戸時代になると、あの水戸黄門は漢文で『大日本史』を書き、頼山陽はこれまた漢文で『日本外史』を書きました。江戸時代では「詩」といえば「漢詩」のことを指し、漢詩の作れない人はインテリの仲間入りができませんでした。そして漢字と漢字カタカナまじり文が、権力を握る男性によってほとんど独占される時代が長く続きました。

ところで元にもどって、十七条の憲法の漢文は、四字句のリズムでできています。

以和為貴、無忤為宗。人皆有党、亦少達者。

これは中国の六朝時代、すなわち唐の前の時代に、身分の高い貴族たちによって大変好まれた極めて装飾的な文体です。四字句にととのえられるために、見た目はきれいだが、内容が形式的、空疎になる、そういう文体です。十七条憲法はその文体をそっくりまねて作られています。

ところが驚いたことに、それから千二百年も経った明治時代、時の最高権力者明治天皇は、明治二十三（一八九〇）年「教育勅語」を発布しましたが、その文体がまたそっくりそのままなのです。「教育勅語」は漢字カタカナまじり文で発布されましたが、もともとは次のような四字句の漢文でした。

孝于父母、友于兄弟、夫婦相和、朋友相信、……

現在の森総理は、「教育勅語」も「エエ所がある」と言っています。たしかに「父母に孝行、

兄弟仲良く、夫婦は相和し、朋友は信じ合い……」というのは、悪いことではないでしょう。しかしそのあとを読んでいくと、

国憲ヲ重ンジ、国法ニシタガイ、一旦緩急アレバ、義勇公ニ奉ジ、以テ天壊無窮ノ皇運ヲ扶翼スベシ……

と書いてあります。

もし豚の国に憲法があったとして、「悪いものは食うな、うまいものを沢山食ってよく太れ、喧嘩をしてケガをするな」などと書いてあり、なかなかエエこと言うな、と思ったら、さいごに「人間さまが豚肉を食べたいとおっしゃったときは、素直に提供しなさい」と書いてある。それと同じではありませんか。

「木を見て森を見ず」という言葉があります。部分だけを見て、全体を見ない。森総理は自分が「森」という苗字であるにもかかわらず、全体の森を見ようとせず、部分的な木ばかり見て「エエ所もあるよ」というのは、大変意図的だと思います。

「教育勅語」が出る前の年に、明治憲法（大日本帝国憲法）が発布されましたが、その時の詔書もまた同じ漢文調文体で書かれていました。

そしてその文体は、日本の敗戦（一九四五年八月十五日）までつづくのです。国民に敗戦を知らせる詔書もまた同様の文体でした。

朕深ク世界ノ大勢ト帝国ノ現状ニ鑑ミ、非常ノ措置ヲ以テ時局ヲ収拾セムト……

敗戦後はどうなったか。しばらくの間は相変わらず、権力側の出す公文書や法律などは、漢字カタカナまじりの漢文調でした。そのむずかしさを、「こけおどし」に使ったのです。しかし一方、ひらがな、すなわち「女手」が、力をもってきました。一般の民衆の間では、漢字ひらがなまじりの文章が、普通の文体になってきました。

そして一九四六年、昭和二十一年十一月三日に公布されたいわゆる「新憲法」、現在の日本国憲法は、次のような文章ではじまっています。

日本国民は、正当に選挙された国会における代表者を通じて行動し、……

一方、明治の帝国憲法は、次のような文体で書かれていました。

第一章　天皇

第一条　大日本帝国ハ万世一系ノ天皇之ヲ統治ス

……

第三条　天皇ハ神聖ニシテ侵スヘカラス

現在の憲法とくらべて、何という違いでしょう。今の憲法の文章を昔のそれとくらべてみると、次のようなちがいがあることに気づきます。

一、難解な漢字・漢語が減った。

二、文語文が口語文に近づいた。

三、カタカナがひらがなに変わった。
四、句読点がついた。
五、濁音のしるしがついた（侵スヘカラスなどという今から見るとマンガ的表現がなくなった）。

歴史の流れの中で、「女手」が勝利したのであります。また、難解から平易へ、文語から口語へという変化は、庶民の勝利を象徴しています。

そして文体の変化は、その背後にある思想の変化を示しているのです。「文は人なり」といいますが、文章のスタイルは、人の集まりである国家をも表しています。こういう風に変わってきた新しい文体を、私たちは守ってゆかねばなりません。新しい文体は新しい思想を表しているわけで、その思想が逆戻りしないように、憲法記念日の今日という日を契機として、守り抜いてゆこうと、あらためて決意をかためたいと思います。

以上で私のまずい話は終わります。ご清聴ありがとうございました。

「貨」「幣」という文字の原義と歴史

漢字の字義を知る方法の一つは、その文字をふくむ熟語を作ってみることである。

たとえば標題の「貨」の字の場合。

財貨　貨殖　貨産　（財産、たから）

貨幣　金貨　通貨　（金銭、おかね）

貨物　貨車　雑貨　（荷物、品物）

しかしこれらは、「貨」から派生した言葉であり、文字の原義を知るためには、文字そのものを分解吟味しなければならない。

「貨」の字を分解すると、「化」と「貝」の二文字に分かれる。

「貝」は何を意味するか。

字書によれば、「貝」は象形文字（絵文字）で、「こやすがいの殻《から》」の形をかたどり、こやすがいは古代、その殻が貨幣として使われた、という。

その証拠に、「貝」を部首とする漢字を若干列挙してみると、

財　貧　貴　買　資　賃　賄　賂　購　贈

のごとく、すべて金銭に関係する。

「化」の方はどうか。これも字書によると、「化」の左側は「人」、右側は「人」が体位を変えた形で、「化」は人が別の人、あるいは別の形に変わることだ、というのが、ほぼ共通した解釈である。

「化」の字をふくむ熟語を挙げてみると、

化石　化合　化身　化物　変化　悪化　開化　俗化

これらによっても、「化」が変化を意味する文字であることがわかる。

この「化」（変化）と「貝」（金銭）とを組み合わせた文字「貨」について、おおむねの字書は、

さまざまな品物にかえることのできる金銭。

あるいは、

金銭によってかえられた商品、財産としての品物。

などと説明する。これが「貨」の原義だというわけである。

また、中国最古の字書の一つ（より正確にいえば、中国で漢字を部首によって分類した最古の字書）『説文解字』（後漢の許慎《きょしん》著、西暦一〇〇年完成）にも、

貨、財也。从貝化声。（貨は、財なり。貝に从《したが》い、化の声〈音〉。）

とあり、「財」について同書は、

財、人所宝也。（財は、人の宝とする所なり。）

と説く。

そしてわが国の漢和辞典の原型とされる中国の『康熙《こうき》字典』（清・康熙帝勅撰、一七一六年刊）は、宋代の韻書『広韻』（一〇〇八年完成）を引いて、

貨者化也。変化反易之物、故字有化也。（貨なる者は、化なり。変化反易《はんえき》の物、故に字に化あるなり。）

という。

なお、余談としていえば、「貨」という文字は、わが大和民族が最初に見た漢字の一つだった可能性がある。なぜなら、漢字がきざまれたわが国の最古の考古学的出土品の一つが、福岡県松原遺跡など各地の弥生時代中期の土層から発掘された「貨泉」という貨幣、西暦一四年に中国で鋳造されたというコインだったからである。

さて、以上が「貨」の字義についての解釈だが、貨幣の「幣」の方はどうか。

「幣」も同様にその字義をたどって簡略に説明すれば、これまた二つの部分、「敝」と「巾」に分解される。「巾」は、

布巾　頭巾　雑巾

という熟語群が示すように、「ぬのぎれ」の意である。

「敝」の方は、字書によれば、左側は「巾」と二つの「ハ」、すなわち左右に切り分けられた巾《ぬの》、

そして右の「攵」は「攴」と同じで、手でささえ持つ意、などと説明される。すなわち「幣」は、手にささげ持って神や天子に献上する布《ぬの》。「ぬさ」「ささげもの」。これがのちに「紙幣」の意に転用される。

したがって「貨幣」の原義は、「コイン」（硬貨）と「おさつ」（紙幣）である。ところで「貨」「幣」それぞれの文字の使用例は、古く孔子（紀元前六世紀）以前の古典である『易経』、『書経』、『周礼《しゅらい》』などにすでに見える。すなわち「貨」「幣」の二文字は、紀元前六世紀以前から使われていたことになる。

しかし、「貨幣」という二字の熟語は、キリスト紀元元年の直後、『後漢書』光武帝紀に見えるのが、最古の用例の一つである。すなわち光武帝の建武十六年（西暦四〇年）の条にいう、

王莽《おうもう》の乱後、貨幣は布《ふ》・帛《はく》・金《きん》・粟《ぞく》を雑《まじ》えて用う。この歳、始めて五銖銭《ごしゅせん》を行う。

五銖銭は前漢の武帝（在位前一四〇—前八七）の時に造られたコインである。以後二千年、「貨幣」という語は、その語義を変えることなく使用されて、今日に至っている。

簡体字と中国古典——新しい四庫全書「伝世蔵書」

中国の簡体字（略字）は、日本ではあまり評判がよくない。特に年配の人々の間で、かんばしくない。その理由は、すくなくとも次の二つの「心配」にもとづいているようだ。

一、漢字は、見ただけで意味が推測できるのに、あんなに簡略化されると、意味がとれなくなるのではないか。

二、中国の若者たちは、もとの漢字の知識がなくなって、古典が読めなくなるのではないか。

この二つの「心配」は、実はいずれも「杞憂《きゆう》」でしかない。

むかし杞の国の人々は、天には支える柱がなく、いつか落ちて来るのではないかと、心配しながら暮らしていた。かくて理由のない心配、取り越し苦労のことを、「杞憂」というようになった。

さきの二つの「心配」が「杞憂」だというのは、なぜか。

一、多くの漢字の中で、「見ただけで意味が推測できる」字はごく少数で、ほとんどの漢字は「推測でき」ない。

たとえば、「漢」はなぜ王朝名「カン」なのか。また、「漢」の簡体字は「汉」だが、どちらも「見ただけで意味が推測でき」ない点では、同じである。

たしかに「醫」を「医」と簡略化してしまうと、「酉」の部分が消える。そして「酉」は酔・酌・酎・酬・醸などの文字群が示すように、「酒」類をあらわす字である。酒は百薬の長、「醫」にとって「酒」は不可欠な薬だから、「醫」から「酉」が消えて「医」となると、もとの意味がわからなくなる。「聲」から「耳」を消して「声」とするのも、同様である。

しかし、「見ただけで意味が推測できる」漢字は、前述のごとく実はきわめて少数なのだ。「松」はなぜマツで、「杉」はなぜスギなのか。「海」はなぜウミで、「湖」はなぜミズウミなのか。「見ただけ」では皆目わからない。

漢字は一部の絵文字（象形文字）などをのぞいて、その多くはもともと「符号」であり、簡体字もまた「新しい符号」でしかない。簡体字にするともとの意味が推測できぬ、などと嘆くには当らない。

二、もとの形の漢字がわからず、簡体字だけしか知らぬ若者は、中国の古典が読めなくなるのではないか、という心配について。

この心配も、無用である。今の中国では、『論語』も『史記』も、李白や杜甫の詩も、『三国志演義』『水滸伝』も、すべて簡体字で出版されている。それだけでなく、一般の人々がその名を小耳にはさんだことがあるような古典ならば、おおむね簡体字で読める。

人々にあまり知られていない（簡体字で出版されていない）古典を読むためには、もとの漢字（いわゆる繁体字）の知識を必要とする。しかしそれはごく限られた専門家に要求される知識であって、一般的な読書は、簡体字で十分用が足りる。

そして最近では、かなり特殊な古典でさえ、簡体字で読めるようになった。現代の「四庫全書」ともいうべき、大部な古典叢書「伝世蔵書」が出版されたからである。

よく知られているように、「四庫全書」は中国古典を網羅した全集である。清の乾隆帝の命により、ほぼすべての中国古典を経・史・子・集の四部門に分類、集大成したもので、一七八一年に完成した。

それからほぼ三百年後、「文化大革命」終息後の中国で、「四庫全書」の現代版ともいうべき「伝世蔵書」が出版された。

「伝世蔵書」が「四庫全書」と異なる主な点は、次の四項目に要約できるだろう。これらの諸点は、この新叢書を現代版と呼ぶ理由でもある。

一、「四庫全書」が排除した小説類が、大量に収められていること。

二、全編横書きに統一されたこと。

三、句読点が施されていること。

四、簡体字を用いていること。

まず、第一。孔子の「怪力乱神を語らず」という言葉（『論語』）が象徴するように、儒家の思想は虚構を低級なものとして排除して来た。そのため、古典全集であるはずの「四庫全書」に、三国・水滸をはじめ虚構の産物である小説類は収められなかった。

現代版「四庫全書」である「伝世蔵書」は、それら小説類に正当な地位を与え、過去に産み出された大量の作品を収録した。

次に、第二。専門の中国研究者は別として、一般の日本人は、現在の中国で新聞・雑誌・教科書などすべての出版物が、横書きに統一されていることを、案外知らない。五十代以下の中国人は横書きの世界で育って来ており、古典が横書きにされることに、何の違和感も持たない。むしろ古典に親しみを持つ契機とさえなるだろう。

次に、第三。「四庫全書」に収録された古典に、句読点は施されていない。したがって研究者は、自分で句読点を打ちながら読んでゆくのである。ところが今や、一般の日本人はもちろんのこと、専門の中国研究者でさえ、古典的漢文の読解力はかなり低下している。程度の差はあれ、中国でも事情は変らない。句読点のない「白文」は、読みづらくなっている。

王利器、章培恒といった篤実な学者たちが句読を施した「伝世蔵書」は、三十年、五十年後の読者を、古典に近づきやすくさせるだろう。

そして、第四。ほとんどすべての古典の簡体字化は、中国の一般の読者を古典に近づけるのに、有効な役割を果たすにちがいない。

品のない品詞論――『国民の歴史』を読んで

『国民の歴史』という八百ページもある分厚い本が、タダで送られてきた。いくつかの書評や紹介で、この本の「皇国史観」的正体は知っていたので、読む気もせず、またその時間もないので、積んでおいた。

しかしあることがきっかけで、何が書いてあるのかと、ちょっとのぞいてみた。私は「歴史」のことは専門外だが、何だかウサンくさいことが書いてあるなと思いながら、斜読みしているうちに、「漢字漢文は不完全な言語である」という一節にぶつかってびっくりし、俄然熱心に読みはじめた。

著者はいう。

「漢字漢文は不完全な言語である。情緒を表現することが出来ない。論理とか道筋とかを正確に伝えることができない。だいたい品詞の区別がない。名詞、動詞、形容詞、形容動詞の区別がない。……」

「情緒」や「論理」についての、実証ぬきのランボウな議論、それへの反論はすでに別のところ

（藤原書店刊『機』一〇九号所収「帰林閑話――中国語への蔑視」、本書五九頁）に書いた。そこでここでは、「漢字漢文」（ヘンな言葉だが）に「品詞」がないという無学でナンセンスな議論（？）について、少しふれておきたい。

なお、さきの文章にいう「形容動詞」などと称するものは、著者（編者？）が専門にしているらしいドイツ語にも、英語、フランス語にもない。――このあたりがこの本の議論の雑駁さ、ウサンくささを示しているのだが、それはさておき、事実について見てみよう。

国破山河在――国破れて山河在り

杜甫の有名な句だが、『国民の歴史』さん、「国」は、動詞ですか？　形容詞ですか？　もちろん名詞以外の何物でもないでしょう？　だとすれば「漢字漢文」に品詞の区別があるということになる。

また、「破」は名詞か？　「山河」は形容詞？　「在」は副詞？　それぞれ、動詞、名詞、動詞であることは、「漢字漢文」を習ったことのある中学生なら、誰でもわかるはずである。少し考察するところ、著者は「漢文」をチンプンカンプンとする従来の俗説、低俗な知識をひけらかしているにすぎない。ご自身、たぶん漢文は読めないのだろう。少しでも読めれば、こんな無知で軽薄なことは言えないはずである。

しかし一方、こういう事実もある。たとえば、

城春草木深――城春にして草木深し

この場合の「春」は、「国破」の「破」（動詞）と対をなし、動詞（「春になった」という情況描写）として使われている。

さらに次の例が示すように、「春」という言葉は、名詞、形容詞、副詞など、さまざまな機能を合わせ持っている。

晩春——名詞
春風——形容詞
春死——副詞

「春死」は「春に死す」と読む。

これらの事実は、「漢字漢文」に品詞がないという、中国語の言語としての不完全さ、貧弱さを示しているのではない。むしろ「漢字漢文」には、豊富で多彩な言語表現が可能なのだという証左とすべきであろう。

著者の草卒な断定は、事実認識の未熟さ、頭脳の貧弱さを示しているにすぎない。

それは、中華民族は劣った民族だという先入観に毒された、実証ぬきの、ためにする立論以外の何物でもない。

まことに「品」のない「品詞」論とでもいうべきか。

右から左へ

右から左へ、といっても、政治や思想の話ではない、「書きかた」の問題である。日本語を書く時、私たちの世代は子供の頃からタテ書きで育ってきた。本誌（『日本の科学者』）のようなヨコ書きには、なかなかなじめない。

ところでそのヨコ書きだが、これも子供の頃、看板などは右から書くのが普通だった。たとえば「やつかんと」は「豚カツ屋」の看板。「クルミ」は「ミルク」。……

新聞のヨコ書き見出しも同じで、戦時中から戦後のある時期まで、右書きがつづく。日本敗戦の日、一九四五（昭和二十）年八月十五日の『朝日新聞』、一面トップの大見出し、

るさ発渙詔大の結終争戦

そして翌一九四六（昭和二十一）年の年末（十二月二十八日）、同じ『朝日』の二段組み小見出し、

へ倒打　閣内田吉

つ起し応呼外内院

ところが先日、妹尾河童氏の小説『少年H』を読んでいて、驚いた。

太平洋戦争勃発の翌年、一九四二（昭和十七）年、小学六年のHが夏休みを終えて学校へ出てみると、突然ヨコ書きが右書きから左書きに変っていた、というのである。そして国語の先生は、次のように説明した。

今後は日本語を大東亜共栄圏の国々に広めて、アジア全域の言葉にする。外国人に日本語を教えるには、ローマ字に置き換える必要があり、ローマ字はタテ書きにできないし、右書きにもできん。そこでこの際、日本語も左ヨコ書きに統一した方がよいということになった。心配せんでもええ、そのうちに慣れるやろ。

少年Hはそれから毎日、新聞を開いてみて、びっくりする。

そこでは右書きと左書きがゴチャまぜになって、大混乱がつづいていた。ところがやがて新聞は、何の説明もなしに元の右書きに戻してしまう。

したがって、「学校では左から、新聞は右からで、混乱させられて迷惑だった」と少年Hは怒っている。

小説『少年H』には書いていないが、実は同じ一九四二年の夏休み前、当時の国語審議会が、「横書キニスル場合ハ左書キニスル」という答申を政府に提出していたのである。

しかしその実施は、右翼の猛反対にあってつぶされ、うやむやになってしまう。

この文章のはじめに、「右から左へ」といっても政治や思想の話ではない、と書いたが、残念ながら（?）、やはり政治・思想がらみの話になってしまった。

日本語の表記も、政治的に中立ではなかったのである。そして「右から左へ」という天下の趨勢は、巨視的に見れば、表記の世界でも動かしがたい事実であった。

辞書と私——それでも辞書なしでは暮せない

「辞書は信用できない」、正確にいえば、「辞書には信用できない所がある」。私がそう思ったのは、小学校低学年の頃だった。

当時私は家にある辞書を引きまくっていた。吉川英治の『宮本武蔵』や講談全集、日本偉人伝や少年少女世界文学全集の類を読みあさり、わからない言葉があると少しためておいて、兄の部屋にある辞書を引いた。

ところがあるとき、Aという言葉を引くとBのことだとあり、よくわからないのでBを引くとAを看よとある。シーソーゲームのようで、前へ進めない。そんな体験を何度かして、子供の私は辞書に不信感を持つようになった。

その印象は拭いがたくあとまで残ったが、やがて大人になって中国文学を専攻するようになり、今度は辞書の中身にかなり誤りがあることがわかって来て、新しい不信感が生まれた。

先日も『大漢和辞典』(大修館書店)を引いていて、また一つ誤り(というか不備)を発見した。「二毛」という言葉を引くと、「白髪まじりの老人。中老の人をいふ。二毛は、白い毛と黒い毛。

斑白」。とあって、『礼記』や『左伝』などが出典として引いてある。ところが晋《しん》・潘岳《はんがく》の「秋風賦」序の「余三十有二、始見二毛」という有名な文が引いてない。したがって四十歳を不惑といい（論語）、七十歳を古稀という（杜甫）のと同じく、三十二歳を二毛という場合のあることが、これではわからない。

たとえば白楽天が、「君に比べて校二《やや》毛の年に近し」とうたうのは、二毛の年の前年、すなわち三十一歳の作品中の一句である。しかし大辞典の説明だけでは、白詩の制作年代が推定できない。

私の手許の『大漢和辞典』十二巻には、各巻ごとの扉に平均それぞれ十数箇所ずつ、誤り（誤植、出典まちがい、孫引きによるまちがい、引用漢文の読みちがい等）がメモしてある。修訂版が出たようだが、書斎にそれを並べる空間も買う予算もないので、購入していない。あらかじめ広く修正意見を募り、修正箇所だけまとめた小冊子を売り出してもらうと有難いのだが、出版社としては採算が合わないのだろう。

ところでこうした大辞典に誤りがあるのは、著者の諸橋先生が悪いわけでも、出版社が無責任なわけでもあるまい。所詮人間の作ったものだから、誤りは避けがたい。諸橋先生とその協力者たちの仕事だったからこそ、この程度の誤りで済んだといえるのかも知れない。

しかしあの『広辞苑』（第四版第一刷、一九九一年）にとんでもない誤りを見つけたときには、驚いた。詳しくは小著『漢語の散歩道』（一九九七年、かもがわ出版）に書いたので、くりかえさないが、要するに中国の川渭水《いすい》を易水《えきすい》（これをイスイと読んだらしい）と勘違いしての誤りであった。

『広辞苑』編集部に連絡したところ、鄭重な詫びの返事が来て、その項目は第五版（一九九八年）では削除された。第一版（一九五五年）以来、いや『広辞苑』の前身『辞苑』（一九三五年）以来ずっと踏襲されて来た誤りで、そのもとは新村先生が利用された『画題辞典』（一九一九年）にあるらしい。約八十年間、誰も気づかずに来たのである。

「校正おそるべし」というが、この種のことも校正者の責任といえるのか、どうか。

先日もある出版社から新しい漢和辞典を送って来た。斬新な工夫が施してあるから使ってみてほしい、というのである。パラパラとページをめくっていて、途中フト違和感のようなものを感じ、目を凝らして見たら、やはり誤植がある。李白の詩の題が間違っている。単純なミスだが、すぐ出版社に知らせた。

辞書の誤り探しは、あまりよい趣味だとは思わない。しかし利用していて気づいたミスは、出版元に知らせるべきだろう。私は意識してアラ探しをしているわけではないが、気づいたらすぐ出版社に知らせることにしている。そのためか、あちこちの出版社から新しい辞書をタダで送って来る。おかげで私の机の周辺は、辞書だらけである。英・独・仏・露・中・日、そして大・中・小の字典、辞典、事典、数えたことはないが、百種をはるかに超えるだろう。

辞書を作ってくれないかという注文が、時に私のような者の所にまで来ることがある。当然そのつど断っている。私にはその力もないし、時間もない。誤りのない辞書はもちろんのこと、誤りの少ない辞書も作れそうにない。したがって他人さまが作られた辞書に対しては、偉そうに批判しながら、自分では作ろうとしない。

そして、相変わらず辞書に不信感を抱きながら、辞書なしでは暮せない毎日を送っている。

有言実行？——総理の靖国参拝に思う

二〇〇一年八月十三日「午後四時三十分」、「内閣総理大臣小泉純一郎」は靖国神社に参拝した。総理大臣は国家公務員である。午後四時三十分は勤務時間中である。

同じくかつて国家公務員だった私は、この記事を読んで、三十年前のことを思い出していた。一九七一年七月十五日「午前八時三十分」、私が委員長をつとめていた大学教職員組合は、賃金引上げと定員削減（リストラ）反対を要求して、一時間のストライキを行った。私は国家公務員（国立大学助教授）であり、「午前八時三十分」は勤務時間中だった。

私たちは要求の内容を伝えるべく、学長室におもむいた。しかし学長は、勤務時間中であるにもかかわらず、まだ出勤していなかった。

のちに私は、一時間の勤務を欠いたということを理由に、当日の賃金の一部をカットされ、さらに年末にはボーナスのうち「勤勉手当」の一部をカットされた。

その時間、職場に出ていた私の賃金を、出勤していなかった学長がカットしたのである。私たちはその不当性を訴えて、裁判闘争を起こした。十二年間の闘争の結果、私たちは全面敗訴した。

ところで「勤務時間中」に「総理」として参拝した小泉氏は、参拝直後に「公的とか私的とか、私はこだわりません」と言ったそうだ。しかし「公的」か「私的」かを決めるのは、小泉個人ではない。客観的事実が決める。「勤務時間中」に「公用車」を使い、「総理大臣」と記帳しておいて、どうして「公的」ではないのか。「私的」な参拝なら、「勤務時間外」にケイタイを持ってタクシーを拾い（警察が警備するのは勝手である）、「小泉純一郎」とだけ記帳すべきである。

かくて次のような問題が生じる。

①総理として「公的」に参拝したのなら（事実としてそれ以外に考えられぬが）、特定宗教への関与を禁じた憲法に違反する。

②私人としての行為なら、恣意的に職場を離脱したことになり、処分の対象となる。

ただし②の方は「国家公務員法」の「勤務時間」に関わることであり、特別職の総理、教育公務員の大学学長はその適用からはずされているので、問題はやはり①である。

ところで総理は参拝後、「私は口は一つだが、幸いにも耳は二つあり、虚心坦懐よく意見をきき、熟慮を重ねて決断した」と言っていた。しかし一方の耳で反対意見をきき、他方の耳で賛成意見をきくのではなく、一方の耳はふさいで、もっぱら賛成意見だけをきき、日程について「熟慮」しただけである。

しかも「言ったことは必ず実行する」と豪語しながら、十五日を十三日に変更した。耳は一つしかなく、舌が二枚あったと言うべきだろう。

バーKoKoRo

心という言葉は、漢字、平仮名、片仮名、そしてローマ字と、さまざまに書き分けられる。万葉時代には、己許呂なども書いた。しかし、耳できけば、「こころ」は一つである。

ところで心という漢字は、心臓の形をかたどった絵文字だという。だから文字としては単純なはずだが、実はなかなかのクセモノである。

たとえば心という漢字を音で読めば、シン。物のまん中を言う。この飯《めし》は生煮《なまにえ》で、シンがある。あの人と話していると、シンが疲れる。——この場合「こころが疲れる」とは言わない。同じ「心」だが、「こころ」と「シン」とは微妙にちがうのである。

シンは物のまん中だから、中心とも言う。ところがこれをひっくり返すと、とんでもないことになる。——心中。

日本語「ココロ」の語源は「コゴル（凝ル）」だというのが、最も有力な説の一つである。煮コゴリ。コリカタマル。

心中を「シンチュウ」と読めば、ただ「こころのなか」「胸のうち」ということだが、これを濁って「シンヂュウ」と読むと、とたんに深刻、哀切になる。

それは「こころ」がそもそも「コリカタマル」ものであり、その「こりかたまった胸のうち」を相手に献げようというのだから、情況によっては行きつく所が深刻、哀切になる。

これが「心」のこわいところである。

しかしそんな「こわい」心も、時にとぼけた味を見せる。

たとえば、心にまつわる漢字は、横に「リッシンベン」をつけたり、下に「心」をつけたりする。したがって⿰忄門と悶とは、ともに「もだえる」という同じ意味の字である。

ところが、忙と忘はどうか。「いそがしい」から「わすれる」のか。ひまなのにいつも忘れる人もいる。ともあれ「心」の位置で、全く違う意味の文字となる。

また心は体に一つしかないはずなのに、欲張って二つもつけている漢字がある。——惚。

この字、「ほれる」とも読み、「ぼける」とも読む。「ほれる」のは、「ぼけ」た証拠か。

くだらぬ漢字講義はさておいて、KoKoRoのママは、店に集まる老若男女のさまざまな「心」を、自由自在に遊ばせて、取りしきる。

客の誰がママの「心」を占めているのか、ママの「心」は客の誰に傾いているのか。それは誰にもわからない。

ママはいつも笑顔を忘れない。しかしあるいは次のような時も、あるのかも知れぬ。

丈夫《ますらお》は友の騒ぎに慰まる心もあらめ　われぞ苦しき

しかしそんな心の屈託はおくびにも出さず、KoKoRoのママは今夜も陽気にカラオケのマイクを握る。

VIII

日中復交三十年

日中きょう国交樹立

午前11時に共同声明

不正常に終止符

台湾帰属 中国の主張尊重

強いきずな希望 田中首相

友好発展を確信 周首相

日本側招宴で両首脳あいさつ

周首相も同行

『朝日新聞』1972年９月29日付

首相の無知——日中復交三十年に思う

今年、二〇〇二年は、日中国交回復三十周年に当たる。

三十年前、日本の首相は復交交渉のため中国へ渡り、北京のホテルで次のような自作の漢詩を報道陣に披露して、恥をさらした。

国交途絶幾星霜
修交再開秋将到
隣人眼温吾人迎
北京空晴秋気深

漢詩の最低要件である脚韻も踏まず、用語は和語、平仄《ひょうそく》などもちろん無視したこの作品（？）を、首相はテレビカメラに向けて自ら示し、翌日の新聞にはこれがレイレイしく掲載された。

当時私はこれに対し、「一見『漢詩』風」と題して本紙（『日中友好新聞』一九七三年三月九日号）に一文を寄せ、「懇切」に批判した。

ともあれそこには、当時の首相の世代がもつ漢詩・漢文への絶ちがたい「郷愁」と、それに伴わない漢詩・漢文への救いがたい「無知」が共存していた。

また過去の中国には、作詩を条件とする科挙の試験があり、大物の政治家たちはおおむねすぐれた詩人だったこと、その伝統は科挙のなくなった現代にも及び、三十年前の大物政治家たち、毛沢東、周恩来らがすぐれた詩人でもあったことへの「無知」、というよりは、彼らの作品を多分読みもせず、たとえ読んだとしても理解できない「無知」も、背後にあった。もしその知識があれば、いかに恥知らずでも、あんな作品（？）は公表できなかったにちがいない。

今の世代の日本の首相には、ああした珍妙な作品すらものし得ない、漢詩への無知の深化がある。そのためもはや「珍作」が創作発表されないのは、むしろ幸運と言うべきであろう。

ところが今の政治家たちの無知は、対中国だけでなく、最も親密なはずの米国へも及んでいる。「旗幟を鮮明にせよ」という英語を、海外に「日の丸の旗を立てよ」と誤訳したらしく、勇んで自衛艦をインド洋に派遣する。

これは政治家の「喜劇」だが、国民にとっては「悲劇」である。こうした政治家たちが繰り返し示す無知を一掃することは、ほとんど不可能に近いだろう。だとすれば、こうした政治家たちそのものを一掃するしかない。

日中復交三十年を契機に、日本の政治をダメにするだけでなく、文化をもダメにする政治家たちを一掃する運動が始まることに、期待する。

そうしないと、あの戦争という貴重な体験をした日本が、本当にダメになってしまうだろう。

而立の年

今年は日中国交回復三十周年に当たる。

三十年前、日本政府はアメリカの政策に追随してではあったが、日中両国の復交を実現した。私たちはこれに対して、心からの祝意を表明したが、文化大革命のさなか、中国は「文革」を支持しない私たちの祝意を、無視した。

しかし近年、中国は過去の誤りを認め、私たちとの関係も正常化し、交流が始まっている。復交三十年への私たちの祝意を、今回は中国も素直に受け止めてくれるだろう。

『論語』によれば、「三十而立」。三十歳は自立の年である。自立した中国に対して、私たちも自立の心、自立独立の精神で、一層交流を深めていく必要があるだろう。

とりわけ今年、日本は自衛艦隊を海外に派遣したまま、正月を迎えた。中国との関係を考えても、危険な法律が日本政府によって次々と整備されつつある。日中友好協会にとって、日中不再戦の活動が、一層現実味、重要性を帯びてくることを、自覚しなければならない。

日中交流と河上肇

今回、日中友好協会代表団が中国国際交流協会の代表と、三十三年ぶりに友好的に会談をした十月二十日は、たまたま河上肇の第百二十回目の誕生日だった。それはまた、河上肇が一九三三年、治安維持法違反の判決を受けて、小菅刑務所に収監された日でもある。出獄した翌年、一九三八年の同じ十月二十日、河上肇は「天は猶《な》お此の翁を活かせり」と題して、一篇の漢詩を作った。

秋風　縛に就いて　荒川を度《わた》りしは
寒雨　蕭《しょう》蕭《しょう》たりし　五載の前なり
如今《じょこん》　奇書を把《と》り得て坐せば
尽日　魂は飛ぶ　万里の天

ここにいう「奇書」とは、エドガー・スノウの中国革命ルポルタージュ『中国の赤い星』(英文)である。そして河上の魂が、尽日(一日中)飛翔しつづけたという「万里の天」は、革命進行中の中国の空であった。

私は今回の日中友好協会の「発表文書」を手にして、六十年前につくられた河上の漢詩を思い出していた。

かつて河上肇のマルクス主義に関する著作の多くが中国語に訳され、それらは中国の革命家たちに多大の影響を与えた。そして河上肇は、常に中国人民の味方であった。「三十三年の断絶」はほんとうに長かったけれども、それだけにわれわれの喜びもひとしおである。ようやく真の友好の道が開けたことを、地下の河上肇とともに心から歓迎したい。

IX　年頭雑感

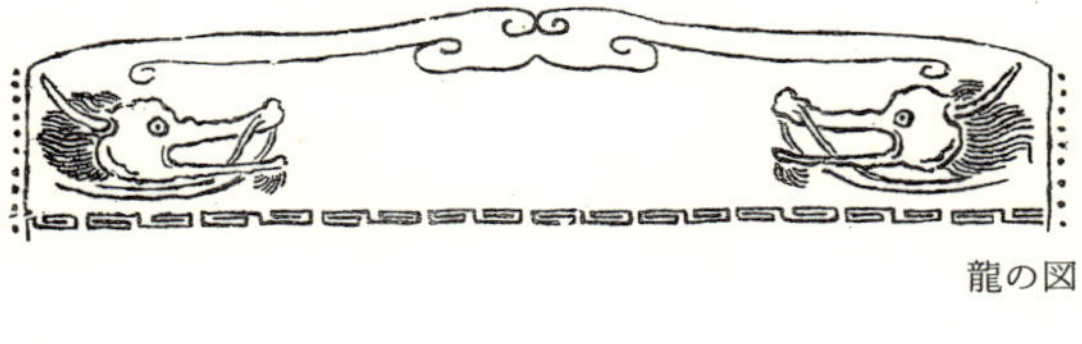

龍の図

龍いろいろ

「漢字の中で一番画数が多い字は？」ときかれると、たいていの人は「？」と首をかしげる。

しかしそれを調べるのは簡単で、『漢和辞典』についているいろいろなインデックスの一つ「総画索引」を引けばよい。その最後に出て来るのが、「一番画数の多い漢字」である。

ただし小さな漢和辞典ではダメで、最も大きな『大漢和辞典』（大修館書店刊）を引かねばならない。そこには「龍」という字を四つ重ねた文字が出ている。何と六十四画。音は、テツ。意味は、言葉が多い。多言。――なぜ龍が四つ寄ると、女が三つ寄った字（姦、かしましい）とほぼ同じ意味になるのか、よくわからない。

ところで今年は、タツ年。干支《えと》のタツは辰と書くが、これは牛を丑、馬を午と書くのと同じ当て字である。どうして十二支全部当て字を書くのか。これもよくわからない。

わからないことだらけで恐縮だが、十二支のうち十一匹は、鼠・牛・虎・兎・蛇・馬・羊・猿・鶏・犬・猪と実在の身近な動物であるのに、どうして龍だけが、空想上の動物なのか。

さて、龍という字は今は竜と書き、これが常用漢字だという。竜は龍の略字かと思っていたが、中国宋代の字書『集韻』は、「龍、古作竜」とあり、竜は龍の略字でなく、龍より先にできた古字だという。

とにかく「リュウ」についてはは知らないことだらけだが、古来中国では龍は鳳とともに最高の動物である。したがって天子の顔のことを龍顔といい、英雄・豪傑も龍にたとえて臥龍・伏龍などという。わが国でも伊達政宗を独眼龍と呼び、また特別の馬のことを龍馬というのも、そのたぐいである。

龍は中国専売のように思われているが、そうではない。西洋にはドラゴンがおり、これは中国渡来のものでなく、西洋原産である。そして何の関係もないことだが、タツ年の今年、「中日ドラゴンズ」は優勝をねらっている。

龍にまつわる話題はほかにも少なくない。しかし私がいま最もおもしろいと思っているのは、さきの四つの龍、すなわち「テツ」が、多弁をあらわす、という奇説である。

昨年はまことにヒドイ年で、「ジジコー（自自公）」という耳にするのさえきたならしい勢力によって、好き放題なことがされた。今年は総選挙の年、タツ年にちなみ、みんなで寄ってたかって多弁多言、政治の風を大いに吹かせよう。そして龍頭蛇尾に終わらぬよう、胸のすくような年にしたいものである。

千年前の日本と中国——清少納言と白楽天

いよいよ二十一世紀、二〇〇一年を迎えた。

ところで『世界史年表』（岩波書店、一九九四年）を繰ってみると、一〇〇一年、すなわち今からちょうど一千年前の「日本」の項に、

この頃、『枕草子』成る。

とある。

一千年前に女性が文学者として活躍し、しかもその名が文学史の中に大書されている国は、世界にもあまり例がない。

その清少納言の『枕草子』に、次のような一節がある。

書《ふみ》は文集《もんじゅう》、文選《もんぜん》、……

読むべき（中国の）書物の第一は「文集」、すなわち『白楽天詩集』だ、というのである。

一千年後の今日、「読むべき本の第一は？」とあなたが問いかけられたら、何と答えますか。

一千年前の清少納言の言葉は、現代の私たちに、実にさまざまなことを考えさせる。

虫の話

本誌のタイトルは『風を起す』だが、「風」の中にはなぜ「虫」がいるのか。それは、風が吹くと（とりわけ春の風が吹けば）虫が一斉に動き出すからだ。中国最古の字書『説文解字』に、「風動キテ虫生ズ」。

ところで日本では、支持率一〇パーセント台という情ない総理が居坐ったまま、二十一世紀を迎えた。八〇パーセント以上の人が、「ムシの好かん奴だ」と思っているのだから、国民としては「腹のムシが収まらん」のが当然ではないか。

二十世紀の百年、庶民は権力によって「虫ケラ」のように扱われて来た。二十一世紀こそ、その「虫ケラ」たちが起ち上がり、政権をとり替えてしまう世紀ではないか。

さきの字書には、「虫ハ一名蝮《まむし》ナリ」とある。「蟲」がムシで、「虫」はマムシだ、というのである。

マムシは蛇だ。今年はそのヘビ年である。風を起こし始めるのに、最もふさわしい年ではあるまいか。

X　交遊録

本田創造氏

本田創造さんと岩波新書と私

本田創造という名をはじめて知ったのは、今から三十七年前、一九六四年のことだった。岩波新書『アメリカ黒人の歴史』が出版された年である。本田さん四十歳、私は三十五歳だった。

専門外の本だが、テーマに惹かれて買い、一気に読んだ。当時まだ若くて生意気だった私は（今でも生意気だが）、この人は社会科学者のくせに文章の書ける人だな、と思った。

この小さな本から、私は多くの知見を得た。アメリカについて、アメリカの黒人について、ほとんど無知だった私は、この本から多くの知識を得た。いや知識だけでなく、学問と思想の「方法」についても、深く納得する所があった。そして何よりも、文章がよかった。

その本田さんが神戸に来る、一橋大学から私のつとめていた神戸大学に移って来られる、と聞いたのは、岩波新書を読んで三年ほど後のことだった。

私はひとりひそかに期待し、待ち受けていた。本田さんの方は私のことを知らないだろうから、いわば片思いのようなものである。

しかし本田さんは、私のことをちょっぴり知っていたらしい。初対面の二人は、たちまち意気投合した。いや、意気投合というのは、これも生意気な言い方で、私の方が勝手に、スゴイ人だな、思っていた通りの深い人だな、と感じ、すっかり気に入ってしまっただけのことかも知れない。

六甲山の中腹に居を構えた本田さん一家と、やがて家族ぐるみの交際がはじまった。私たち夫婦は幼い娘二人を引き連れて本田家を襲い、本田さんご夫妻も小さなお嬢さん二人を連れて、居間から瀬戸内海の見えるわが家を、時々訪ねて来られた。

私は本田さんの下のお嬢さん「フーさん」と、特別の仲になった。といっても当時フーさんは、二、三歳の幼児である。なぜ私がフーさんを特別気に入り、フーさんも「フーのチュキの一海シェンシェ」といってわたしの膝にのってきたのか、よくわからない。

フーさんの本名は、史緒である。本田さんは経済学部の出身だが、彼が最も愛した学問は「歴史」、「歴史学」であった。その思いが、「史緒」という名にこめられていたらしい。フーさん自身はもちろんそんなことは知らず、縁もゆかりもない中国文学研究者の私と手をつないで、六甲の坂道を二人だけでよく散歩した。

本田さんと知り合って二年ほど経った頃だったろうか。本田さんは話のついでにといったさりげない調子で、「岩波新書の一冊に陶淵明のことを書いてみませんか」と言われた。

突然の申し出に私は面食らったが、本田さんはそれまでに、私が書いた陶淵明に関する二冊の本をひそかに読んでおられたらしく、「今度の夏休みに二人で岩波の人に会いましょう」と誘われた。

その夏、私は本田さんといっしょに岩波新書編集長の岩崎勝海さんと会った。神田のうなぎ屋だった。よく知られているように本田さんはグルメで、私はしばしばご馳走になったが、そのうなぎ屋も本田さんご指名の店だったらしく、とびきり旨かった。

私は大学院生の頃から陶淵明の研究をはじめ、すでに二冊の本を書いていたものの、淵明という詩人はとても奥が深くて、一筋縄ではとらえられず、あらためて岩波新書一冊を書く自信はなかった。

当時私は淵明研究を中断し、別のテーマを追いかけていた。淵明は六十三歳で亡くなったのだが、私自身もし六十三歳まで生きていたら、淵明のことがもう少しわかるかも知れない、その時淵明に復帰しよう、そう考えていた。

結局その時は本田さんと岩崎さんの期待にそえず、私が岩波新書の最初の一冊として書いたのは、全くテーマのちがう『河上肇詩注』(一九七七年)だった。

しかし私は、本田さんの推輓と期待を忘れていたわけではない。うなぎが夢に出て来てうなされる、というほどではなかったが、責めは果たさねばならぬ、と思いつづけて来た。

それが果たせたのは、最初に本田さんの誘いがあってから二十年以上後のことである。一九九七年、岩波新書の一冊『陶淵明』はようやく陽の目を見た。それは本田さんの眼力の確かさの証明であったかも知れぬが、私の遅鈍さの証明でもあった。その時いただいた本田さんからの、ちょっぴり批判の気味をこめた祝い状を、私は手許の篋底に置き、時々読み返している。

それから四年、まさか本田さんが草卒として私たちの前から姿を消されるとは、思ってもいなかった。今年の五月五日、喜寿の誕辰を迎えられる本田さんに、私は澄泥硯というちょっと珍しい小さな硯を贈って、ますますのご健筆をと言うつもりだった。しかしそれも空しいことになってしまった。

八年前、私が神戸大学を停年退職した時、友人たちが寄ってたかって私を亡き者にし、『生前弔辞——一海知義を祭る』という変な本を出した。その冒頭を飾るのが、本田さんの私に対する「生前弔辞」である。私は今あらためてそれを読み返し、本田さんの限りなく誠実な人柄と、学者としての深い素養とを感じる。

何ということだろう。今度は私が本田さんに弔辞をささげねばならぬとは。この「弔辞」は、本田さんの「生前」に書いて、ご本人に読んでもらいたかった。

ほんとうに惜しい人を亡くしてしまった。

硬骨のひと　藤原良雄

赤いバラをつけてあいさつをしろ、ということですが、パチンコ屋の開店祝いみたいで、照れくさいので外させていただきます。藤原さん、というとなんだかよそよそしいので、失礼ですけど、いつも呼んでいるように、藤原君、と呼ばせていただきますが、十年間本当にごくろうさまでした。おめでとうございます。社員の方々にも心からお祝いを申し上げげます。

十年ひと昔といいますが、実は私は二十年前、藤原君と知り合いになりました。河上肇の生誕百年祭という行事が二十一年前の一九七九年にございまして、その年に杉原四郎さんと私と二人で書いたものを藤原君が一冊の本にまとめてくださって、出していただいたのがおつきあいのはじまりです。その当時、藤原君は新評論という出版社の編集長をしておられまして、たぶん三十ちょっとすぎくらいの新進気鋭の編集者で、私も新進気鋭の執筆者、だったらよかったんですが、私の方はすでに少しくたびれておりました。以後、『河上肇』という題の本を、最初は「学問と詩」、次に「芸術と人生」、そして「人と思想」、そんなサブタイトルを付けて三冊も出していただきまして、そのあと私の随筆集みたいなものも出していただきました。新評論におられた十年くらいのあいだに、四冊も私の本を出していただいたのです。

なんで私みたいなしょうもない人間の本を出していただいたのかよく分らない。藤原君というのは、いわばこうこつのひと、こうこつのひとといってもボケ老人の意味ではなくて、骨の硬い硬骨のひとなんですが、私は文学を専門とする軟弱な人間です。私のような人間の文章を、どうして本にしていただけるのか、相当度量の大きいひとだな、とずっと感じているわけです。

それだけでなくてみなさんご存じだと思いますが、『機』という機会の機という一字のタイトルの雑誌を出しておられ、それに私は五年余り飽きもせずに短い文章を書かせていただいているんですね。藤原君はなんにもいわない。ときどき、おもしろいな、てなことを言うだけで、書かせっぱなしで、いつまで続くのか、もうそろそろやめろとおっしゃらないものですから、厚かましい私はあいかわらず書き続けているんですが、そういう心の広いというか、度量が大きいというか、そういうところがあります。

ところでさきほどの雑誌のタイトル、「機」という漢字は、木へんに幾つという字を書きます。右側の「幾」の上半分に絲《いと》という字の一部が見えるように、もともと糸をつむぎ出すハタ織りの機械をさす字でした。そこから「しかけ」「からくり」「はずみ」「チャンス」といった意味が派生して出てきたのです。

藤原君があの雑誌になぜ『機』というタイトルをつけたのか、よく知りません。しかしなかなか読みが深かったといえるでしょう。なぜなら藤原君が十年前に独立したとき、それは一つの

「チャンス」でしたし、その後彼は世の中の、あるいは歴史の「からくり」を解明する仕事を、次々と「つむぎ出し」てきたわけです。

話は変わりますが、去年という年、一九九九年は非常に嫌な年で、自自公という、耳にするだけでも汚らしい集団が、好き勝手なことをした年でした。そういう政治のからくり、あるいは世の中のからくり、そして歴史のからくりを本質的に解明するようないい本を、藤原書店は今後も出し続けていただきたいということをお願いし、期待しまして、私のお祝いの言葉といたします。

七冊の本

私にとって、藤原書店との十年は、藤原良雄という個性との十年だった。ただし藤原君とのつきあいは、更に十年さかのぼる。

はじまりは一九七九年。河上肇生誕百年に当る年だった。当時新評論にいた藤原君は、杉原四郎先生を誘い、私をもまきこんで、共著『河上肇――学問と詩』を書かせた。生誕百年と銘打ったこの本は、いささか売れたようで、藤原君は私たち二人を更に挑発し、『河上肇――芸術と人生』『河上肇――人と思想』と、三部作を完成させた。

藤原君は、硬派の士である。私は軟弱な一文士にすぎぬ。しかるに何を勘違いしたのか、そのご私に随筆集をと、誘惑した。

新評論は、社会科学系の本を出している、硬派の出版社だ。そこから私のような者の随想集を出した。冒険だったにちがいない。本はやはりあまり売れなかったようだ。

藤原君はそれにも懲りず、新評論のPR誌に毎号エッセイ、「読書人余話」というノンキなエッセイを、連載させた。

連載が十五回で終ったころ、藤原君は独立し、藤原書店を創めた。相変らず社会科学系の硬派の本ばかり出したが、その個性がジャーナリズムの評判を呼び、硬いのによく売れると不思議がられた。

藤原書店の本は、やがて少しずつ幅を広げて行く。本来の「志」は、牢固として動かしがたいものを感じさせるが、幅が広くなり、私のような者でも、また三冊の本を出し、PR誌『機』に別の連載をつづけている。

藤原君は恐い社長らしく、編集者はみな礼儀正しい。礼儀正しいだけでなく、誠実である。連載担当者は私の小文に対して、毎号率直な感想を送ってくる。六年間に、清藤・山本・刈屋・西之坊・西と変ったが、感想文は一号も欠けたことがない。私はそれらをとじて、全部保存している。不況の中、この社長と社員あるかぎり、藤原書店に不安はない。

XI

大学を離れて

マンガ似顔絵（奥野有山画）

七年間の収穫——退職にあたって

七年前、国立大学からこの大学へ移ろうとしていたとき、経験者の先輩に言われた。「私学の学生は私語が多いよ。とても授業にならないから、覚悟して行きたまえ」。「私」学の「私」語とは語呂合わせか、とあまり気にせずに講義を始めたが、この七年間、私語になやまされたことはほとんどない。

百人を越える教室でも、私語が聞こえるのは最初の一、二回だけで、あとは無気味なほど静かだった。

私の講義が「落語」に似ていたからかも知れない。隣同士しゃべっていると、みんながどっと笑ったとき、自分たちだけとりのこされる。ソンをしたような気になるのだろう。次は笑ってやるぞ、と待ちかまえているから、静かになる。

おかげで七年間、気持ちよく授業をさせてもらった。

気持ちよく過ごさせてくれたのは、学生諸君だけではない。同僚や職員の皆さんも、老人をいたわる気持ちにあふれていて、不快な気分を味わったことは、これまたほとんどない。

授業のコマ数は、国立大学よりも多かったけれども、役職や委員などは、私の無能を見こしてのことか、あまり割り振られず、おかげで自分の時間をかなり持つことができた。

その時間を使って、この七年間に十冊ほどの本を書かせてもらった。書名を挙げるのはいかにも自慢たらしいが、神戸学院大学人文学部がいかに研究者にとってよい所かを示す証拠として、自慢させていただく。

『典故の思想』（藤原書店、94年）『漱石全集』第一八巻（漢詩文訳注、岩波書店、95年）『儒者』（江戸漢詩選2、共著、岩波書店、96年）『風』（一語の辞典、三省堂、96年）『漱石と河上肇――日本の二大漢詩人』（藤原書店、96年）『陶淵明――虚構の詩人』（岩波新書、97年）『漢語の散歩道』（共著、かもがわ出版、97年）『漢詩入門』（岩波ジュニア新書、98年）『詩魔――二十世紀の人間と漢詩』（藤原書店、99年）『釣魚台国賓館漢詩・書道集錦』（漢詩訓読・語釈、三省堂、99年）

一九九九年五月、古稀（すなわち七十歳）を迎えた私は、「老後の生活」と題する一篇の駄文を弄した（本書二七頁所収）。

その要旨を摘録すれば以下の如くである。

――退職後の私は、朝起きるとまず握り飯を作る。それを持って市バスと地下鉄を乗り継ぎ、神戸市立中央図書館に向かう。神戸市の老人パスを持っている私は、バスも地下鉄もタダである。一日の費用は、握り飯代だけ。

図書館には、恩師吉川幸次郎先生の厖大な蔵書が収められている。私のために図書館が用意してくれたデスクで、私は先生の蔵書（漢籍）をひもとき、時に原稿を書く。

しかし毎日図書館にだけ通っているわけにはゆかぬ。本代をかせぐために、時々カルチャーセンターの講義に出かける。とぼしい年金だけでは、本が買えぬからである。

カルチャーが終った後にも、図書館に寄る。夕刻、またタダでバスと地下鉄にゆられて、家路につく。

今後は右の一文の如きノンキな毎日を送ることになり、孜々として働いておられる皆さんには、まことに申訳ない。おわびと感謝の心をのこして、私は消えてゆく。さようなら。

独酌三杯妙　高眠一枕安

教授会の時間が長すぎるという唯一の欠点を除けば、まことに快適な七年間を過ごさせていただき、有難うございました。同僚の教員と職員の皆さんに心よりお礼を申し上げます。

しかし反省してみれば、私個人にとって快適だったということは、裏返していえば、大学や学部にたいして何の貢献もしなかったということでもあります。その点では忸怩たるものがありますが、それも私の無能を見越して、雑事（？）に関わらせず、静かな時間を与えてくださったものと、感謝しています。

最近はボケ防止になると聞かされて、若い同僚からパソコンの操作を伝授され、小学生の孫娘とメールの交換を楽しむことができるようになったのも、古色蒼然たる国立大学からハイカラな私学に移って来たおかげかと、喜んでいます。そしてこの春からは国会図書館の蔵書が検索できると聞いて大いに期待しています。

ところで、昨今の大学をとりまく状況はいよいよ厳しく、君はいいときにやめるなあ、と羨ましがられることがよくあります。しかし大学のみでなく、世の中全体がヘンな方向へむかっているのではないかと、私のような戦中派には思えます。あまり口はばったいことは申せませんが、私は子供や孫の世代のために、世の中の不条理をできるだけ減らし、また逆コースをくいとめるべく、残り少ない晩年を過ごせたらと思っています。

それにしても私にとって、今後の毎日は、

独酌三杯妙　独酌　三杯の妙
高眠一枕安　高眠　一枕　安らかなり

といった生活が待っているはずですので、連日孜々として働いておられる皆さんに対して申訳なく、お詫びと感謝の気持をこめて、お別れの挨拶を送ります。

初出一覧

I　**帰林閑話**　（五四回―九五回）『機』八六号―一二八号（藤原書店）一九九八・十―二〇〇二・七／八

II　**河上肇断章**

河上肇生誕百二十年に寄せて　『河上肇記念会会報』六五号　一九九九・九・九
河上肇と現代の世相　『大阪民主新報』一九九九・十・三
河上全集をめぐる人々　『朝日新聞』夕刊　一九九九・四・十三
いま、なぜ河上肇か　『河上肇記念会会報』六六号　二〇〇〇・一・一
新発見の漢詩　『山口河上肇記念会会報』二四号　二〇〇〇・六・一
河上肇　巳年の詩　『日中友好新聞』二〇〇一・一・五
河上肇年譜瑣記　『河上肇記念会会報』六九号　二〇〇一・二・十五
「河上秀とは何者であったか」『河上肇記念会会報』七二号　二〇〇二・一・十五
河上会での挨拶
一　山口河上会総会での挨拶　『山口河上肇記念会会報』二二号　一九九八・十・三十
二　河上会会報六〇号記念　（原題「世話人代表あいさつ」）『河上肇記念会会報』六二号　一九九八・十二・二十
三　二十一世紀に向けて　（原題「世話人代表挨拶」）『河上肇記念会会報』六九号　二〇〇一・二・十五
四　新発見の書軸と書簡　（原題「代表挨拶」）『河上肇記念会会報』七二号　二〇〇

二・一・十五

III　中国への旅

江南紀行断章　『橄欖』九号（宋代語文研究会）　二〇〇〇・十二・一
陸放翁と芝居見物　『火鍋子』（翠書房）五二号　二〇〇一・六・一

IV　中国文学史点描

韻文の時代から散文の時代へ　石川九楊編『書の宇宙』（二玄社）第一七巻所収　一九九八・十二
中国古典文学の中の方位（原題「中国古典文学――方位を彩る知的源泉」）『方位読み解き事典』（柏書房）二〇〇一・六・十五
陶淵明「桃花源記」――現実的なユートピア　『しんぶん赤旗』一九九九・五・十七
詩人の年齢　『月刊健康』九八六号　一九九八・十二
原爆と中国の詩人たち　『神戸南京大虐殺絵画展報告集』（同実行委）　一九九九・七・二十六

V　日本の漢詩

大津皇子の漢詩――「倒載」考　『一海・太田両教授退休記念中国学論集』（翠書房）　二〇〇一・四・三十
初期の詩――鷗外と漱石　『鷗外歴史文學集』第一三巻付録月報九（岩波書店）　二〇〇一・三・二十六

VI　詩を読む会

読游会三則　『〈読游会陸周年記念〉読游会札記』（読游会）　一九九九・五・十五
バールフレンド　『機』九〇号　一九九九・二・十五

VII　文字と言葉

日本語の中の漢字文化　『環』四号（藤原書店）　二〇〇一・一・三十
憲法の文体——その保守性と進歩性　『憲法しんぶん』三六四号（憲法改悪阻止兵庫県各界連絡会議）　二〇〇一・二・三
「貨」「幣」という文字の原義と歴史　『環』三号　二〇〇〇・十・三十
簡体字と中国古典——新しい四庫全書「伝世蔵書」　『しにか』（大修館書店）八巻四号　二〇〇一・四・一
品のない品詞論——『国民の歴史』を読んで　『日中友好新聞』二〇〇〇・十一・十五
右から左へ　『日本の科学者』三九五号　二〇〇〇・十二・一
辞書と私——それでも辞書なしでは暮せない　『図書新聞』二五二九号　二〇〇一・四・十四
有言実行?——総理の靖国参拝に思う（原題「耳は一つ舌が二枚——総理の靖国参拝に思う」）『日中友好新聞』二〇〇一・九・五
バーKoKoRo（原題「心・こころ・ココロ・そしてKoKoRo」）『こころ粋』（ぷちはうすKoKoRo）二〇〇〇・二・六

VIII　日中復交三十年

首相の無知——日中復交三十年に思う　『日中友好新聞』二〇〇二・一・五
而立の年　『日中友好新聞』兵庫県版　二〇〇二・一・五
日中交流と河上肇　『日中友好新聞』一九九九・十一・二十五

Ⅸ　年頭雑感

龍いろいろ　『日中友好新聞』二〇〇〇・一・五
千年前の日本と中国——清少納言と白楽天　『草の根』九二号（日本共産党栄・木幡後援会）二〇〇一・一・一
虫の話　『風を起こす』（兵庫県日本共産党文化後援会）　二〇〇一・一・一

Ⅹ　交遊録

本田創造さんと岩波新書と私　『毅然として——本田創造追悼文集』（同編集委員会）　二〇〇一・六・九
硬骨のひと　藤原良雄　『機』一〇一号　二〇〇〇・二・十五
七冊の本　『藤原書店　十年の歩み』（藤原書店）　二〇〇〇・一・一

Ⅺ　大学を離れて

七年間の収穫——退職にあたって　『フマニスタ』一八号（神戸学院大学人文学会）　二〇〇〇・一・二十
独酌三杯妙　高眠一枕安　（原題「惜別の辞」）『神戸学院大学学内報』（神戸学院大学）　二〇〇〇・五・一

著者紹介

一海知義（いっかい・ともよし）

1929年　奈良市に生まれる
1953年　京都大学文学部卒業
現　在　神戸大学名誉教授
専　攻　中国文学
主　著　『陸游』岩波書店，『陶淵明』『史記』筑摩書房，『漢詩一日一首』平凡社，『河上肇詩注』岩波書店，『河上肇と中国の詩人たち』筑摩書房，『河上肇・学問と詩』『河上肇・芸術と人生』『河上肇・人と思想』（共著）新評論，『河上肇そして中国』『漢語の知識』岩波書店，『読書人漫語』新評論，『知っているようで知らない漢字』講談社，『典故の思想』『漱石と河上肇──日本の二大漢詩人』『詩魔──二十世紀の人間と漢詩』藤原書店，『風』（一語の辞典）三省堂，『漢語の散歩道』（共著）かもがわ出版，『陶淵明──虚構の詩人』『漢詩入門』岩波書店，『新井白石』（共著）研文出版，『漢字の知識百科』（共著）三省堂，他

閑人侃語《かんじんかんご》

2002年11月30日　初版第1刷発行©

著　者　一海知義
発行者　藤原良雄
発行所　株式会社　藤原書店

〒162-0041　東京都新宿区早稲田鶴巻町523番地
電　話　03（5272）0301
FAX　03（5272）0450
振　替　00160-4-17013
印刷・製本　中央精版

落丁本・乱丁本はお取替えいたします
定価はカバーに表示してあります

Printed in Japan
ISBN4-89434-312-6

弱者の目線で

弱いから折れないのさ

岡部伊都子

四〇年近くハンセン病の患者を支援してきた岡部伊都子が、弱者の目線で綴った珠玉の随筆集。戦争、差別、環境について、潤いのある文章で、奥深く書き綴られた文章を収める。

題字・題詞・画＝星野富弘

四六上製　二五六頁　**二四〇〇円**
（二〇〇一年七月刊）
◇4-89434-243-X

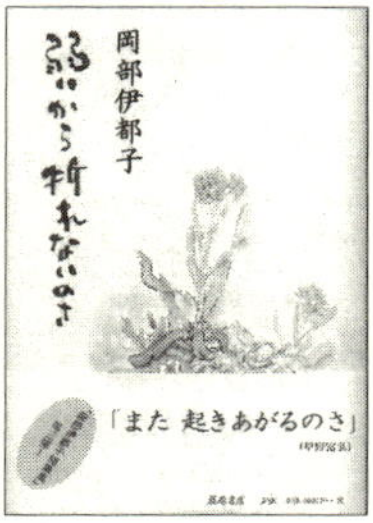

賀茂川の辺から世界に発信

賀茂川日記

岡部伊都子

京都・賀茂川の辺りから、筑豊炭坑の強制労働や、婚約者の戦死した沖縄……等を想い綴られた話題連載を収録。他に読書を心の深いよりどころとする著者の「こころに響く」十二の文章を選び、独自の解説を加える。

Ａ５変上製　二三二頁　**二〇〇〇円**
（二〇〇二年一月刊）
◇4-89434-268-5

語られた生の言葉を伝える

岡部伊都子講演集

岡部伊都子

時代の節目節目で、社会の抱える問題——戦争、沖縄、女性、ハンセン病、同和問題——に関して積極的に発言してきた随筆家、岡部伊都子。それらの数々の講演から選りすぐりの数篇を、語られた生の言葉を活かしながら編んだ講演録。

（近刊）

珠玉の言葉を紡ぐ〝声〟

〈藤原ＣＤライブラリー〉

岡部伊都子講演集　全四巻

「体の弱い、無力な私にできること、それは言いたいことを言うこと」——繰り返し訴えてきた反戦、平和、そして生命の尊さについての発言、その生の声を、語られたその当時のまま再現したＣＤ版の講演集。

（今秋刊行予定）

生きること、学ぶことの意味を問い続けた思想家

内田義彦セレクション

（全４巻別巻一）　　　四六変上製　平均270頁

〔推薦〕木下順二　中村桂子　石田 雄　杉原四郎

我々はなぜ専門的に「学ぶ」のか？
学問を常に人生を「生きる」ことの中で考え、「社会科学」という学問を、我々が生きているこの社会の「現実」全体を把握することとして追求し続けてきた思想家、内田義彦。今「学び」の目的を見失いつつある学生に贈るという意図をこめ、「内田義彦セレクション」としてその珠玉の文章を精選した。芸術と学問、社会と学問、そして日本自生の学問を問う。

内田義彦（1913–1989）

「私は、自分の眼を働かせるといっても、その眼の中に社会科学が入っていないと――つまり、学問をおよそ欠いた日常の眼だけでは――本当に世の中は見えて来ないと思う。（『生きること　学ぶこと』より）」

尖鋭かつ柔軟な思想の神髄

形の発見

内田義彦

専門としての経済学の枠を超える、鋭くかつしなやかな内田義彦の思想の全体像に迫る遺稿集。丸山眞男、木下順二、野間宏、川喜田愛郎、大江健三郎、谷川俊太郎ほか各分野の第一人者との対話をはじめ、『著作集』未収録（未発表も含む）作品を中心に編集。

四六上製　四八八頁　**三四九五円**
（一九九二年九月刊）
◇4-938661-55-1

われわれは、なぜ「学ぶ」のか

内田義彦セレクション　1

生きること　学ぶこと

名著『作品としての社会科学』（大佛次郎賞受賞）『資本論の世界』の著者であり、「学問」の意味を「生きる」ことと切り離さず問いつづけた経済学者、内田義彦。その珠玉の作品を精選した、内田義彦集の決定版、ついに発刊。第一巻は今学びの門の前にある人に向けて編んだ「学問」入門。

四六変上製　二七二頁　**二〇〇〇円**
（二〇〇〇年六月刊）
◇4-89434-178-6

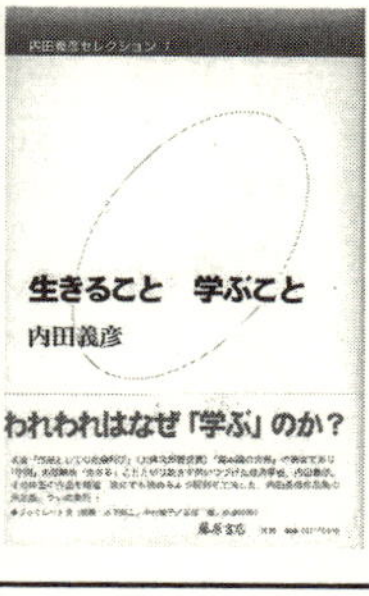

文化大革命の日々の真実

中国医師の娘が見た文革

（旧満洲と文化大革命を超えて）

張　鑫鳳（チャン・シンフォン）

「文革」によって人々は何を得て、何を失い、日々の暮らしはどう変わったのか。文革の嵐のなか、差別と困窮の日々を送った父と娘。日本留学という父の夢を叶えた娘がいま初めて、誰も語らなかった文革の日々の真実を語る。

四六上製　三一二頁　二八〇〇円
（二〇〇〇年二月刊）
◇4-89434-167-0

民族とは、いのちとは、愛とは

愛することは待つことよ

（二十一世紀へのメッセージ）

森崎和江

日本植民地下の朝鮮で育った罪の思いを超えるべく、自己を問い続ける筆者と、韓国動乱後に戦災孤児院「愛光園」を創設、その後は、知的障害者らと歩む金任順《キムイムスン》。そのふたりが、民族とは、いのちとは、愛とは何かと問いかける。

四六上製　二二四頁　一九〇〇円
（一九九九年一〇月刊）
◇4-89434-151-4

最新の珠玉エッセー集

いのち、響きあう

森崎和江

戦後日本とともに生き、「性とは何か、からだとは何か、そしてことばとは、世界とは」と問い続けてきた著者が、二一世紀を迎えるいま、環境破壊の深刻な危機に直面して「地球は病気だよ」と叫ぶ声に答えて優しく語りかけた、〝いのち〟響きあう感動作。

四六上製　一七六頁　一八〇〇円
（一九九八年四月刊）
◇4-89434-100-X

日本人になりたかった男

ピーチ・ブロッサムへ

（英国貴族軍人が変体仮名で綴る千の恋文）

葉月奈津・若林尚司

世界大戦に引き裂かれる「日本人になりたかった男」と大和撫子。柳行李の中から偶然見つかった、英国貴族軍人アーサーが日本に残る妻にあてた千通の手紙から、二つの世界大戦と「分断家族」の悲劇を描くノンフィクション。

四六上製　二七二頁　二四〇〇円
（一九九八年七月刊）
◇4-89434-106-9

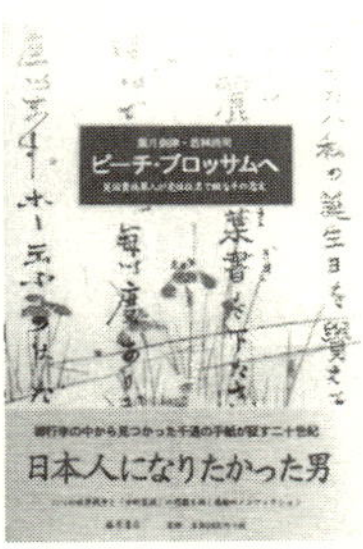

日本近代は〈上海〉に何を見たか

言語都市・上海 〔1840–1945〕

和田博文・大橋毅彦・真銅正宏・竹松良明・和田桂子

横光利一、金子光晴、吉行エイスケ、武田泰淳、堀田善衞など多くの日本人作家の創造の源泉となった〈上海〉を、文学作品から当時の旅行ガイドに至る膨大なテキストに跡付け、その混沌とした多層的魅力を活き活きと再現する、時を超えた〈モダン都市〉案内。

A5上製　二五六頁　**二八〇〇円**
(一九九九年九月刊)
◇4-89434-145-X

パリの吸引力の真実

言語都市・パリ 〔1862–1945〕

和田博文・真銅正宏・竹松良明・宮内淳子・和田桂子

「自由・平等・博愛」「芸術の都」などの日本人を捉えてきたパリへの憧憬と、永井荷風、大杉栄、藤田嗣治、金子光晴ら実際にパリを訪れた三一人のテキストとを対照し、パリという都市の底知れぬ吸引力の真実に迫る。

A5上製　三六八頁　**三八〇〇円**
(二〇〇二年三月刊)
◇4-89434-278-2

全く新しい読書論

奔放な読書 〔本嫌いのための新読書術〕

D・ペナック
浜名優美・木村宣子・浜名エレーヌ訳

斬新で楽しい「読者の権利一〇ヵ条」の提唱。①読まない②飛ばし読みする③最後まで読まない④読み返す⑤手当たり次第に何でも読む⑥ボヴァリスム⑦どこで読んでもいい⑧あちこち拾い読みする⑨声を出して読む⑩黙っている

四六並製　二一六頁　**一四五六円**
(一九九三年三月刊)
◇4-938661-67-5

COMME UN ROMAN　Daniel PENNAC

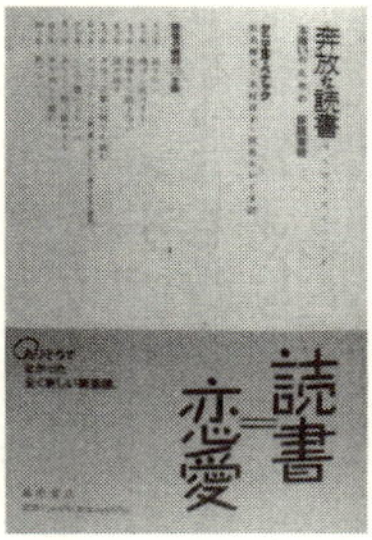

心理小説から身体小説へ

身体小説論 〔漱石・谷崎・太宰〕

石井洋二郎

遅延する身体『三四郎』、挑発する身体『痴人の愛』、闘争する身体『斜陽』。明治、大正、昭和の各時代を濃厚に反映した三つの小説における「身体」から日本の「近代化」を照射する。「身体」をめぐる読みのプラチックで小説論の革命的転換を遂げた問題作。

四六上製　三六〇頁　**三二〇〇円**
(一九九八年一二月刊)
◇4-89434-11-6

漢詩の思想とは何か

漱石と河上肇

〈日本の二大漢詩人〉

一海知義

「すべての学者は文学者なり。大なる学理は詩の如し」（河上肇）。「自分の思想感情を表現するに最も適当する」手段としてほかならぬ漢詩を選んだ二人。近代日本が生んだ最高の文人と最高の社会科学者がそこで出会う、「漢詩の思想」とは何かを碩学が示す。

四六上製　三〇四頁　**二八〇〇円**
（一九九六年一二月刊）
◇4-89434-056-9

本当の教養とは何か

典故の思想

一海知義

中国文学の碩学が諧謔の精神の神髄を披瀝、「本当の教養とは何か」と問いかける名髄筆集。「典故」とは、詩文の中の言葉が拠り所とする古典の故事をいう。中国の古典詩を好み、味わうことを長年の仕事にしてきた著者の「典故の思想」が結んだ大きな結晶。

四六上製　四三二頁　**四〇七八円**
（一九九四年一月刊）
◇4-938661-85-3

漢詩に魅入られた文人たち

詩魔

〈二十世紀の人間と漢詩〉

一海知義

同時代文学としての漢詩はすでに役目を終えたと考えられているこの二〇世紀に、漢詩の魔力に魅入られてその思想形成をなした夏目漱石、河上肇、魯迅らに焦点を当て、「漢詩の思想」をあらためて現代に問う。

四六上製貼函入　三二八頁　**四二〇〇円**
（一九九九年三月刊）
◇4-89434-125-5

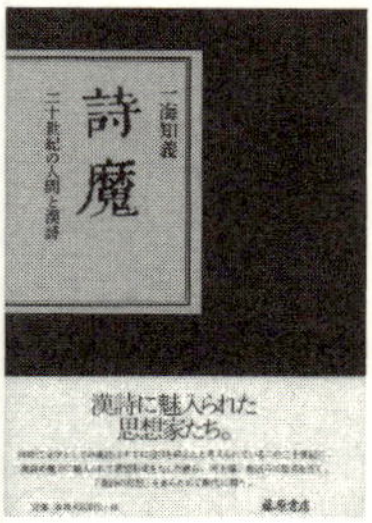

教育にとって自治とは何か

教育と自治の心性史

〈農村社会における教育・文化運動の研究〉

小林千枝子

社会史・心性史の手法により、手記・同人誌・文集など、戦前民衆文化の一次史料を読みとく労作。下中弥三郎、大西伍一、中西伊之助、犬田卯、尾高豊作、平野婦美子、寒川道夫らと、無名青年たちの活動を描く。

A５上製　五六八頁　**一〇〇〇〇円**
（一九九七年一〇月刊）
◇4-89434-080-1